The Adventures of Tom Sawyer

톰 소여의 모험

지은이 마크 트웨인

본명은 사무엘 랭혼 클레멘스로 마크 트웨인은 배가 지나가기에 안전한 3.6미터의 수심이라는 뜻의 필명이다. 샌프란시스코에서 신문 기자로 활동하다가 1867년 단편집 『캘리베러스의 명물 도약하는 개구리』로 데뷔했다. 어린 시절, 미시시피강 근처에서 뛰놀던 경험을 바탕으로 써낸 『톰 소여의 모험』(1876)이 후속작 『허클베리 핀의 모험』(1884)까지 출간해야 할 정도로 큰 인기를 얻으면서 작가로서 유명해졌다. 이외에도 제국주의, 인종 차별, 여성 차별에 반대하는 등 사회 안팎으로 활발하게 활동하다가 "핼리 혜성과 함께 떠나고 싶다."는 본인의 소망대로 1910년 4월 21일, 핼리 혜성이 지구에 근접한 다음 날 심장 마비로 생을 마쳤다.

옮긴이 이미정

영남대학교 영어영문학과를 졸업하고 KBS-서강 방송 아카데미 번역 작가 과정을 수료하였다. 현재 출판 번역 에이전시인 베네트랜스 전속 번역가로 활동 중이다. 옮긴 도서로는 『보비 이야기』 『단테클럽』 『비코즈 유어 마인 1권~8권 세트』 『괴도신사뤼팽』 『월마트 이팩트』 『데드룸』 『빅 숏』 『파국』 『낙인』 『상처』 『진화론의 유혹』 『벤자민 버튼의 시간은 거꾸로 간다』 『CEO처럼 시간을 경영하라』 『시간여행』 『위대한 변화의 순간』 등이 있다.

그린이 천은실

전문 일러스트레이터로 활동하고 있으며 주로 수채화 작업을 한다. 『제인 에어』 『별』 『겨울날 눈송이처럼 너를 사랑해』 『씨앗 이야기』 『내 팬티 못 봤니』 등 다수의 그림책 일러스트를 작업하였다. 이외에도 'Mr. hopefulless someday' 'Bugs in paper'의 아트 상품 및 '2004, 2008 시월에 눈 내리는 마을' 포스터, '2008 뚜레쥬르 월그래픽' 표지, 사보, 웹 일러스트까지 다양한 분야에서 활동하고 있으며, 인디고 아름다운고전 시리즈 『피노키오』 『백설 공주』 『버드나무에 부는 바람』 『80일간의 세계 일주』를 작업하였다.

톰 소여의 모험 아름다운고전시리즈 ㉕

지은이 | 마크 트웨인   **옮긴이** | 이미정   **그린이** | 천은실
펴낸이 | 김종길   **펴낸곳** | 인디고
편집 | 이은지 · 이경숙 · 김보라 · 김윤아   **마케팅** | 김상윤
디자인 박윤희   **홍보** 정미진 · 김민지   **관리** | 박지웅
출판등록 | 1998년 12월 30일 제2013-000314호   **주소** | (04029) 서울특별시 마포구 월드컵로8길 41 (서교동483-9)
홈페이지 | indigostory.co.kr   **전화** | (02)998-7030   **팩스** | (02)998-7924
블로그 | http://blog.naver.com/geuldam4u   **페이스북** | www.facebook.com/geuldam4u
이메일 | geuldam4u@naver.com   **인스타그램** | geuldam
초판 1쇄 인쇄 | 2017년 4월 25일 **초판 4쇄 발행** | 2022년 6월 15일 **정가** | 13,800원
ISBN 979-11-5935-014-6 03840

The Adventures of Tom Sawyer

톰 소여의 모험

마크 트웨인 지음
이미정 옮김 | 천은실 그림

인디고
lovecolor indigo

머리말

　이 책에 실린 모험담은 대부분 실제로 일어난 일이다. 그중 한둘은 내가 직접 경험한 것이고, 나머지는 내 학교 친구들이 겪은 일이다. 허클베리 핀은 실제 인물을 모방해서 창조했다. 톰 소여도 마찬가지다. 하지만 톰은 한 사람이 아니라 마치 조립식 건물처럼 내가 아는 세 아이의 성격을 합쳐서 만든 인물이다.

　이 책에 나오는 기이한 미신들은 이 이야기의 배경이 되는 시대, 그러니까 30~40년 전에 서부에서 아이들과 노예들 사이에 널리 알려져 있던 것들이다.

　나는 모든 소년 소녀에게 즐거움을 주려고 이 책을 썼다. 하지만 어른들도 이 책을 외면하지 않기를 바란다. 어린 시절, 자신들이 어

떤 모습이었는지, 어떤 감정을 느꼈고, 어떤 생각과 어떤 이야기를 했는지, 그리고 어떤 기이한 일에 동참했는지 즐겁게 떠올릴 기회를 주는 것이 이 글을 쓴 나의 또 다른 목적이기 때문이다.

1876년 하트퍼드에서
저자가

CONTENTS

제 1장

"톰!"

대답이 없었다.

"톰!"

여전히 대답이 없었다.

"이 녀석은 도대체 어디 있는 거야? 톰, 얘야!"

그래도 아무런 소리가 들리지 않았다.

나이 든 부인이 안경을 내려 눈을 치켜뜨고 방 안을 둘러보았다. 그리고 안경을 올려 다시 살펴보았다. 사실 부인이 안경을 쓰고 남자아이를 찾는 일은 좀처럼, 아니 전혀 없었다. 안경은 그녀의 권위를 보여 주는 물건이자 자부심이요, 멋을 내려고 쓰는 것이지, 시력

을 교정하려고 사용하는 것이 아니었다. 부인은 안경 대신 난로 뚜껑을 써도 문제없이 볼 만큼 좋은 시력을 가지고 있었기 때문이다. 그런 부인의 얼굴에 당혹스러움이 스쳐 지나갔다. 그리고 사납지는 않지만 가구도 듣고 놀랄 만큼 크게 소리쳤다.

"요 녀석, 내 손에 잡히기만 하면……."

부인은 말을 채 끝맺지 못했다. 허리를 숙여 빗자루로 침대 밑을 쑤셔 대느라 숨이 가빠진 탓이었다. 하지만 부인이 찾아낸 것은 고양이뿐이었다.

"이 녀석을 도무지 당해낼 수가 없단 말이야!"

노부인은 활짝 열린 문으로 다가가 마당에 자라난 토마토 덩굴과 흰독말풀 사이를 내다보았다. 톰은 여전히 보이지 않았다. 부인이 먼 곳까지 들리도록 목소리를 높여 소리쳤다.

"토오오오옴!"

그때 부인의 등 뒤에서 작은 소리가 들렸다. 부인은 잽싸게 돌아서서 도망치려는 작은 남자아이의 헐렁한 윗옷을 붙잡았다.

"여기 있었군! 벽장부터 봐야 했는데. 안에서 뭘 한 거지?"

"아무 짓도 안 했어요."

"어지간히도 그랬겠다! 네 손 좀 봐. 네 입도. 대체 그게 뭐니?"

"몰라요, 이모."

"난 알겠는데, 잼이잖아. 잼이고 말고. 내가 그 잼에 손대면 네 가

죽을 벗겨 버리겠다고 마흔 번은 말했을 텐데. 가서 회초리 좀 가져와라."

회초리가 공중으로 치켜 올라갔다. 일촉즉발의 상황이었다.

"저기 봐요! 이모, 뒤!"

부인이 핵 돌아서면서 엉겁결에 치맛자락을 움켜쥐었다. 톰은 그 틈에 높은 판자 울타리를 쏜살같이 타고 넘어가 사라졌다.

폴리 이모는 혼이 나간 듯 잠시 동안 멍하니 서있다가 부드럽게 웃음을 터뜨렸다.

"요 못된 녀석, 가만 안 둘 거야. 맙소사, 또 속다니? 녀석에게 지금까지 속은 것도 부족해서 또 당했단 말이야? 나이를 먹으면 멍청해진다더니, 그 말이 맞나 봐. 하긴 늙은 개는 새로운 재주를 못 배운다는 속담도 있지. 하지만 요 녀석은 같은 수를 써먹지 않으니, 다음엔 무슨 짓을 할지 어떻게 알겠어? 게다가 얼마나 괴롭혀야 내가 더 화를 내는지 아는 것 같다니까. 어디 그뿐인가? 잠시 동안만 날 피해 다니거나 날 웃기면 내가 매를 들지 못한다는 것도 알고 있지. 계속 이런 식으로 키워도 될까? 하나님이 보고 계실 텐데 그럴 수는 없지. 성경에도 매를 들지 않으면 아이를 망친다고 나와 있잖아. 나는 죄를 짓고 있는 거야. 우리 모두에게 고통을 안겨 주고 있다고. 하지만 그 작은 악마 같은 녀석은 내 죽은 여동생의 아이야, 불쌍한 놈이지! 그러니 아무리 마음을 다잡아도 녀석에게 매를 들

수가 없어. 그렇다고 녀석을 봐주자니 양심에 걸리고, 또 녀석을 때리면 이 늙은이의 마음이 아프니. 성경에도 여자의 몸에서 나온 인간은 괴로움으로 가득 찬 인생을 산다더니 진짜 그런가 봐. 녀석은 오늘 오후에도 땡땡이를 치겠지. 그렇다면 내일은 반드시 벌로 녀석에게 하루 종일 일을 시켜야겠어. 다른 아이들이 다 노는 토요일에 일을 시키는 것은 가혹하지만 녀석이 제일 싫어하는 게 일하는 것이니까. 그러니 힘들어도 녀석에게 일을 시켜서 내 의무를 다해야지. 아니면 애를 망치고 말 거야."

톰은 정말로 수업을 빼먹고 신나게 놀았다. 그러다가 흑인 노예 아이 짐이 내일 쓸 장작을 패고, 불쏘시개를 만드는 일을 거의 다했을 때에야 집으로 돌아왔다. 아니나 다를까. 톰이 그 시간에 돌아온 것은 짐이 일을 하는 동안 자신의 모험담을 들려주고 싶어서였다. 반면 톰의 이복동생 시드는 해야 할 일을 (나뭇조각 줍기) 마친 상태였다. 조용하고 모험하는 것도 좋아하지 않고 말썽도 피우지 않는 아이였다.

저녁을 먹으면서 틈만 나면 설탕을 훔쳐 먹는 톰에게 폴리 이모는 교묘하게 질문했다. 톰이 제 입으로 모든 일을 실토하게 만들고 싶었기 때문이다. 많은 사람처럼 폴리 이모도 자신이 음흉하고 신비로운 책략에 능하다고 자신했다. 속이 빤히 들여다보이는 자신의 전략이 무슨 대단한 간계라도 되는 것처럼 말이다.

"톰, 오늘 학교에서 덥지 않았니?"

"네, 그랬죠."

"상당히 더웠지?"

"네."

"헤엄치러 가고 싶지 않았니?"

순간 톰은 가슴이 뜨끔했다. 의심을 받는 것 같았기 때문이다. 톰은 폴리 이모의 얼굴을 살펴봤지만 그 속을 전혀 알 수 없었다. 그래서 이렇게 대답했다.

"아뇨, 별로요."

폴리 이모는 한 손을 뻗어 톰의 셔츠를 만져 보았다.

"그다지 덥지 않았던 모양이구나."

폴리 이모는 톰의 셔츠가 땀에 젖어 있지 않다는 사실을 알아내고 우쭐해졌다. 하지만 톰은 이모가 그렇게 나올 거라고 미리 짐작하고 있었다. 그래서 선수를 쳤다.

"친구들이랑 펌프질을 해서 머리에 물을 끼얹었었거든요. 머리는 아직 축축하죠?"

폴리 이모는 그런 증거를 알아보지 못해서 혼낼 기회를 놓쳤다는 생각에 분했다. 그런데 곧 좋은 생각이 떠올랐다.

"톰, 머리에 물을 끼얹었다면 내가 꿰매준 셔츠 깃을 떼지 않았겠구나. 그렇지? 윗도리 단추 좀 풀어 보렴!"

그러나 톰의 얼굴에는 초조해하는 빛이 없었다. 오히려 당당하게 단추를 풀어 젖혔다. 셔츠 깃이 그대로 달려 있는 게 보였다.

"에이, 다 귀찮구나! 그만 나가봐. 네가 학교 수업을 빼먹고 헤엄을 치러 갔다고 생각했는데. 설령 그렇다고 해도 용서하마. 넌 불에 털이 타버린 고양이겉모습과 다르게 보인다는 뜻 같아. 보기보다는 나은 녀석이라는 소리야. 이번에는 말이지."

폴리 이모는 자신의 계략이 실패해서 아쉽기도 했지만, 톰이 이번에는 자신의 말을 고분고분 들어서 기쁘기도 했다.

그때 시드가 끼어들었다.

"이모, 이모는 하얀 실로 셔츠 깃을 꿰매지 않았나요? 그런데 저 실은 검은색이네요."

"맞아, 하얀 실이었어! 톰!"

가만히 앉아서 당할 톰이 아니었다. 얼른 문으로 달려 나가면서 소리쳤다.

"시드, 너 가만두지 않을 거야."

안전한 곳에 다다르자 톰은 셔츠 깃에 꽂아 놓은 커다란 바늘 두 개를 꺼냈다. 하나에는 하얀 실이, 다른 하나에는 검정 실이 감겨 있었다.

"시드만 아니었다면 이모가 몰랐을 텐데. 젠장! 이모는 어떤 때는 하얀 실로, 어떤 때는 검정 실로 꿰맨단 말이야. 한 가지 색만 쓰면

좋을 텐데. 진짜 헷갈려. 어쨌든 시드 녀석은 반드시 혼쭐을 내줄 거야. 정신이 번쩍 들도록."

톰은 마을에서 모범 소년이 아니었다. 어떻게 해야 모범생이 되는지는 잘 알았지만, 모범생을 끔찍이 싫어했다.

톰은 2분 만에, 아니 2분도 안 되어 자신의 문제를 모두 잊고 말았다. 톰의 문제가 어른들의 것만큼 심각하거나 고통스럽지 않아서가 아니라 새롭고 훨씬 흥미로운 일이 생겼기 때문이다. 어른들도 새로운 일에 흥미를 느끼면 과거의 불행한 일은 잊어버리지 않는가. 톰의 관심을 사로잡은 일은 휘파람이었다. 톰은 한 흑인으로부터 배운 휘파람 부는 법을 아무런 방해도 받지 않으면서 연습하고 싶었다. 휘파람을 불 때 혀를 짧은 간격으로 입천장에 붙였다 떼면 물이 흐르는 것 같거나 새가 지저귀는 것 같은 특이한 소리가 난다. 어린 시절을 지낸 독자라면 잘 알 것이다. 톰은 금방 휘파람 부는 요령을 터득했다. 입 안 가득히 화음을 담고서 거리를 성큼성큼 걸어 내려가니 어깨가 절로 으쓱해졌다. 새로운 행성을 발견한 천문학자가 된 기분이었다. 강렬하고 깊고 순수한 정도로 따지자면 천문학자보다 톰의 기쁨이 더 크리라.

여름 해는 무척이나 길어 아직 어두워지지 않았다. 톰은 휘파람 부는 것을 멈추었다. 낯선 아이가 앞에 나타났기 때문이다. 톰보다 덩치가 큰 남자아이였다. 이 가난하고 작고 허름한 세인트피터

즈버그 마을에서 나이나 성별과 상관없이 낯선 사람은 엄청난 주목을 받게 마련이었다. 그 소년은 세련된 옷차림을 하고 있었다. 평일에도 옷을 저렇게 잘 차려입다니, 놀라운 일이었다. 모자는 앙증맞았고, 버튼이 달린 파란색 옷은 무척 세련해 보였다. 바지도 마찬가지였다. 심지어 금요일인데 구두까지 신고 있었다. 어디 그뿐인가? 밝은 빛깔의 리본 넥타이도 매고 있었다. 톰의 비위가 상할 만큼 도시적인 분위기가 물씬 풍겼다. 톰이 바라볼수록 그 아이는 코를 치켜세웠다. 그럴수록 톰은 점점 자신의 옷차림이 초라해 보였다. 두 아이 중 어느 누구도 입을 열지 않았다. 한 아이가 움직이면 다른 아이도 움직였다. 하지만 옆으로 원을 그리며 움직일 뿐 앞으로 나서지는 않았다. 서로의 얼굴에서 눈을 떼지 않으면서.

마침내 톰이 입을 열었다.

"난 널 쓰러뜨릴 수 있어!"

"그래? 그럼 해봐."

"못할 줄 알고?"

"물론이지. 넌 못해!"

"할 수 있다니까!"

"못한다니까!"

"할 수 있다고!"

"못한다고!"

"해!"

"못해!"

어색한 침묵이 흐르고 톰이 다시 말을 꺼냈다.

"이름이 뭐냐?"

"알아서 뭐하게."

"난 알아야겠어."

"그럼 한번 알아내 보든지."

"자꾸 입을 나불거리면 가만 안 둔다."

"나불나불……나불나불……나불나불. 이제 어쩔 건데?"

"네가 잘났다고 생각하지? 너 같은 건 마음만 먹으면 한 손을 뒤로 하고도 쓰러뜨릴 수 있어."

"그럼 한번 해보든지."

"자꾸 까불면 진짜 때린다."

"난 너처럼 입만 산 놈들을 잘 알아."

"잘난 척하기는! 넌 뭐 대단한 줄 아냐? 그 우스꽝스런 모자 꼴하고는."

"맘에 안 들면 어떻게 하려고? 용기가 있다면 내 모자를 떨어뜨려 보든가. 누구든 그렇게 하는 놈은 내 손에 남아나지 않겠지만 말이야."

"허풍 떨지 마!"

"누가 할 소리!"

"입만 살아 있고 싸움은 못하는 녀석이."

"으으……, 헛소리 그만하고 꺼져!"

"야, 너 자꾸 건방지게 굴면 돌멩이로 네 머리통을 부순다."

"하, 어지간히도 그러겠다."

"나는 한다면 해."

"그럼 해보시든가. 말만 하지 말고 해봐! 겁나서 못하겠지?"

"천만에."

"겁쟁이네."

"아니라니까."

"겁나는 거 맞잖아."

침묵이 흘렀다. 두 아이는 서로 노려보면서 옆으로 걷다가 한쪽 어깨를 맞대고 섰다.

톰이 먼저 입을 열었다.

"여기서 당장 꺼져!"

"너나 꺼져!"

"내가 왜?"

"그럼 나는 왜?"

두 아이가 한 발을 버팀목 삼아 비스듬히 딛고 섰다. 그리고 증오에 이글거리는 눈빛으로 서로를 노려보며 밀쳤다. 하지만 어느 쪽

도 유리한 고지를 차지하지 못했다. 두 아이는 얼굴이 벌겋게 달아오를 때까지 신경전을 벌이다가 조심스럽게 긴장을 풀었다.

톰이 말했다.

"야, 이 겁쟁이 강아지 같은 녀석아. 우리 형한테 다 이를 거야. 우리 형은 너 같은 녀석을 새끼손가락 하나로도 쓰러뜨릴 수 있어. 형한테 그렇게 해달라고 할 거야."

"그런다고 내가 겁먹을 줄 아냐? 우리 형이 네 형보다 훨씬 덩치가 클걸. 우리 형이라면 네 형을 저 울타리 너머로 던질 수도 있어." (사실 두 아이 모두 형이 없었다.)

"거짓말!"

"거짓말은 네가 하고 있잖아!"

톰이 큼직한 엄지발가락으로 흙바닥 위에 선을 긋고 말했다.

"이 선만 넘어봐. 다시는 일어서지 못하게 박살을 낼 테니까. 각오 단단히 해야 할 거야."

즉시 낯선 소년이 선을 넘으며 말했다.

"날 박살내겠다고? 어디 한번 해봐."

"너 자꾸 내 성질을 건드리는데, 조심하는 게 좋을 거야."

"네 입으로 말했잖아. 왜? 못하겠어?"

"무슨 소리! 2센트 주면 네 소원대로 해주지."

낯선 소년이 주머니에서 넓적한 구리 동전 두 개를 꺼내 약을 올

리듯 내밀었다. 톰은 그 돈을 땅바닥에 내던졌다. 그리고 두 소년은 흙먼지를 일으키며 두 마리 고양이처럼 뒤엉켜 뒹굴기 시작했다. 서로의 머리카락과 옷을 잡아 뜯고, 코를 할퀴며, 흙먼지로 뒤범벅이 된 지 1분쯤 지났을까? 먼지 사이로 톰이 낯선 소년을 깔고 앉은 채 주먹으로 두들겨 패고 있었다.

톰이 말했다.

"빨리 항복해!"

하지만 소년은 톰한테서 벗어나려고 버둥거릴 뿐이었다. 분을 삭이지 못한 채 울면서.

톰의 주먹질은 계속됐다.

"항복하라고!"

마침내 소년이 억눌린 목소리로 말했다.

"항복!"

그제야 톰은 소년을 풀어 주며 말했다.

"이제 똑똑히 알겠지? 다음에는 상대를 봐가면서 덤비도록 해."

소년은 옷에 묻은 먼지를 털고 일어나 코를 훌쩍거리며 자리를 떴다. 하지만 간간이 뒤를 돌아보며 다음번에는 가만 안 두겠다고 으름장을 놓았다. 톰은 비웃은 뒤 기분 좋게 걸어 나갔다. 바로 그때 소년이 돌멩이 하나를 집어 톰의 목덜미 아래를 맞추고는 잽싸게 달아났다. 톰은 녀석을 쫓아가 사는 집을 알아냈다. 그러고는 한

동안 집 앞에서 원수 같은 녀석이 나오기를 기다렸다. 하지만 소년은 창문으로 얼굴만 살짝 내비치고, 소년의 엄마가 밖으로 나와 톰에게 나쁜 녀석이라고 소리치며 당장 꺼지라고 말했다. 톰은 할 수 없이 돌아섰지만, 다음번에 만나면 그 녀석을 반드시 가만두지 않겠노라고 다짐했다.

톰은 밤늦게 집으로 돌아와 창문으로 기어 들어왔다. 그러다가 폴리 이모에게 딱 걸리고 말았다. 이모는 톰의 옷 상태를 보고 이번 토요일에는 톰에게 고된 일을 시키고야 말겠다고 단단히 결심했다.

제 2장

　토요일 아침, 선선하고 활력이 넘치는 여름날이었다. 모든 사람의 가슴에서 노래가 샘솟듯 흘러나왔고, 젊은이들은 저절로 입술을 달싹이며 흥얼거렸다. 모두의 얼굴에 활기가 감돌았고, 발걸음도 가벼웠다. 아카시아 꽃이 만개하여 공기 중에 꽃향기가 가득 맴돌았다. 마을 위쪽 너머에 있는 카디프 언덕은 푸르른 풀로 뒤덮여 평온한 행복의 나라처럼 보였다.

　톰이 하얀 페인트 통과 긴 손잡이가 달린 붓을 들고 길거리로 나섰다. 울타리를 살펴보는 톰의 얼굴에는 기쁨이 아니라, 깊은 근심이 가득했다. 울타리의 높이는 3미터가 넘었고, 폭은 30미터에 달했다. 톰은 인생이 공허하고 무겁게 느껴졌다. 그리고 한숨을 쉬면

서 붓을 페인트 통에 담갔다가 울타리 맨 위쪽부터 칠하기 시작했다. 톰은 몇 번이고 칠하고 또 칠했다. 그러나 칠한 부분에 비하면 아직 칠하지 않은 부분이 대륙처럼 방대했다. 톰은 풀이 죽은 채 나무 상자에 털썩 주저앉았다. 그때 짐이 〈버팔로 아가씨들〉을 부르면서 양철통을 들고 대문으로 껑충껑충 뛰어나왔다. 톰은 원래 마을 샘에서 펌프질해 물 길어 오는 일을 끔찍하게 싫어했다. 그러나 지금은 그런 생각이 들지 않았다. 마을 샘 주변에는 아이들이 있을 테니까. 마을 샘 앞에는 언제나 백인, 혼혈, 흑인 할 것 없이 많은 남자아이들과 여자아이들이 줄을 서서 기다리고 있었다. 휴식을 취하거나, 장난감을 서로 바꾸고, 티격태격 말다툼을 하기도 하고, 재잘거리며 수다를 떨기도 했다. 생각해 보면 마을 샘까지의 거리는 140미터밖에 되지 않았다. 그런데 짐은 물 한 동이를 떠오는 데 기본 한 시간은 걸렸다. 짐을 부르러 누군가를 보내야 하는 경우도 많았다.

톰이 말했다.

"짐, 네가 울타리를 칠하면 내가 대신 물을 떠올게."

짐이 고개를 가로저으며 말했다.

"안 돼요, 도련님. 마님께서 노닥거리지 말고 얼른 물을 떠오라고 하셨거든요. 도련님이 제게 페인트칠을 시켜도 제 일이나 똑바로

하라고 하셨어요. 페인트칠을 잘하는지 보러 나오실 거라면서요."

"이모 말은 신경 쓰지 마, 짐. 이모야 항상 그런 식이잖아. 나한테 양동이를 줘. 갔다 오는 데 1분도 안 걸릴 테니까. 이모는 절대 모를 거야."

"안 돼요, 도련님. 마님께서 알면 제 머리에 타르를 부을 거예요. 진짜로요."

"이모가? 이모는 절대 그럴 분이 아니야. 골무로 머리나 쥐어박는다면 모를까. 그런 것에 신경 쓸 사람은 아무도 없을걸. 잔소리야 좀 심하긴 하지만 그게 해가 되지는 않잖아. 이모는 울지만 않으면 괜찮아. 짐, 구슬을 하나 줄게. 하얀 구슬 말이야!"

짐의 마음이 흔들리기 시작했다.

"하얀 구슬이라고, 짐! 제일 근사한 거야."

"이야! 진짜 멋진 구슬이네요! 하지만 도련님, 전 마님이 진짜 무서워요."

"그러면 내 발가락 상처도 보여 줄게."

짐도 한낱 인간이었다. 달콤한 유혹에 흔들리고 말았으니. 짐은 양동이를 내려놓고 하얀 구슬을 받았다. 그러고는 톰이 붕대를 푸는 동안 잔뜩 호기심 어린 표정으로 톰의 발가락을 굽어보았다. 하지만 곧바로 짐은 얼얼해진 엉덩이를 감싼 채 양동이를 들고 쏜살같이 달아났고, 톰은 열심히 페인트칠을 해야 했다. 폴리 이모가 한

손에 슬리퍼를 들고 의기양양한 눈빛으로 쏘아보며 그 자리를 뜨고 있었다.

하지만 톰의 열정은 오래가지 못했다. 토요일을 위해 계획했던 재미있는 일들이 떠오르자 그는 한없이 우울해졌다. 이제 곧 아이들이 길거리에 나와 일을 하는 톰을 놀릴 것이다. 그런 생각을 하니, 속이 부글부글 끓어올랐다. 톰은 갖고 있던 물건들을 꺼내서 하나하나 살펴보았다. 장난감 몇 개와 구슬 몇 개, 자질구레한 잡동사니뿐이었다. 그런 것들은 줘봤자 쉬는 시간 30분도 얻을 수가 없었다. 참으로 암울하고 절망적이었다. 그런데 갑자기 톰의 머릿속에 기발한 생각이 떠올랐다! 정말로 기막힌 생각이었다.

톰은 다시 붓을 들고 얌전하게 일을 시작했다. 그때 벤 로저스가 톰의 시야에 들어왔다. 톰은 다른 어떤 아이보다도 벤에게 놀림을 받는 걸 끔찍하게 생각했다. 가벼운 걸음걸이로 보아 벤은 기분이 들떠 있었다. 심지어 사과를 먹는 틈틈이 기쁨에 찬 함성을 길게 내지르다가 낮은 목소리로 "땡땡땡, 땡땡땡!" 하고 소리치며 증기선 흉내를 냈다. 벤은 점점 가까이 다가오더니 오른쪽으로 몸을 기울이고 위풍당당하게 한 바퀴 돌았다. 이제는 물속으로

3미터까지 잠기는 '빅 미주리' 호를 흉내 내고 있었다. 벤은 배가 되기도 했다가 선장이 되기도 했다가 기관실 벨이 되기도 했다. 최상 갑판에 올라서서 명령을 내리기도 하고, 그 명령을 수행하는 역할 까지 맡았다.

"배를 멈춰라! 땡땡땡!"

배의 속도가 떨어지면서 벤은 천천히 보도로 다가섰다.

"후진! 땡땡땡!"

벤이 쭉 뻗은 두 팔을 옆구리에 갖다 댔다.

"우현으로! 땡땡땡! 츄우, 츄우!"

이번에는 지름 12미터짜리 외륜을 잡고 있는 것처럼 오른손으로 원을 크게 그렸다.

"좌현으로! 땡땡땡! 츄우, 츄우!"

그리고는 왼손으로 원을 그리기 시작했다.

"우현 정지! 땡땡땡! 좌현 정지! 땡땡땡! 우현으로 전진! 정지! 바 깥쪽으로 천천히 회전! 땡땡땡! 츄우, 츄우! 밧줄을 꺼내라! 지금 당 장! 밧줄을 풀어라! 거기 뭐 하는 건가! 고리를 저 기둥에 돌려 감아 라! 그대로 정지! 이제 놓아라! 엔진이 멈췄습니다, 선장님! 땡땡땡! 쉿, 쉿, 쉿!" (검수기를 점검하는 시늉을 한다.)

톰은 증기선에 눈길 한번 주지 않고 페인트칠을 계속했다.

벤이 잠깐 톰을 지켜보다가 말했다.

"야아, 너 완전 꽉 잡혔구나!"

톰은 대답하지 않고 예술가의 눈빛으로 마지막에 칠한 부분을 살펴보았다. 그러고 나서 붓을 부드럽게 휘둘러 전과 같이 잘 칠했는지 점검했다. 벤이 톰 옆으로 다가갔다. 톰은 사과를 먹고 싶어 입에 침이 고였지만 꾹 참고 페인트칠에 몰두했다.

벤이 물었다.

"톰, 너 지금 일해야 하는구나?"

톰이 갑자기 획 돌아섰다.

"어, 벤이구나! 네가 온 줄 몰랐어."

"나 헤엄치러 갈 건데, 너도 갈래? 참, 넌 일해야 하지. 그럼 못 가겠다."

톰이 잠시 벤을 뚫어지게 쳐다보았다.

"일을 하다니?"

"너 지금 일하는 거 아냐?"

톰은 다시 페인트칠을 하면서 무심하게 대답했다.

"그렇다고 할 수도 있고, 아니라고 할 수도 있지. 어느 쪽이든 내가 좋아서 하는 건 분명해."

"에이, 지금 일을 좋아하는 척하는 건 아니고?"

톰이 계속 붓을 놀렸다.

"좋아하냐고? 싫어할 이유도 없잖아. 페인트칠을 할 기회가 날마

다 있는 것도 아니고."

순간 상황이 달라졌다. 사과를 베어 먹던 벤의 움직임이 멈췄다. 톰은 붓을 앞뒤로 멋지게 놀리고는 뒤로 물러서서 잘 칠해졌는지 확인했다. 그러고는 몇 번 더 붓질을 하고 다시 그 결과를 관찰했다. 옆에서 지켜보던 벤은 점점 더 그 광경에 깊이 빠져들었다.

급기야는 이렇게 말했다.

"톰, 나도 조금만 칠해 보자."

톰은 그러라고 말하려다가 마음을 바꿨다.

"안 돼. 그럴 수 없어, 벤. 폴리 이모가 이 울타리를 아주 소중하게 여기거든. 특히 거리 쪽 울타리를 말이야. 안쪽 울타리라면 신경 쓰지 않겠지만 이쪽 울타리는 엄청 꼼꼼하게 살핀다고. 그러니까 아주 신중하게 칠해야 해. 이 일을 제대로 할 수 있는 아이는 1000명에, 아니 2000명에 한 명 정도일걸."

"설마……. 그러지 말고 나도 칠하게 해줘. 조금만 해볼게. 만약 나라면 네 부탁을 들어줄 거야."

"벤, 솔직히 말해서 나도 그러고 싶어. 하지만 폴리 이모가……. 짐이 이 일을 하고 싶어 했는데 못하게 했단 말이야. 시드도 하고 싶다고 했지만 허락하지 않았고. 이제 어떤 상황인지 알겠지? 만약 네가 이 울타리를 칠하다가 무슨 일이라도 생기면……."

"걱정 마, 아주 조심할 테니까. 내가 칠하게 해줘. 대신 이 사과를

조금 쪼개 줄게."

"음……, 그래도 안 되겠어. 마음이 안 놓여."

"그럼 이 사과를 통째로 줄게."

톰은 마지못해 허락한다는 표정으로 붓을 내려놓았다. 속으로는 한시라도 빨리 일을 떠넘기고 싶으면서 말이다. 빅 미주리호가 땡볕 아래 땀 흘리며 일하는 동안 은퇴한 예술가는 가까운 그늘 밑에서 나무통 위에 걸터앉아 우적우적 사과를 씹어 먹었다. 그리고 어떻게 하면 순진한 아이들을 더 많이 끌어들일 수 있을까 생각했다. 톰의 꾀에 넘어올 아이들이 적지는 않았다. 소년들이 나타났다. 그들은 톰을 놀리러 왔다가 결국 페인트칠을 하는 신세로 전락했다. 벤이 녹초가 되자 빌리 피셔가 연을 주고 그 일을 했다. 다음으로는 조니 밀러가 죽은 쥐와 그걸 매다는 끈을 주고 그 자리를 이어받았다. 그렇게 몇 시간이 흘렀다. 한낮이 되자 아침까지만 해도 가난하기 그지없던 톰은 엄청난 부자가 되어 있었다. 앞서 언급한 물건들말고도 구슬 열두 개, 입에 물고 부는 구금 조각, 투명하게 파란 유리병 조각, 대포 같은 새총, 아무것도 열지 못하는 열쇠 하나, 분필 조각, 유리병 마개, 양철 병정, 올챙이 두 마리, 폭죽 여섯 개, 눈이 하나뿐인 새끼 고양이, 청동 문고리, 개 목걸이, 칼 손잡이, 오렌지 껍질 네 개, 망가진 낡은 창틀이 톰의 손안에 들어왔다. 그리고 톰이 친구들과 어울리며 빈둥거리는 동안 울타리는 세 겹으로 완벽하

게 칠해졌다! 페인트가 떨어지지 않았다면 마을 아이들 모두 주머니가 털렸을 것이다.

톰은 세상이 공허하지 않다고 생각했다. 그리고 자기도 모르는 사이에 인간 행동의 법칙을 깨달았다. 누구든 무언가를 얻기 힘들수록 탐내게 마련이라고. 톰이 이 책의 작가처럼 위대하고 현명한 철학가라면 일이란 반드시 해야만 하는 것이고, 놀이란 꼭 하지 않아도 되는 것이라는 사실을 알았을 것이다. 조화를 만들거나 물레방아를 돌리는 건 일이고, 볼링을 치거나 몽블랑 산을 오르는 건 놀이에 지나지 않는다는 것도 알았으리라. 영국에는 여름만 되면 30킬로미터에서 50킬로미터에 달하는 길을 사두마차로 다니는 부자 신사들이 있다. 상당한 돈을 치르고서 말이다. 하지만 그들이 마차를 몰고 다니는 대가로 돈을 받는다면, 그 여가를 일로 느끼고 곧바로 그만두고 싶어할 것이다.

톰은 불어난 재산을 보며 곰곰이 생각에 잠겼다. 그런 뒤 페인트 칠이 제대로 되었는지 확인하고는 일이 끝났다고 보고하러 집으로 들어갔다.

제 3장

톰이 폴리 이모 앞으로 걸어갔다. 이모는 침실이자 식당이요, 서재이기도 한 쾌적한 뒤편 별채에서 창문을 열고 그 앞에 앉아 뜨개질을 하다 말고 꾸벅꾸벅 졸고 있었다. 여름날의 상쾌한 공기와 평화로운 고요, 꽃향기, 나른하게 윙윙거리는 벌들의 소리에 취해서 말이다. 이모의 고양이도 그녀의 무릎 위에서 졸고 있었고, 안경은 그녀의 희끗희끗한 머리 위에 얹혀 있었다. 이모는 톰이 일찌감치 일을 내팽개치고 논다고 생각하던 참이었다. 그래서 톰이 자신 앞에 모습을 드러내자 놀랐다.

톰이 말을 꺼냈다.

"이제 나가서 놀아도 돼요, 이모?"

"벌써? 일은 다했니?"

"다했어요, 이모."

"톰, 거짓말하지 마라. 난 거짓말은 못 참아."

"거짓말 아니에요, 이모. 진짜 다했는걸요."

폴리 이모는 믿을 수 없어 직접 확인하기 위해 밖으로 나갔다. 톰의 말이 5분의 1만 진실이어도 만족했을 것이다. 그런데 울타리 전체가 하얗게 칠해져 있었다. 정성스럽게 두세 번 덧칠까지 되어 있었다. 땅바닥에 닿는 부분까지도 꼼꼼하게 페인트가 칠해져 있었다. 그 광경에 폴리 이모는 너무나 놀라서 할 말을 잊고 말았다.

"세상에! 너도 마음만 먹으면 잘하는구나, 톰." 기껏 칭찬을 하던 폴리 이모가 쓸데없는 말을 덧붙였다. "하지만 네가 좀처럼 마음먹지 않는다는 게 문제지. 이제 나가서 놀아라. 너무 늦지는 말고. 안 그러면 혼날 테니까."

폴리 이모는 톰이 기특한 나머지 벽장에서 제일 좋은 사과 하나를 꺼내 주었다. 그러면서 성실하게 노력해서 얻는 것이 얼마나 값어치 있고 보람 있는 일인지 훈계도 덧붙였다. 물론 그녀가 성경 구절을 인용하며 말을 늘어놓는 동안 말썽쟁이 톰은 도넛 한 개를 잽싸게 '슬쩍' 했다.

톰은 밖으로 나오다가 시드가 2층과 연결된 바깥쪽 계단을 올라가는 것을 발견했다. 톰은 이때다 싶어 가까이 있던 흙더미를 집어

던졌다. 날아오른 흙더미가 하늘을 뒤덮더니 순식간에 우박처럼 시드에게 쏟아져 내렸다. 폴리 이모가 얼른 도와주려 했지만 시드는 이미 흙더미 예닐곱 개를 맞은 상태였다. 그리고 톰은 울타리를 훌쩍 넘어 사라지고 없었다. 원래도 문으로 드나드는 법이 없기는 했다. 자신을 곤경에 빠뜨렸던 시드에게 복수하자, 톰은 속이 후련해졌다.

톰은 모퉁이를 돌아 외양간 뒤쪽 진흙길로 들어섰다. 이제 이모한테 잡혀서 벌 받을 위험은 없었다. 톰은 서둘러 마을 광장으로 향했다. 그곳에는 약속대로 남자아이들이 '두 부대'로 나뉘어 전투태세를 갖추고 있었다. 한 부대의 장군은 톰이었고, 다른 쪽 부대의 장군은 (톰의 절친한 친구) 조 하퍼였다. 이 위대한 두 사령관은 전투에 직접 참여하지 않았다. 그런 일은 하찮은 졸개들에게나 어울리니까. 그래서 두 사령관은 높은 곳에 앉아 명령만 내렸다. 길고 힘겨운 전투 끝에 톰의 부대가 대승을 거두었다. 양측은 사망자 수를 헤아리고, 포로들을 교환한 뒤, 다음 전투의 날짜와 조건을 합의했다. 그리고 두 부대는 줄을 맞추어 행진했고, 톰은 혼자서 집으로 향했다.

톰이 제프 대처가 살던 집을 지나갈 무렵이었다. 정원에 못 보던 여자아이가 있었다. 작고 사랑스러운 파란색 눈동자에 금발 머리를 두 갈래로 땋아 길게 늘어뜨리고서 하얀색 여름 원피스에 수놓

인 속바지를 입은 여자아이였다. 방금 전 승리의 왕관을 쟁취한 영웅은 총 한 번 쏘지 못한 채 무릎을 꿇고 말았다. 에이미 로렌스는 그새 톰의 마음속에서 사라지고 없었다. 톰은 에이미를 사랑한다고 생각했다. 그것도 매우 열렬히. 그런데 얼마나 덧없는 감정이었던 가. 에이미 로렌스의 마음을 얻으려고 몇 달 동안이나 노력했는데, 심지어 그녀가 톰의 마음을 받아들인 것이 불과 일주일 전이었다. 그 짧은 이레 동안 톰은 얼마나 행복하고 자신감이 넘쳤는가. 그런 데 이렇게 에이미는 순식간에 톰의 마음속에서 지워지고 말았다.

이제 톰은 새로 나타난 천사를 숭배하듯 바라보았다. 마침내 그 여자아이도 톰을 알아챘다. 그러나 톰은 못 본 척 연기를 했다. 그 러고는 여자아이의 마음을 얻으려고 하는 남자아이들의 온갖 바보 짓을 해대기 시작했다. 그 괴상하고 우스꽝 스러운 행동은 한동안 계속되었다. 그러다가 톰이 위험한 동작을 할 때였다. 여자아이가 집으로 발걸음을 옮겼다. 톰은 울타리로 다가가 기대선 채 슬픈 마음을 움켜잡고 그 아이가 좀 더 머물러 주기를 바랐다. 바로 그때 여자아 이가 계단을 오르던 발걸음을 잠시 멈추더니 다시 문을 향해 걸음을 옮겼다. 여자아이 가 문턱을 디딜 때 톰은 크게 한숨을 쉬었

다. 하지만 곧이어 톰의 얼굴 표정이 환해졌다. 여자아이가 집 안으로 들어가기 직전에 팬지꽃 한 송이를 울타리 너머로 던져 주었기 때문이다.

톰은 팬지꽃을 향해 달려가다가 꽃송이에서 한두 발짝 떨어진 곳에 멈춰 섰다. 그리고 한 손을 이마에 얹고는 흥미로운 게 없나 찾아보는 것처럼 길 아래쪽을 훑어보았다. 그러더니 지푸라기 하나를 집어 코 위에 얹고는 머리를 뒤로 젖혀 지푸라기가 떨어지지 않게 슬금슬금 걸으며 팬지꽃을 향해 다가갔다. 마침내 맨발이 팬지꽃에 닿자 유연한 발가락을 이용해 팬지꽃을 들어 올린 다음 한 발로 깡충거리며 모퉁이를 돌았다. 하지만 그것도 잠시, 팬지꽃을 곧바로 심장 근처 윗옷 단춧구멍에 꽂고 다시 나타났다. 어쩌면 위장 옆에 둔 건지도 모르겠다. 톰은 해부학에 정통하지도, 꼼꼼한 성격도 아니었으니까.

톰은 해가 떨어질 때까지 울타리 주변을 서성거렸다. 여전히 바보 같은 행동을 하면서 말이다. 하지만 여자아이는 다시 나타나지 않았다. 그래도 톰은 여자아이가 창문 근처에서 자신을 볼지도 모른다는 일말의 희망을 품고 있다가 결국 집으로 발걸음을 돌렸다. 머릿속에 온갖 낭만적 공상을 가득 품고서.

저녁 내내 톰은 기분이 한껏 들떠 있었다. 폴리 이모가 '저 녀석 왜 저러지?'라고 의아해할 정도였다. 시드에게 흙더미를 던진 일로

　　　　호되게 꾸중을 듣고도 그다지 신경을 쓰지 않는 것 같았다. 그런 톰이 이모 코앞에서 설탕을 훔치려고 하다가 손등을 찰싹 얻어맞았다.

　　그제야 톰이 항의했다.

　　"이모, 시드가 그럴 때는 때리지 않잖아요."

　　"시드는 너처럼 나를 괴롭히지는 않지. 하지만 넌 내가 지켜보지 않으면 항상 설탕을 훔치잖아."

　　폴리 이모가 부엌으로 들어가자마자 시드가 얼른 설탕 그릇에 손

을 댔다. 그 모습이 어찌나 의기양양한지 톰은
도저히 참을 수가 없었다. 그런데 시드의 손가락이
미끄러지면서 설탕 그릇이 떨어져 깨지고 말았다. 톰은
통쾌했다. 그럼에도 인내심을 발휘해 혀를 놀리지 않고 침묵했다.
이모가 돌아와도 곧바로 고자질하지 않고 이모가 물으면 그제서야
시드가 했다고 말해 줘야지. 이모가 아끼는 녀석이 '혼쭐나는 꼴'을
보는 것보다 신나는 일은 없을 테니까. 마침내 폴리 이모가 돌아와
그 현장을 보고 안경 너머로 분노를 내보이려는 순간이었다. 톰은

기쁨을 억누르지 못한 채 '지금부터 시작이다!'라고 속으로 중얼거렸다. 그런데 다음 순간, 톰이 바닥에 널브러졌다! 폴리 이모의 억센 손바닥이 다시 공중으로 솟구쳤다가 내려오는 순간, 톰이 소리를 질렀다.

"잠깐만요, 왜 절 때리시는 거예요? 시드가 깼다고요!"

폴리 이모는 당황해서 손을 멈췄다. 톰은 이모의 사과를 기다렸지만 그녀의 입에서는 이런 말밖에 나오지 않았다.

"그래도 네가 억울해할 건 없다! 넌 분명 내가 없을 때 다른 말썽을 피웠을 테니까."

폴리 이모는 양심에 찔렸다. 사실은 상냥하고 사랑스러운 말을 해주고 싶었다. 하지만 그런 말을 하면 자신의 잘못을 인정하는 셈이었다. 제대로 된 훈육을 하려면 그런 말을 하지 말아야 했다. 그래서 이모는 아무 말도 하지 않은 채 원래대로 밀고 나갔다. 톰은 구석에 처박혀 부루퉁한 표정을 한 채 깊은 슬픔 속으로 빠져 들어갔다. 물론 톰은 폴리 이모가 자신에게 무릎이라도 꿇고 싶은 마음이라는 걸 알고 있었다. 그래서 한편으로는 기쁘기도 했다. 하지만 그런 내색을 전혀 내비치지 않았고, 자신에게 애틋한 시선을 보내는 이모를 모른 척했다. 톰은 아파서 죽어가는 자신의 모습을 그려 보았다.

그러면 폴리 이모가 한마디라도 좋으니까 용서한다는 말을 해달

라고 애원하겠지. 그래도 나는 얼굴을 벽 쪽으로 돌리고 끝까지 그 말을 하지 않은 채 죽어 버릴 거야. 그럼 이모 마음이 어떨까?

톰은 또 자신이 강에 빠져 죽어서 곱슬머리까지 흠뻑 젖은 평온한 얼굴로 집까지 옮겨지는 모습을 떠올렸다. 그러면 이모가 몸을 던지듯 달려와 비처럼 눈물을 뿌리며 아이를 살려 달라고, 다시는 이 아이를 아프게 하지 않겠다고, 하나님께 빌겠지! 하지만 나는 미동도 없이 차갑게 누워만 있을 거야. 고통을 견디며 살아온 작은 아이의 슬픔도 그렇게 끝이 날 거고.

톰은 마른침을 계속 삼켜야 할 정도로 자기 연민에 깊이 빠져서 목이 메었다. 눈에는 눈물까지 고였다. 눈을 깜박이자 눈물이 흘러내려 코끝에 닿았다. 슬픈 감정에 어찌나 깊게 빠졌는지 세속적인 즐거움이나 기쁨을 조금도 받아들일 수 없었다. 그토록 지금 이 순간은 신성했다. 그래서 일주일 동안 시골에서 머물던 사촌 누나 메리가 집 안으로 기뻐하며 춤추듯 들어오는 순간 우울한 얼굴로 밖에 나가 버렸다. 누나가 몰고 들어온 노래와 햇살을 뒤로 한 채.

톰은 친구들과 자주 놀던 곳에 가지 않고 자신의 기분과 어울리는 쓸쓸한 곳을 찾아 방황했다. 그때 강물 위에 떠있는 긴 뗏목 하나가 보였다. 마치 그 뗏목이 자신을 부르는 것만 같았다. 톰은 뗏목 가장자리에 걸터앉아 무섭도록 드넓은 강물을 바라보면서 이 삶의 고통을 느끼지 않기 위해서라도 강물에 빠져 죽어야 하지 않을

까 생각했다. 그러다가 문득 팬지꽃이 생각났다. 톰은 쪼글쪼글해진 팬지꽃을 꺼냈다. 구겨진 팬지꽃을 보자 슬픔이 다시 몰려왔다.

내가 죽으면 그 여자아이가 슬퍼할까? 그 애가 나를 위해 울어 줄까? 두 팔을 내 목에 두르고 나를 위로해 줄까? 아니면 다른 사람들처럼 차갑게 등을 돌리고 떠날까?

이 고통스러운 상상이 어찌나 즐거운지 톰은 그 상상을 키우고 또 키워 나갔다. 하지만 갑자기 모든 게 다 시시하게 느껴졌다. 마침내 톰은 한숨을 쉬면서 일어나 어둠 속으로 발걸음을 옮겼다.

아홉 시 반인가 열 시쯤 되어서 톰은 인적이 끊긴 거리를 따라 '사랑하는 미지의 소녀'가 살고 있는 곳으로 향했다. 마침내 그 집 앞에 도착해 잠시 멈춰 섰다. 귓가에 들리는 소리 하나 없는 고요한 밤이었다. 2층 창문의 커튼 너머로 촛불 빛이 희미하게 새어 나왔다. 저 안에 그 성스러운 소녀가 있을까? 톰은 울타리를 타고 넘어갔다. 그리고 나무 사이로 몰래 숨어들어가 창문 아래에 멈추었다. 거기서 한동안 창문을 올려다보고 있자 격한 감정이 북받쳐 올라 바닥에 벌렁 드러누웠다. 가슴 위에 올려 마주 잡은 두 손에는 시들어 버린 애처로운 팬지꽃이 쥐어져 있었다.

그래, 이렇게 죽어 버리자. 의지할 곳 하나 없이, 내 이마에 맺힌 죽음의 식은땀을 닦아줄 친구 하나 없이, 지독한 고통에 잡아먹히는 날 살펴줄 이 하나 없이. 화창한 아침이 밝아 그 여자애가 창밖

을 내다보면 나를 발견하겠지. 그 아이는 생명이 꺼진 내 모습을 보고 눈물 한 방울을 떨어뜨려 줄까? 젊디젊은 생명이 너무나도 이르고, 지독히도 처참하게 꺾여 버렸다고 한숨이라도 내쉬어 줄까?

그때 창문이 열리더니 하녀의 거친 목소리가 정적을 깨뜨리며 울려 퍼졌다. 그리고 순교자의 유해인 양 드러누워 있던 톰의 몸뚱이 위로 물줄기가 쏟아져 내렸다!

그대로 죽어 가던 우리의 영웅은 벌떡 일어났다. 나지막한 욕설과 함께 미사일이 날아가는 것 같은 소리가 들리면서 유리창이 깨졌다. 뒤이어 작고 희미한 형체가 울타리를 넘어 어둠 속으로 쌩 하고 사라졌다.

집으로 돌아온 톰은 잠을 자려고 옷을 벗었다. 그리고 흠뻑 젖은 옷가지를 양초 불빛에 비춰 보고 있는데, 시드가 잠에서 깼다. 시드는 '넌지시' 말을 걸어 볼까 하다가 입을 다물었다. 톰의 눈빛이 위험하게 빛났기 때문이다.

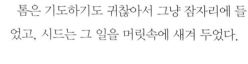

톰은 기도하기도 귀찮아서 그냥 잠자리에 들었고, 시드는 그 일을 머릿속에 새겨 두었다.

제 4장

평온한 세상 위로 아침 해가 떠올라 평화로운 마을을 축복하듯이 비췄다. 아침 식사 후, 폴리 이모는 가족 예배를 드렸다. 예배는 독창성이라곤 전혀 없이 성경 구절을 그대로 인용하며 시작되었다. 예배가 절정에 다다르자, 폴리 이모는 시나이 산에서 모세가 그랬던 것처럼 엄숙하게 십계명을 읊었다.

예배가 끝난 후 톰은 단단히 결심하고 '성경 구절을 머릿속에 넣기 위해' 애썼다. 동생 시드는 이미 며칠 전에 다 외운 터였다. 톰은 성경 다섯 구절을 외우기 위해 온 힘을 다했다. 톰이 선택한 구절은 산상 수훈^{예수가 천국 시민의 삶에 대해 가르치는 내용}의 일부였다. 그보다 더 짧은 구절을 찾기 힘들었기 때문이다. 30분쯤 지나자 어렴풋이나마 내용을

이해는 할 수 있었지만 그 이상은 나아가지 못했다. 머릿속이 온갖 생각으로 채워져 있는 데다 한시도 손을 가만히 두지 못했으니까. 메리가 톰의 책을 빼앗더니 톰에게 구절을 외워 보라고 했다. 톰은 안개처럼 희미한 기억을 떠올리려고 애썼다.

"마음이……어……어……."

"가난한……."

"아, 맞다. 가난한 자. 마음이 가난한 자는 복이 있나니……어……어……."

"천국이……."

"맞아, 천국. 마음이 가난한 자는 복이 있나니 천국이……천국이……."

"저희 것이요."

"어, 저희 것이요. 마음이 가난한 자는 복이 있나니 천국이 저희 것이요. 애통하는 자는 복이 있나니 저희가……저희가……."

"위……."

"위, 위……위……."

"위로!"

"위로를……어……아, 그다음이 뭔지 모르겠어!"

"위로를 받을!"

"아, 위로를 받을……받을……애통하는 자는……복이 있나

니……저희가 위로를 받을……다음이 뭐야? 메리 누나, 좀 가르쳐 주면 안 돼? 왜 자꾸 약만 올리는 거야?"

"톰, 내가 언제 약을 올렸다고 그래? 내가 왜 그러겠니? 그런데 너 다시 외워야겠다. 그렇다고 실망하지는 마, 넌 할 수 있어. 다 외우면 아주 좋은 걸 줄게. 자, 착하지."

"알았어! 그런데 좋은 게 뭐야?"

"걱정 마. 진짜 좋은 거니까."

"누나가 그렇게 말하니 틀림없겠지. 알았어. 다시 외울게."

톰이 성경 구절을 다시 외우기 시작했다. 메리의 선물이 궁금하고 기대가 되었기 때문이다. 그 결과 멋지게 암송에 성공했다. 메리가 톰에게 준 것은 12.5센트짜리 커다란 신상 발로칼^{잭나이프의 일종}이었다. 밀려드는 기쁨에 톰의 온몸이 발끝까지 부르르 떨렸다. 사실 그 칼로는 아무것도 벨 수 없었다. 하지만 '진짜 발로칼'이었다. 말할 수 없는 위엄을 내뿜고 있었기 때문이다. 다른 서부 소년들은 그 칼을 상처 하나 입히지 못하는 엉터리라고 생각했지만 말이다. 톰은 발로칼로 몰래 찬장을 그어 보고, 옷장도 긁어 보려고 했다. 하지만 주일 학교에 가야 하니 옷을 갈아입으라는 소리에 그만 실행에 옮기지 못했다.

메리가 톰에게 물이 담긴 세숫대야와 비누를 갖다 주었다. 톰은 문밖으로 나가 작은 의자 위에 대야를 올려놓았다. 그러고는 비누

를 물에 담가 놓고 소매를 걷어붙였다. 그런 다음 조용히 물을 바닥에 쏟아 버리고 부엌으로 들어가 문 뒤에 걸린 수건으로 얼굴을 닦았다.

그때 메리가 수건을 잡아채며 말했다.

"부끄럽지도 않니, 톰? 넌 그렇게 나쁜 애가 아니잖아. 세수 좀 하면 어떻게 되니?"

톰은 당황했다. 대야에 다시 물을 채웠다. 이번에는 톰도 크게 숨을 들이쉬고는 마음을 다잡고 세수를 하기 시작했다. 그러고 나서 두 눈을 꼭 감은 채 부엌으로 들어가 두 손으로 더듬거리면서 수건을 찾았다. 보란 듯이 얼굴에서 비눗물이 뚝뚝 떨어졌다. 수건으로 얼굴을 닦고 나서 보니 제대로 세수한 것이 아니었다. 가면이라도 쓴 것처럼 뺨과 턱까지만 깨끗했고, 그 아래부터는 물이 전혀 닿지 않아 여전히 더러웠다. 결국 메리가 나서서 톰을 깨끗이 씻겨 주고 곱슬머리를 단정하게 빗겨 주었다. 그제야 톰은 말끔한 모습이 되었다. (하지만 톰은 몰래 곱슬머리를 쫙쫙 펴서 달라붙게 했다. 곱슬머리 때문에 계집애처럼 보일 뿐만 아니라 자신의 인생도 비참하다고 생각했기 때문이다.) 메리는 2년 동안 톰이 일요일에만 입는 옷 한 벌을 꺼냈다. 그 옷은 '다른 옷'이라고도 불렸는데, 그 말만 들어도 톰의 옷이 몇 벌인지 알 수 있었다. 톰이 옷을 다 입자 메리가 옷매무새를 단정하게 정리해 주었다. 윗도리 단추를 단정하게 턱밑까지 채우고, 넓은 셔

츠 깃을 어깨 위로 편 다음, 옷을 한번 털어 주고 점박이 무늬가 있
는 밀짚모자를 씌워 주었다. 톰은 놀랍도록 말끔해졌다. 정작 본인
은 불편해했지만. 깨끗한 옷을 입고 있으니 움직일 때마다 신경이
쓰이고 답답했던 것이다. 톰은 메리가 구두만큼은 잊기를 바랐지만
헛된 희망이었다. 메리는 늘 하던 대로 꼼꼼하게 닦아 놓은 구두를
꺼내 왔다. 톰은 결국 참지 못하고 항상 하기 싫은 일만 시킨다고
화를 냈다.

메리가 톰을 달랬다.

"톰, 넌 착한 아이잖아."

톰은 어쩔 수 없이 구두를 신었다. 메리도 곧 준비를 끝냈고, 세

아이는 주일 학교로 향했다. 톰은 주일 학교를 질색했지만, 시드와 메리는 무척 좋아했다.

주일 학교는 아홉 시부터 시작해서 열 시 반에 끝났다. 그다음에는 예배가 이어졌다. 세 아이 중 두 아이는 언제나 자발적으로 예배에 참석했다. 하지만 나머지 한 아이는 다른 특별한 이유가 있어 예배에 참석했다. 300명 정도가 앉을 수 있는 예배당 의자는 등받이가 높고 딱딱했다. 작고 수수한 건물 지붕에는 첨탑 대신에 소나무로 만든 상자 같은 것이 올려져 있었다. 톰은 문간에서 한 발자국 뒤로 물러나며 외출복을 차려입은 친구에게 다가갔다.

"빌리, 너 노란 딱지 있냐?"

"응."

"그거 내 물건이랑 바꿀래?"

"뭘 줄 건데?"

"감초하고 낚싯바늘."

"보여줘."

톰이 물건을 보여 주었다. 물건이 쓸만했는지 빌리는 당장 딱지를 내어 주었다. 이어서 톰은 하얀 구슬 두 개와 빨간 딱지 세 장을, 다른 잡다한 물건들과 파란 딱지 두 장을 바꿨다. 그렇게 10분에서 15분 동안 톰은 지나가는 남자아이들을 불러 세우고는 다양한 색깔의 딱지를 사들였다. 그리고 깨끗하게 옷을 차려입은 채 시끄럽게

떠드는 아이들과 함께 교회 안으로 들어갔다. 톰은 자기 자리에 앉자마자 가까이 있는 아이에게 시비를 걸었다. 그때 엄격하고 나이가 지긋한 선생이 끼어들어 싸움을 말렸다. 선생이 잠시 등을 돌리자 옆자리에 앉은 애의 머리카락을 잡아당기다가 그 아이가 돌아보자 책을 들여다보는 척했다. 잠시 후에는 다른 아이를 핀으로 찔러서 "아야" 하고 소리를 지르게 만들어 선생한테 또 꾸중을 들었다.

톰의 반은 항상 이러했다. 산만하고 소란스럽고 말썽이 끊이지 않았다. 성경 구절을 암송할 시간이 되면 제대로 외우는 아이가 없었고, 모두 남의 도움을 받아야만 했다. 그래도 간신히 암송을 끝낸 아이들은 성경 구절이 적힌 파란 딱지를 받았다. 파란 딱지는 성경 두 구절을 외우면 받을 수 있는 상이었다. 파란 딱지 열 장은 빨간 딱지 한 장으로 바꿀 수 있었다. 빨간 딱지 열 장을 모으면 노란 딱지 한 장, 노란 딱지 열 장이면 교장 선생한테서 (당시에 40센트밖에 하지 않는) 성경책 한 권을 받을 수 있었다. 그런데 독자들 중에 도레의 성경책^{프랑스 화가 폴 구스타브 도레의 그림이 들어간 값비싼 성경}을 준다고 해도 2000구절을 암기할 사람이 있을까?

하지만 메리는 그런 식으로 벌써 성경책 두 권을 받았다. 2년간의 끈질긴 노력 끝에 얻은 성과였다. 독일계 소년 한 명은 네 권인가 다섯 권을 받았다. 그 소년은 한 번도 쉬지 않고 3000구절을 읊은 적도 있었다. 그런데 정신 건강에 무리가 왔는지 그날 이후로는

바보나 다름없는 아이가 되어 버렸다. 주일 학교로서는 안타까운 일이었다. 큰 행사가 있을 때마다 교장 선생이 그 독일계 아이를 학생들 앞으로 불러내서 (톰의 표현을 그대로 빌리자면) '잘난 척할' 기회를 주었기 때문이다. 이제는 나이 든 아이들만 성경책을 얻으려고 계속 노력했다. 그래서 그런 상을 받는 아이는 거의 없었다. 만약 한 아이가 성경책을 받는 일이 생기면 그 아이는 하루 종일 다른 아이들의 주목을 받았다. 그를 본받아 새롭게 성경 암송에 열의를 불태우는 아이들도 있었지만, 그 열정은 대개 2주밖에 지속되지 못했다. 톰은 그 상을 갈망해본 적이 없었지만 상과 함께 따라오는 영광과 갈채는 오래전부터 갖고 싶어 했다.

이윽고 교장 선생이 교단 앞에 서서 찬송가책 책갈피에 집게손가락을 끼운 채 주목하라고 말했다. 교장 선생은 간단한 설교를 할 때면 언제나 찬송가책을 손에 들었다. 마치 가수가 음악회 무대에 서서 독창을 할 때 악보를 들고 있는 것처럼 말이다. 찬송가든 악보든 들고 있는 사람은 정작 보지 않아 왜 그러는지는 알 수 없었다. 서른다섯 살인 교장 선생은 마른 체격에, 모래 빛깔의 머리를 짧게 하고 염소수염을 갖고 있었다. 옷깃은 어찌나 빳빳하게 세웠는지, 위쪽은 귀에, 앞쪽은 입가에 닿을 것만 같았다. 마치 교장 선생의 시선이 정면만 향하도록 만든 울타리처럼 말이다. 그래서 옆을 보려면 몸전체를 돌려야 할 것 같았다. 턱 아래에는 지폐처럼 넓고 길쭉한 데

다 장식 술이 달린 넥타이가 있었다. 구두는 당시 유행에 따라 끝이 썰매 날처럼 날카롭게 위로 치솟아 있었다. 몇 시간 동안 공들여서 구두 앞쪽을 벽에 대고 눌러야만 얻을 수 있는 결과였다. 월터스 교장 선생은 매우 성실하고 진지하며 정직한 사람이었다. 성스러운 물건과 장소를 세속적인 것과 엄격히 구분하고 소중히 여겼기 때문에 주일 학교에서는 자기도 모르게 보통 때와는 다른 목소리를 냈다.

"어린이 여러분, 이제 허리를 곧게 펴고 예쁘게 앉아 내 말에 집중해 주세요. 거기, 좋아요. 훌륭한 어린이들은 그런 태도를 갖춰야 하죠. 여학생 한 명이 창밖을 보고 있군요. 제가 창밖의 어떤 나무 위에 앉아 작은 새들에게 이야기를 하고 있다고 생각하나 보네요. (킥킥거리는 소리) 이토록 깨끗하고 밝은 얼굴의 여러분이 선하고 옳은 것을 배우려고 이 자리에 모이다니, 정말 기쁩니다."

이런 식으로 교장 선생의 설교는 계속되었다. 내용을 전부 소개할 필요는 없을 것 같다. 언제나 비슷해서 별 다를 게 없는 내용이니까.

설교의 마지막 3분의 1은 못된 남자아이들의 다툼과 장난질로 엉망이 됐다. 게다가 꼼지락거리고 속삭이는 소리가 점점 더 퍼져 나가 시드와 메리처럼 얌전히 앉아 있던 아이들도 시끄러운 분위기에 휩쓸릴 지경이었다. 하지만 교장 선생의 목소리가 나지막해지면서 아이들도 조용해졌다. 그리고 설교가 끝나자 아이들은 마음속으로

감사의 인사를 전했다.

사실 아이들이 소곤거린 이유는 손님 때문이었다. 교회에 손님이 찾아오는 일은 흔하지 않았다. 대처 변호사는 상당히 허약해 보이는 노인과 머리가 희끗한 중년 신사, 그 신사의 아내로 보이는 기품 있는 부인을 데리고 들어왔다. 게다가 그 부인 뒤에는 여자아이 한 명도 따라왔다.

한편 톰은 안절부절못하며 초조해했다. 양심의 가책까지 느꼈다. 에이미 로렌스의 눈을 쳐다볼 수 없었다. 그녀의 사랑스러운 눈빛을 견딜 수도 없었다. 눈앞에 나타난 그 작은 손님을 보는 순간에 마음이 기쁨으로 울렁거렸기 때문이다. 톰은 온 힘을 다해서 허세를 부리기 시작했다. 아이들을 때리고, 머리카락을 잡아당기고, 얼굴을 찌푸리는 등 한마디로 여자아이의 눈길을 끌법한 모든 행동을 했다. 물론 그에게도 한 가지 흠이 있었다. 그 천사 같은 아이의 정원에서 무시당한 굴욕감이었다. 하지만 그 기억은 모래에 난 흔적처럼 밀려드는 행복의 파도에 쓸려가 버리고 없었다.

손님들은 귀빈석에 앉았다. 월터스 교장 선생이 설교를 끝맺자마자 그들을 소개했

다. 중년의 신사는 대단한 인물이었는데, 다름 아니라 지방 판사였다. 모든 아이들이 지금껏 본 사람 중에서 가장 대단한 사람이었던 것이다. 아이들은 대체 어떤 사람인지, 어떻게 고함을 지르는지 궁금해하면서도 다른 한편으로는 정말 고함을 지를까 봐 두려워했다. 중년 신사는 20킬로미터 정도 떨어진 콘스탄티노플에서 왔다고 했다. 여기저기 세상을 여행하며 많은 것을 구경했음이 틀림없었다. 양철 지붕으로 유명한 지방 법원도 보았을 것이다. 사람들은 경외심에 완전히 사로잡힌 채 그 판사를 뚫어지게 바라보았다. 이렇게 주목받는 그는 마을의 변호사 대처 씨의 형, 대처 판사였다. 그때 제프 대처가 앞으로 나와 그 위대한 손님과 친숙하게 이야기하자 주일 학교 사람들의 시기를 한 몸에 받았다. 제프 대처에게는 주변 사람들의 소곤거리는 소리가 아마 음악 소리와도 같았을 것이다.

"저기 봐, 짐! 제프 대처가 올라갔어. 저기 보라고! 저 사람과 악수를 하다니! 우와, 너도 제프가 되고 싶지 않니?"

월터스 씨는 자신을 한껏 과시하느라 정신이 없었다. 잡다한 일로 지시를 하고 판단을 내리는 등 이리저리 바쁘게 돌아다녔다. 사서도 덩달아 법석을 떨었다. 책을 두 팔 가득 안고서 이리저리 뛰어다니며 부산하게 행동했다. 젊은 여교사들도 마찬가지였다. 방금 전 친구에게 주먹으로 맞은 아이들을 다정하게 굽어살피거나, 못된 아이들에게는 손가락을 치켜세워 경고를 하고, 착한 아이들은 사랑스럽

게 토닥거렸다. 남자 교사들도 아이들을 꾸짖으면서 권위를 보여 주기도 하고, 훈육에 얼마나 많은 관심이 있는지를 표명하느라 부산했다. 무엇보다 대부분의 교사들은 남녀 할 것 없이 (다소 당혹스러운 표정으로) 강단 옆의 도서실을 두세 번씩 들락날락거렸다. 어린 여자아이들도 다양한 방법으로 자신을 드러내는 데 힘썼고, 남자아이들은 두툼한 종이 뭉치를 획획 던지며 존재감을 드러내느라 정신이 없었다. 이런 와중에 그 대단한 사람도 근엄한 미소로 예배당 안을 둘러보며 스스로를 힘껏 과시했다.

하지만 월터스 씨를 완벽하게 기쁘게 하는 데 한 가지 부족한 것이 있었다. 그것은 바로 성경책을 상으로 주고 자랑할 만한 영재였다. 노란 딱지를 가진 학생들은 몇몇 있었지만 성경책을 받을 정도로 충분하게 가진 아이는 없었다. 사실 월터스 씨는 이미 우수한 학생들에게 딱지를 몇 장 가지고 있는지 물어보았다. 그 결과 그 독일계 소년에게 온전한 정신을 되찾아줄 수 있다면 온 세상을 다 내주고 싶은 심정이 되었다.

희망이 사라져 가던 그때 톰 소여가 노란 딱지 아홉 장과 빨간 딱지 아홉 장, 파란 딱지 열 장을 가지고 나와서 성경책을 달라고 했다! 마른하늘에 날벼락 같은 일이었다. 월터스 씨는 톰이 성경책을 받으러 나올 일은 10년이 지나도 없을 거라고 생각했기 때문이다. 하지만 어쩔 수 없었다. 톰 소여가 너무나도 명백한 증거를 내밀었

으니까. 톰은 판사와 다른 고귀한 사람들이 앉아 있는 곳으로 올라갔다. 곧이어 이 엄청난 소식이 발표되자마자 그 파장이 얼마나 대단했는지 새롭게 탄생한 영웅은 판사와 동등한 위치까지 올라갔다. 그 바람에 주일 학교 아이들은 위대한 인물을 한 번에 두 명씩이나 우러러보게 되었다. 남자아이들은 하나같이 시기심에 불타올랐다. 특히 울타리를 칠하는 일을 넘겨받는 대신 딱지를 준 아이들이 누구보다도 쓰디쓴 기분을 맛보았다. 하지만 풀숲에 숨은 교활한 뱀처럼 약아빠진 사기꾼에게 속아 넘어간 자신들을 탓하는 수밖에 없었다.

교장 선생은 최대한 으스대며 톰에게 상을 수여했다. 하지만 진심은 부족해 보였다. 그 가련한 선생은 본능적으로 떳떳지 못한 비밀이 있음을 감지했기 때문이다. 톰 소여가 2000개나 되는 성경 구절을 외울 리가 없지 않은가. 열두 구절을 외우는 것도 힘들어하던 아이인데.

에이미 로렌스는 톰이 너무나 자랑스러웠다. 그래서 톰과 시선을 맞추려고 애썼다. 그런데 톰이 시선을 피하는 것이 아닌가. 에이미는 불안했다. 한 번 피어오른 불안은 사라지지 않았다. 유심히 주위를 살펴보고 나서야 그 이유를 알게 되었다. 순간, 에이미의 가슴이 무너져 내리면서 질투와 분노가 끓어올랐고, 곧이어 눈물이 흘러내렸다. 에이미는 모든 사람이 미웠다. 그중에서 톰이 제일 미웠다.

톰은 판사 앞에 서자 혀가 움직이지 않고 숨도 가빠지면서 심장이 쿵쿵 뛰었다. 판사의 위엄에 주눅이 들기도 했지만, 더 중요한 이유는 판사가 그 여자아이의 아버지였기 때문이다. 만약 주위가 어둡다면 판사에게 무릎을 꿇고 존경을 표했을 것이다. 판사는 한 손으로 톰의 머리를 쓰다듬고 훌륭한 어린이라고 칭찬하며 이름을 물었다.

톰은 더듬거리다가 간신히 대답했다.

"톰이에요."

"그게 아니지. 톰이 아니라 그……."

"토머스예요."

"그래, 그거야. 또 있지 않니? 성이 있을 텐데. 성은 뭐니?"

"성도 말씀드리거라, 토머스." 월터스 씨가 말했다. "'판사님'이라고 공손하게 말씀드리는 것도 잊지 말고. 그게 예의란다."

"토머스 소여예요, 판사님."

"그렇구나! 착한 아이야. 아주 훌륭해. 착실하고 남자답구나. 성경 구절을 2000개나 외우다니. 정말 대단해. 그 많은 구절을 외운 걸 절대 후회하지 않을 게다. 지식은 이 세상에서 가장 소중한 거니까. 지식을 쌓아야 위대한 사람도, 착한 사람도 될 수 있어. 너도 훌륭하고 착한 사람이 될 거야, 토머스. 훗날 주일 학교에 다닌 게 얼마나 큰 힘이 되는지 알 날이 올 거란다. 나를 가르쳐 주신 다정한

선생님들, 이렇게 훌륭하고 기품 있는 성경책을 주신 교장 선생님께 큰 빚을 졌다고 말할 날이 말이야. 네가 외운 2000개의 성경 구절은 아무리 큰돈을 주고도 바꿀 수 없는 거야. 정말이란다. 그러니 나와 내 아내에게 네가 외운 구절을 조금 들려주겠니? 기꺼이 내 부탁을 들어주겠지? 우리는 너처럼 열심히 공부하는 아이를 자랑스럽게 여기거든. 넌 예수님의 열두 제자 이름을 모두 알고 있겠지? 그중에서 제일 먼저 제자가 된 두 사람의 이름이 뭐지?"

톰은 단추 구멍을 잡아당기면서 당황스러운 표정을 지었다. 그러다가 얼굴을 붉힌 채 시선을 내리깔았다. 월터스 씨는 가슴이 철렁 내려앉았다. 톰이 이런 쉬운 질문에도 대답하지 못할 것 같았기 때문이다. 판사님은 왜 톰에게 이런 질문을 한 걸까? 하지만 이미 벌어진 상황을 어떻게든 수습해야 할 것만 같았다.

"질문에 대답하거라, 토머스. 겁먹지 말고."

톰은 여전히 우물쭈물했다.

"넌 답을 알고 있겠지? 처음으로 예수님의 제자가 된 두 사람의 이름은……."

"다윗과 골리앗이요!"

다음 장면은 보여 주지 않는 편이 자애로운 처사일 것 같다.

제 5장

열 시 반이 되자 작은 교회의 금이 간 종이 울렸다. 마을 사람들이 하나둘 아침 예배를 드리기 위해 모여들었다. 주일 학교 학생들은 제각각 흩어져서 부모님들과 함께 앉았다. 어른들이 쉽게 감시할 수 있도록 하기 위해서였다. 폴리 이모가 들어오자 톰과 시드, 메리는 이모 옆에 앉았다. 톰의 자리는 복도 쪽이었다. 톰이 아름다운 바깥 풍경에 한눈팔지 않도록 창문에서 멀리 떨어진 자리를 정해준 것이었다. 사람들이 차례차례 들어왔다. 한때 부유했지만 지금은 가난에 시달리는 우체국장과 시장 부부(이 마을에서 필요 없는 사람들 중 하나였다.), 마을 보안관, 예쁘고 재치가 넘치는 더글러스 미망인이 예배에 참석했다. 더글러스 부인은 마흔 살인데 정이 많고

착한 데다 부자였다. 그녀의 집은 언덕 위에 있는데 마을에서 유일하게 화려한 곳이었다. 또한 부인은 마을에서 행사가 열릴 때마다 아낌없이 후원했다. 등이 굽었지만 위엄 있는 워드 소령과 그 부인, 최근에 멀리서 이사 온 리버슨 변호사도 예배에 참석했다. 이어서 마을에서 제일 아름다운 아가씨가 하늘거리는 옷에 예쁜 리본을 장식한 젊은 아가씨들 한 무리를 거느리고 왔다. 그 뒤로 머릿기름을 바른 마을의 젊은 총각들이 출입문 앞에 둥글게 모여 서서 사탕수수 줄기를 씹으며 마지막 아가씨까지 감상하고 나서야 들어왔다. 마지막으로 모범생 윌리 머퍼슨이 어머니를 조심스럽게 모시고 왔다. 윌리 머퍼슨은 이러한 태도 덕분에 아주머니들 사이에서 인기가 많았다. 다른 남자아이들의 미움을 받긴 했지만 말이다. 윌리는 사실 '본보기가 될만한' 아이였다. 일요일이면 언제나 하얀색 손수건을 뒷주머니에 꽂고 다녔으니까. 반면 톰은 손수건을 가지고 다니기는커녕 오히려 손수건을 가지고 다니는 아이를 경멸했다.

예배당이 사람들로 들어찼다. 아직 들어가지 않고 꾸물대는 사람들에게 서두르라는 듯 종이 한 번 더 울렸다. 예배당 안이 엄숙해졌다. 성가대원들의 킬킬거리는 목소리밖에 들리지 않았다. 성가대원들은 예배 중에도 소곤거렸다. 착실한 성가대원을 언제쯤 봤는지 기억도 나지 않을 지경이다. 너무나 오래전이라서 확실하지는 않지만 외국의 성가대원이었던 것 같다.

목사가 그 지방의 특이한 방식으로 유쾌하게 찬송가를 불렀다. 그의 목소리는 중간 정도의 높낮이로 시작해서 최고 절정으로 치달았다가 발판을 딛고 다이빙을 하는 것처럼 하강했다.

다른 이들은 피를 흘리며 크게 싸우는데
나 어찌 편히 누워 상 받기 바라나?

목사는 뛰어난 낭송가였다. 언제나 교회 친목 모임에서 시를 낭송해 달라는 부탁을 받을 정도였다. 목사가 낭송을 마치면 부인들은 들어 올린 두 손을 무릎 위에 가지런히 내려놓고는 눈을 감고 천천히 고개를 끄덕였다. 마치 "말로 표현할 수 없을 만큼 아름다워요. 이 세상의 것이라고 하기에는 너무나 아름답군요."라고 말하려는 듯이.

스프라그 목사는 찬송가를 부르고 나서 회의와 친목 모임의 '공지 사항'을 읽어 나갔다. 목록이 너무 길어 세상의 종말이 올 때까지도 이어질 것만 같았다. 이는 신문이 쏟아져 나오는 이 시대에도 여전히 유지되고 있다. 관습이란 쉽게 없어지지 않는 법이니까.

목사가 기도를 시작했다. 선량하고 너그럽고 세세하게 조목조목 기도를 했다. 교회와 교회 아이들, 마을의 다른 교회들, 마을 그 자체, 동네와 주, 주 정부 관리들, 국회, 대통령, 정부 관리들, 파도에

시달리는 가련한 선원들, 유럽 군주국과 동양의 전제주의 아래서 고통받는 백성들을 위해 올리는 기도였다. 뿐만 아니라 빛과 기쁨이 가득한데도 그것을 볼 눈도, 들을 귀도 없는 사람들과 저 먼 바다의 섬에 살고 있는 이교도들도 그 대상이었다. 마지막으로 목사는 자신의 기도가 하나님의 은총과 가호를 받아 비옥한 땅에 뿌리를 내려 선한 열매로 풍성하게 태어나기를 바란다며 끝을 맺었다. 아멘.

기도가 끝나자 서 있던 사람들이 자리에 앉았다. 이 책의 주인공인 톰은 기도 시간이 전혀 즐겁지 않았다. 그저 참고 견뎠다. 그렇다고 가만히 있지도 않았다. 소년은 기도의 내용을 따져 보았다. 물론 기도를 잘 듣지는 않았지만 그 나이 지긋한 목사가 기도하는 방식은 잘 알고 있었다. 그래서 새로운 점이 조금이라도 추가되면 톰은 금방 알아채고 분개했다. 새로운 내용을 추가하는 것이 부당하다고 생각했기 때문이다.

기도 시간 중에 파리 한 마리가 톰 앞에 있는 신도석 등받이에 앉았다. 파리는 두 다리를 모아 비비며 톰의 신경을 건드렸다. 파리가 두 다리로 머리를 어찌나 열심히 문질러 대는지 머리가 몸통에서 떨어져 나갈 것만 같았다. 게다가 목은 얼마나 가느다란지. 이번에는 파리가 뒷다리로 날개를 비볐다. 어찌나 차분하게 단장하는지 자신이 안전한 상태임을 알고 있는 모양이었다. 사실 안전한 곳

이긴 했다. 톰이 파리를 잡고 싶어 안달이 났지만 그럴 수 없었으니까. 톰은 기도 중에 그러면 즉시 영혼이 지옥에 떨어질 거라고 믿는 아이였다. 기도가 끝나자마자 톰은 한 손을 오므려 앞으로 뻗었다. 그리고 '아멘' 소리가 들리는 순간, 톰은 파리를 잽싸게 낚아챘다. 그러나 곧 그 광경을 본 폴리 이모가 톰에게 파리를 놓아주라고 말했다.

목사가 성경 구절을 읽고 나서 단조로운 목소리로 설교하기 시작했다. 내용이 어찌나 진부한지 많은 사람들이 고개를 꾸벅거리며 졸았다. 설교 내용은 끝없이 타오르는 지옥 불과 구원받을 사람들이 점점 줄어들고 있다는 것이었다. 톰은 설교문 쪽수를 헤아려 보았다. 예배가 끝나고 나면 설교문이 몇 장인지는 기억해도 내용은 좀처럼 기억하지 못했다. 하지만 이번에는 톰의 흥미를 끄는 부분이 있었다. 바로 사자와 양이 함께 누워 있고, 어린아이가 그 짐승들을 이끄는 천년 왕국의 장엄하고도 감동적인 장면이었다. 하지만 그 장면에 담긴 교훈은 소년의 마음에 와닿지 않았다. 그저 톰은 그 순하게 길들인 사자를 이끄는 어린아이가 자신이라고 상상했다. 그러자 톰의 얼굴이 환해졌다.

다시 진부한 설교가 이어졌다. 지루해하던 톰은 문득 주머니에 넣어둔 보물을 떠올렸다. 그것은 턱이 발달한 큰 검정 딱정벌레였다. 톰은 그것을 '집게벌레'라고도 불렀다. 뇌관^{탄약을 점화하는 데 쓰는 금속관}

상자에 있던 그 녀석은 밖으로 나오자마자 톰의 손가락을 꽉 물었다. 깜짝 놀란 톰이 손톱으로 팅겨내 버리자 딱정벌레는 뒤집어진 채 복도에 나동그라졌다. 톰은 아픈 손가락을 입에 넣었다. 딱정벌레는 어떻게든 몸을 뒤집으려고 버둥거렸지만 제 힘으로는 불가능해 보였다. 톰은 다시 딱정벌레를 잡고 싶었지만 손이 닿지 않았다. 설교에 흥미를 잃고 있던 다른 사람들은 구원 투수라도 만난 것처럼 딱정벌레를 힐끔거렸다.

그때 푸들 한 마리가 어슬렁거리며 다가왔다. 슬픈 표정의 푸들은 여름날의 나른함에 지쳐 새로운 것을 찾는 모양이었다. 그러다가 딱정벌레를 발견하자 축 늘어져 있던 꼬리를 흔들었다. 하지만

곧바로 달려들지 않고 좀 떨어진 거리에서 빙빙 돌며 장난감을 살폈다. 다시 한 번 주변을 돌고는 마침내 다가가서 코를 킁킁거리며 냄새를 맡았다. 그러고는 조심스럽게 물려고 했지만 놓치고 말았다. 하지만 포기하지 않고 몇 차례 더 시도했다. 이윽고 푸들은 딱정벌레를 앞발 사이에 가둬 놓고 갖고 놀았다. 그러다가 흥미가 떨어졌는지 가만히 앉아 꾸벅꾸벅 졸기 시작했다. 그런데 점점 처지던 푸들의 턱이 딱정벌레에게 닿았고, 그 턱은 세게 물리고 말았다. 즉시 푸들이 시끄럽게 짖어대면서 고개를 흔들어 딱정벌레를 멀찍이 떼어 냈다. 딱정벌레는 또다시 나가떨어져 바닥에 벌렁 뒤집어졌다.

그 광경을 바라보던 주위의 몇몇 사람들은 웃음을 참으려고 몸을 부르르 떨었고, 어떤 이들은 부채와 손수건으로 얼굴을 가리기도 했다. 톰의 기분은 최고였다. 어리석어 보이는 푸들이 복수를 하고 싶은 것 같았다. 다시 딱정벌레에게 다가가 이리저리 딱정벌레를 건드리고, 앞발로 밟기도 했다. 이빨로 물어 올리다가 마구잡이로 흔들기도 했다.

하지만 또 싫증이 난 것 같았다. 이번에는 파리를 갖고 놀더니 금세 흥미를 잃었는지 개미 한 마리를 쫓느라 코를 바닥에 바짝 붙였다. 그것도 결국 오래가지 못했다. 푸들은 하품을 크게 한 뒤 딱정벌레가 있다는 사실을 까맣게 잊어버리고 그 위에 앉아 버렸다. 동

시에 시끄럽게 짖어 대며 통로로 냅다 달렸다. 푸들은 계속 울부짖으며 제단 앞쪽을 가로질러 달리다가 문 앞으로 달렸다. 그 모양새가 마치 양털을 뒤집어쓰고 궤도를 도는 혜성처럼 보였다. 그렇게 내달리던 푸들은 마침내 궤도에서 벗어나 주인의 무릎 위로 펄쩍 뛰어올랐다. 하지만 주인은 푸들을 창밖으로 던져 버렸다. 고통스럽게 울부짖는 소리가 차츰 작아지더니 저 멀리 사라져 갔다.

교회 안에 있던 사람들은 웃음을 참느라 얼굴이 벌겋게 달아올랐다. 설교는 이미 중단되어 있었다. 목사가 다시 설교를 시작했지만 끊긴 흐름은 되찾을 수 없었다. 심지어 목사가

중요한 내용을 말할 때에도 사람들은 의자 뒤에 얼굴을 숨기고 킥킥거리며 웃었다. 축복 기도를 올릴 때가 되어서야 안도의 한숨을 내쉬었다.

톰 소여는 따분한 예배라 해도 조금만 변화를 주면 들을 만하다고 생각하며 기분 좋게 집으로 돌아왔다. 다만 한 가지 안타까운 일은 푸들이 딱정벌레를 갖고 노는 것까진 괜찮았는데, 그렇게 달고 가버릴 줄은 몰랐다는 것이다.

제 6장

　월요일 아침이 되자 톰 소여는 우울했다. 월요일만 되면 언제나 괴로웠다. 또다시 학교에 가야 하는 한 주가 시작되기 때문이었다. 차라리 주말이 없는 게 낫겠다는 생각도 들었다. 주말을 즐겁게 보내고 나면 학교로 돌아가서 포로 생활을 하는 게 더욱 끔찍하게 느껴졌으니까.

　톰은 자리에 누운 채로 곰곰이 생각했다. 차라리 아프면 좋겠다는 생각까지 들었다. 그러면 학교를 빼먹을 수 있을 테니까. 톰은 몸을 샅샅이 살펴보았다. 아픈 곳은 없었다. 그런데 다시 한 번 살펴보자 배탈이 난 것 같기도 했다. 이거다 싶어 신경을 잔뜩 곤두세웠지만 통증은 점점 약해지더니 사라져 버렸다. 다시 몸을 살펴보

다가 뭔가를 발견했다. 윗니 하나가 흔들리고 있었다. 운이 좋았다. 즉시 톰은 '출발 신호'로 신음을 내려고 했다. 그런데 이가 아프다고 하면 폴리 이모가 이를 빼려 할 테고 그러면 정말 아플 거라는 생각이 들었다. 그래서 흔들리는 이는 그대로 두고 다른 문제를 한참 찾아보았지만 아픈 곳이 없었다. 그때 의사가 어떤 환자에게 2~3주 동안 누워서 쉬지 않으면 손가락을 잃을 수도 있다고 말하던 것이 떠올랐다. 톰은 이불 밑에서 아픈 발가락을 꺼내 살펴보았다. 하지만 발가락을 잃을 정도로 아프려면 어떤 증상이 나타나야 하는지 몰랐다. 그래도 해볼 만한 가치가 있다는 생각에 상당히 그럴 듯하게 신음 소리를 내기 시작했다.

하지만 시드는 곯아떨어져 아무것도 듣지 못했다.

톰은 더 크게 앓는 소리를 냈다. 이제는 정말로 발가락이 아픈 것 같기도 했다.

하지만 시드는 여전히 꿈쩍도 하지 않았다.

톰은 숨을 헐떡거리기까지 했다. 그리고 잠시 쉬었다가 강도를 훨씬 높여서 연거푸 신음을 했다.

반면 시드는 이제 코까지 골았다.

톰은 짜증이 솟구쳐 올라 큰 소리로 시드를 부르며 어깨를 흔들어 깨웠다.

"시드, 시드!"

이 방법은 효과가 있었다. 톰이 다시 끙끙 앓으며 신음을 했다. 잠에서 깬 시드는 짜증을 내며 하품을 하고 기지개를 펴더니 팔꿈치로 몸을 받치고 일어나 앉아 톰을 바라봤다. 톰은 계속 앓는 소리를 냈다.

"형! 형!"

시드가 다급하게 불러도 톰은 답하지 않았다.

"형! 형! 왜 그래?"

시드가 계속 톰을 흔들며 걱정스러운 표정으로 들여다보았다.

톰은 계속 신음했다.

"흔들지 마, 시드. 가만있어."

"왜 그래? 폴리 이모를 불러올게."

"아냐, 그러지 마. 좀 있으면 괜찮아질 거야. 아무도 부르지 마."

"안 돼! 끙끙 앓고 있잖아. 무섭게 왜 그래? 언제부터 이랬어?"

"몇 시간 됐어. 윽, 그렇게 흔들지 마. 죽을 것 같다고."

"좀 일찍 깨우지 그랬어? 앓는 소리 좀 그만 내. 그 소리를 들으니까 소름이 돋는다고. 형, 대체 왜 그래?"

"다 용서할게, 시드. (신음 소리를 내며) 네가 나한테 한 짓 전부. 내가 죽으면……."

"맙소사, 형. 지금 죽는 거야? 안 돼. 죽지 마. 어쩌면……."

"난 모두 용서할 거야, 시드. (신음 소리를 내며) 그렇게 전해줘. 그

리고 우리 마을에 새로 이사 온 여자아이에게 내 창틀과 외눈박이 고양이를 전해 주고 내 말도 좀 전해⋯⋯."

하지만 이미 시드는 옷가지를 낚아채서 사라지고 없었다. 이제 톰은 진짜로 몸이 아팠다. 연기력이 어찌나 완벽한지 진짜 아픈 사람처럼 신음했다.

시드가 아래층으로 달려 내려가면서 소리쳤다.

"폴리 이모, 큰일 났어요! 형이 죽어 가요!"

"죽어 간다고!"

"네, 어서요. 빨리 오세요!"

"헛소리! 난 안 믿는다!"

말은 그렇게 하면서도 폴리 이모는 위층으로 달려 올라갔고, 메리와 시드가 그 뒤를 따랐다. 이모의 얼굴이 창백해지고, 입술이 바르르 떨렸다. 이모가 톰의 침대 옆에 서서 숨을 헐떡거리며 물었다.

"톰! 왜 그러니?"

"아, 이모, 전⋯⋯."

"어서 말해 봐. 어디가 아픈 거니, 얘야?"

"이모, 발가락이 썩고 있는 것 같아요!"

이모는 의자에 털썩 주저앉아 살짝 웃었다가 울었다가 나중에는 울면서 웃었다. 그리고 겨우 마음이 가라앉고는 말을 꺼냈다.

"톰, 깜짝 놀랐잖니! 그런 헛소리는 집어치우고 당장 일어나."

앓는 소리를 그만두자 발가락의 통증도 사라졌다. 톰은 약간 멋쩍어하면서 말했다.

"진짜 발가락이 썩는 것 같았다고요. 너무 아파서 이가 아픈 것도 잊어버렸는걸요."

"이가 어째? 이가 아프다고?"

"이 하나가 흔들려서 많이 아파요."

"그만, 앓는 소리는 그만 내렴. 입을 벌려봐. 음, 이가 흔들리긴 하는구나. 하지만 그 정도로 죽지는 않아. 메리, 명주실이랑 부엌에 있는 숯불 하나 가져오렴."

"안 돼요, 이모. 제발 뽑지 마세요. 이젠 안 아파요. 제발요, 이모. 이제 학교 빼먹고 집에 있겠다는 생각은 안 할게요."

"아하! 그러니까 학교 빼먹고 낚시하러 가고 싶어서 이 소동을 피웠구나. 톰, 내가 널 얼마나 사랑하는지 아니? 그런데 넌 이 늙은 이모의 마음을 짓밟으려고 별의별 수를 다 쓰는구나."

바로 이를 뺄 준비가 완료되었다. 부인은 명주실의 한쪽 끝으로 고리를 만들어 톰의 흔들리는 치아에 걸고 다른 한쪽 끝은 침대 기둥에 묶었다. 그러고는 갑자기 숯불을 톰의 얼굴에 들이댔다. 톰이 놀라서 뒤로 물러가자 순식간에 이가 빠져서 침대 기둥에 대롱대롱 매달렸다.

모든 시련에는 보상이 따르게 마련이다. 아침을 먹고 학교에 갔

을 때 톰은 모든 남자아이들이 부러워하는 대상이 되었다. 윗니가 빠진 덕분에 아주 새롭고도 감탄할 만한 방법으로 침을 뱉을 수 있었기 때문이다. 그 재주에 홀려서 톰 주변에 아이들이 몰려들었다. 그전까지는 손가락 하나를 베인 아이가 감탄과 경외의 대상이었다. 갑자기 추종자들과 영광을 잃어버린 그 아이는 침을 뱉는 재주 따위는 아무것도 아니라고 비아냥거리다가 어떤 아이가 "너 샘나서 그러는 거지?"라고 말하니 그 자리를 슬며시 떴다.

얼마 후, 톰은 동네 주정뱅이의 아들이자 어린 부랑자인 허클베리 핀을 만났다. 마을 여자들은 허클베리를 모두 싫어했다. 그가 게으르고 예의도 없고 상스럽고 불량한 말썽쟁이였기 때문이다. 뿐만 아니라 마을 아이들이 허클베리를 따라 하기도 했다. 톰도 그 숭배자 무리 중 한 명이었다. 허클베리와 어울리지 말라는 주의를 받아도 자유로운 허클베리를 부러워했다. 그래서 톰은 기회가 있을 때마다 허클베리와 어울렸다. 허클베리는 어른들이 버린 옷을 걸치고 다녔는데, 하나같이 누더기처럼 너덜너덜했다. 그중에서도 모자는 초승달 모양처럼 가장자리가 찢어져 가장 엉

망이었다. 하나뿐인 코트는 걸치면 발꿈치까지 내려왔고, 등에 달린 단추는 아래쪽 엉덩이 근처에 떨어질듯 대롱대롱 달려 있었다. 게다가 바지에는 멜빵이 하나밖에 없었고, 엉덩이 부분은 축 늘어져 있었으며, 장식이 달린 바짓단은 걷어 올리지 않으면 땅바닥에 쓸렸다.

허클베리는 자기 마음대로 돌아다녔다. 날이 좋을 때는 문간에서 잤고, 비가 올 때는 커다란 통 안에 들어가 잠을 청했다. 학교나 교회에도 가지 않았고, 누구의 명령에도 따를 필요가 없었다. 그래서 수영도 하고 싶을 때 했다. 허클베리에게는 싸우지 말라고 하는 사람도 없었다. 게다가 허클베리는 얼마든지 늦게까지 잘 수 있었다. 봄이면 제일 먼저 맨발로 다녔고, 가을에는 제일 늦게 가죽옷을 걸쳤다. 씻지도 않았고, 깨끗한 옷을 입지도 않았다. 욕도 멋들어지게 할 수 있었다. 한마디로 그 소년은 정말로 멋진 인생을 살고 있었다. 그래서 부모의 간섭에 지친 세인트피터즈버그의 아이들은 허클베리를 부러워했다.

톰은 그 낭만적인 부랑자를 큰 소리로 불렀다.

"안녕, 허크허클베리의 애칭!"

"아, 안녕. 이거 어때?"

"그게 뭔데?"

"죽은 고양이."

"보여줘. 상당히 뻣뻣하네. 어디서 난 거야?"

"어떤 녀석한테서 샀어."

"뭘 줬는데?"

"파란 딱지랑 도축장에서 얻은 방광."

"파란 딱지는 어디서 났는데?"

"2주 전에 벤 로저스한테 굴렁쇠 채를 주고 샀어."

"으흠, 근데 죽은 고양이로 뭘 하려고?"

"뭘 하긴? 이걸로 사마귀를 뺄 수 있지."

"그걸로 사마귀를 뺀다고? 난 더 좋은 방법을 알고 있는데."

"그런 게 있을 리 없는데, 그게 뭐야?"

"그건 바로 썩은 나무 그루터기에 고인 물이야."

"썩은 그루터기에 고인 물이라고? 나라면 그 방법은 안 쓸 거야."

"안 쓸 거라고? 해보기는 했어?"

"아니. 하지만 밥 태너가 그걸 해봤대."

"누가 그래?"

"어, 밥이 제프 대처에게 말했고, 제프가 조니 베이커에게 전했고, 또 조니가 짐 홀리스에게 말했대. 짐은 벤 로저스에게 말했는데, 벤은 또 검둥이 녀석에게 말했지. 그 검둥이가 바로 나한테 이야기해 줬고!"

"그 애들은 다 거짓말쟁이야. 검둥이 그 한 명만 빼면 말이야. 잘

은 모르지만 그 검둥이가 거짓말하는 건 본 적이 없거든. 그건 그렇고, 밥 태너가 어떻게 했는지 말해줘."

"빗물이 고인 썩은 나무 그루터기에 손을 담갔대."

"대낮에?"

"응, 확실해."

"그루터기를 마주 보고?"

"응, 내가 알기로는 그래."

"말도 했대?"

"글쎄, 그건 잘 몰라."

"그 물을 그렇게 사용해서는 안 돼! 그렇게 해서는 효과가 없어. 혼자서 숲 한가운데로 가야 해. 자정에 썩은 나무 그루터기가 있는 곳으로 가서 등을 돌리고 선 다음, 그루터기에 고인 물에 손을 담그고 이렇게 말하는 거야. '보리알, 보리알, 옥수수 가루, 썩은 그루터기 물아, 썩은 그루터기 물아, 사마귀를 집어삼켜라.' 그러고 나서 눈을 감은 채 재빨리 열한 걸음 뒤로 물러서야 해. 그다음에 제자리에서 세 바퀴 돌고 집으로 가는 거야. 근데 가는 길에 아무하고도 말을 하면 안 돼. 그랬다가는 효력이 없어지거든."

"좋은 방법인 것 같네. 하지만 밥 태너는 그렇게 하지 않았대."

"그랬겠지. 걔는 우리 동네에서 사마귀가 제일 많은 애잖아. 걔가 썩은 그루터기 물을 제대로 사용할 줄 안다면 사마귀가 하나도 없

겠지. 난 썩은 그루터기 물로 사마귀를 수없이 많이 없앴는걸. 개구리를 가지고 놀아서 사마귀가 많이 생기더라고. 가끔씩은 콩으로도 사마귀를 없앴지만."

"그래, 콩. 그건 나도 해봤어."

"그래? 넌 어떻게 했는데?"

"콩을 반으로 잘라서 사마귀에 대고 문질러 피가 나면 그 피를 자른 콩 한쪽에 묻히고 달이 뜨는 밤에 땅을 파서 묻는 거야. 나머지 콩 한쪽은 태워야 해. 그럼 피 묻은 콩 한쪽이 다른 한쪽을 끌어당길 때 그 피 묻은 사마귀가 대신 당겨지면서 뚝 떨어져 버리지."

"바로 그거야. 그런데 콩을 묻을 때 '콩은 아래로 들어가고, 사마귀는 떨어져라, 다시는 생기지 마라!'라고 말하면 더 좋아. 조 하퍼도 그렇게 한대. 걔는 쿤빌에도 가보고, 거의 모든 곳에 가봤잖아. 그런데 음…… 죽은 고양이로는 어떻게 사마귀를 떼는 거야?"

"밤에 죽은 고양이를 안고 나쁜 사람이 묻혀 있는 무덤으로 가는 거야. 자정이 되면 악마가 나타날 텐데, 하나나 둘, 혹은 셋이 나타날 수도 있어. 눈으로는 못 보지만 말소리 같은 건 들을 수 있을 거야. 그럼 잘 듣고 있다가 악마들이 나쁜 사람의 영혼을 가져갈 때 죽은 고양이를 악마들에게 던지면서 '악마는 시체를 따라가고, 고양이는 악마를, 사마귀는 고양이를 따라가라! 이제 안녕!'이라고 외치면 돼. 그럼 사마귀가 떨어지지."

"그거 괜찮은데! 넌 해봤어, 허크?"

"아니. 하지만 홉킨스 할머니가 그렇게 해봤대."

"그럴 줄 알았어. 그 할머니는 마녀잖아."

"맞아, 톰! 그 할머니가 우리 아빠한테도 마법을 걸었어. 아빠한테서 직접 들은 얘기야. 어느 날, 아빠가 길을 가다가 그 할머니가 마법을 거는 걸 알아차렸대. 그래서 돌멩이 하나를 집어서 던졌는데 할머니가 피한 거야. 그리고 바로 그날 밤, 아빠는 술에 취해 헛간에서 굴러떨어지는 바람에 팔이 부러졌지."

"정말 오싹하다! 근데 너희 아빠는 할머니가 마법을 거는 걸 어떻게 알았대?"

"아빠는 마녀가 뚫어지게 쳐다보면 마법을 걸고 있는 거라고 했어. 게다가 웅얼거린다면 진짜고. 웅얼거리는 건 주기도문을 거꾸로 외우는 거니까."

"야, 허크. 죽은 고양이는 언제 써먹을 거야?"

"오늘 밤에. 악마들이 오늘 밤에 호스 윌리엄스 영감을 데리러 올 거거든."

"하지만 그 사람은 토요일에 묻혔잖아. 토요일 밤에 벌써 데려가지 않았을까?"

"무슨 소리! 자정이 지나야 악마의 주문이 발동한다는 거 몰라? 그리고 다음 날이 일요일이었잖아. 일요일에는 악마들이 돌아다니

지 못해."

"그 생각을 못했네. 그럼 나도 같이 가도 돼?"

"물론이지. 네가 무서워하지만 않는다면."

"무서워하다니! 전혀 안 무서워. 네가 고양이 울음소리로 신호해 줄래?"

"알았어. 너도 그럼 고양이 울음소리로 답해줘. 저번에 네 답이 없어서 계속 고양이 울음소리를 냈더니 헤이스 할아버지가 '망할 놈의 고양이!'라고 소리치면서 돌멩이를 던지더라고. 물론 나도 벽 돌 하나를 헤이스 할아버지 집 창문에 던졌지만 말이야. 이건 비밀 이니까 아무한테도 말하지 마."

"걱정 마. 그날은 고양이 울음소리를 낼 수가 없었어. 이모한테 감시당하고 있었거든. 하지만 이번에는 꼭 낼게. 그건 뭐야?"

"진드기야."

"어디서 잡았어?"

"숲에서."

"그거 나한테 팔래?"

"팔 생각 없는데."

"그러든지. 근데 그거 진짜 작다."

"네 것이 아니라고 막말하는구나. 하지만 난 상관없어. 나한테는 아주 소중한 거니까."

"쳇, 흔하고 흔한 게 진드기야. 나도 맘만 먹으면 수천 개도 잡을 수 있어."

"그럼 잡아 보던가. 이건 아주 일찍 나온 놈이야. 올해 들어 처음 발견한 진드기지."

"허클베리, 내 이랑 그거 바꾸자."

"먼저 보여줘."

톰이 종이 뭉치를 꺼내서 조심스럽게 펼쳤다. 허클베리가 탐나는 눈으로 들여다보았다.

허클베리가 물었다.

"그거 진짜야?"

톰이 입술을 들어 올려 이 빠진 자리를 보여 주었다.

허클베리가 말했다.

"으흠, 진짜군. 좋아, 바꾸자."

톰은 최근까지 딱정벌레를 넣어 두던 뇌관 상자에 진드기를 넣었다. 두 아이는 모두 뿌듯해하며 헤어졌다.

톰은 학교에 다다르자 지금까지 부지런히 달려온 것처럼 발걸음을 빠르게 놀리며 교실 안으로 들어갔다. 그리고 번개처럼 빠르게 모자를 벽에 박힌 못에 걸고는 자기 자리에 가서 앉았다. 높은 안락 의자에 앉은 선생은 공부하는 아이들의 말소리를 자장가 삼아서 졸고 있었다. 그러다가 톰이 뛰어들어 오는 소리에 벌떡 일어났다.

"토머스 소여!"

톰은 자기 이름이 저렇게 불리면 문제가 생긴다는 걸 잘 알았다.

"네, 선생님!"

"이리로 나와. 또 늦었구나. 이유가 뭐지?"

톰이 거짓말을 하려던 순간, 뒤로 늘어뜨린 두 갈래 금발이 눈에 들어왔다. 톰은 감전이라도 된 것처럼 사랑의 기쁨에 몸을 떨었다. 여학생들 자리에서 빈자리는 그 아이의 옆자리뿐이었다.

톰이 즉시 대답했다.

"허클베리 핀과 이야기하느라 늦었어요!"

선생은 기가 막힌 듯 톰을 노려보았다. 소곤거리던 아이들도 딱 멈추었다. 아이들은 저 녀석이 제정신이 아닌가 보다고 생각했다.

선생이 물었다.

"너, 방금 뭐라고 했니?"

"허클베리 핀과 이야기하느라 늦었다고요."

선생이 잘못 들은 것이 아니었다.

"토머스 소여, 그렇게 뻔뻔하게 말하다니. 이건 몇 대 맞아서 될 일이 아니구나. 겉옷 벗어라."

선생은 지칠 때까지 팔을 휘둘렀고, 회초리 몇 개가 부러졌다.

얼마 후 선생이 톰에게 지시했다.

"가서 여학생 자리에 앉아! 오늘 이 일을 잊지 말라는 의미야."

반 아이들이 킥킥거리기 시작하자 소년은 창피해하는 것 같았다. 하지만 사실은 이름 모를 소녀를 경외하는 마음과 그 옆자리에 갈 수 있다는 기쁨에 젖은 것이었다. 톰이 소나무 의자 끝에 앉자, 소녀는 고개를 까닥거리고 옆으로 멀찍이 떨어졌다. 다른 아이들은 서로 옆구리를 찌르고 속삭였지만, 톰은 길고 낮은 책상에 두 팔을 올려놓고 가만히 책을 읽는 척했다.

톰에게 쏠리던 아이들의 관심이 점점 옅어지면서 평소처럼 공부하는 소리가 들리기 시작했다. 이제 톰은 옆자리에 앉은 여자아이

를 힐끔거렸다. 그 시선을 알아챈 소녀는 '입을 삐죽거리며' 고개를 홱 돌렸다. 그러다 잠시 후에 조심스럽게 다시 고개를 돌려 보니 여자아이의 눈앞에 복숭아 하나가 놓여 있었다. 여자아이는 복숭아를 톰 쪽으로 밀었다. 하지만 톰이 다시 원래 자리로 밀었다. 소녀가 다시 복숭아를 옆으로 밀었다. 이번에는 그렇게 싫어하는 느낌이 아니었다. 톰은 끈기 있게 다시 복숭아를 소녀 앞으로 밀었다. 마침내 소녀가 복숭아를 내버려 두었다. 톰은 자기 석판에 '제발 받아줘. 나한테는 많으니까.'라고 적었다. 소녀는 그 글을 힐끗 보고도 아무런 반응을 하지 않았다. 톰은 왼손으로 석판을 가린 채 뭔가를 그리기 시작했다. 소녀는 한동안 모르는 척했다. 하지만 소년의 몰두하는 모습에 호기심이 피어올랐다. 소녀는 소년을 힐끗거렸지만 소년은 아는 척하지 않았다.

마침내 소녀가 포기하고 속삭였다.

"그거 좀 보여줘."

톰이 지붕 양 끝에 박공이 하나씩 있고, 굴뚝에서는 연기가 피어오르는 집 그림을 살짝 보여 주었다. 소녀는 그 그림에 완전히 사로잡혔다.

그림이 완성되자 소녀는 이렇게 속삭였다.

"멋지다. 사람도 그려봐."

화가가 앞뜰에 사람 한 명을 그려 넣었다. 기중기처럼 너무 커서

집을 뛰어넘을 정도로 크게 말이다. 소녀는 그 괴물 같은 사람을 그려 넣은 것에 만족했다.

"잘생겼네. 이제 날 그려줘."

톰이 모래시계처럼 잘록한 허리에 보름달 같은 얼굴과 밀짚처럼 가느다란 팔다리를 가진 소녀를 그렸다. 그녀의 쫙 펼쳐진 손가락에는 부채도 쥐어 주었다.

소녀가 말했다.

"근사하다. 나도 이렇게 그릴 수 있으면 좋겠다."

톰이 속삭였다.

"아주 쉬워. 내가 가르쳐 줄게."

"진짜? 언제?"

"점심시간에. 점심 먹으러 집에 가니?"

"그림 그리는 거 가르쳐 주면 가지 않을게."

"좋아, 그렇게 하자. 네 이름은 뭐야?"

"베키 대처야. 네 이름은? 아, 나 알아. 토머스 소여지."

"그건 혼날 때 듣는 이름이야. 착한 일을 할 때는 다들 날 톰이라고 불러. 그러니까 톰이라고 불러 줄래?"

"알았어."

톰이 다시 석판에 뭔가를 그리기 시작했다. 글도 썼는데, 소녀에게 보여 주지 않으려고 가렸다. 소녀가 이번에는 쭈뼛거리지 않고

보여 달라고 말했다.

톰이 대답했다.

"별거 아니야."

"그래도 볼래."

"별거 아니라니까. 보고 싶지 않을 거야."

"아냐, 보고 싶어. 진짜야. 제발 보여줘."

"다른 사람에게 말할 거잖아."

"아니, 절대 안 그래. 진짜, 진짜 아무한테도 말 안 할게."

"정말? 죽을 때까지 비밀로 할 거지?"

"그럼, 진짜 아무한테도 말 안 할게. 어서 보여줘."

"안 보는 게 좋을 텐데!"

"네가 그렇게 말하니까 더 보고 싶어."

여자아이의 작은 손이 톰의 손 위에 올려진 채 둘은 잠시 실랑이를 벌였다. 톰은 진심으로 보여 주기 싫은 것처럼 굴다가 조금씩 보여 주었다. 그렇게 드러난 문장은 '사랑해.'였다.

"아, 진짜 못됐어!"

소녀는 톰의 손을 찰싹 때리고 얼굴을 붉혔지만 기분이 좋아 보였다.

이때 갑자기 톰의 귀가 들어 올려졌다. 톰은 그 손에 잡힌 채 교실을 가로질러 원래 자기 자리로 돌아갔다. 아이들의 웃음소리가

교실에 퍼져 나갔다. 선생은 잠시 동안 무섭게 톰을 노려보며 서있다가 말 한마디 건네지 않고 자신의 왕좌로 돌아갔다. 톰은 귀가 얼얼했지만 마음은 기쁨으로 가득 찼다.

교실이 조용해지자 톰은 공부에 집중하려고 애썼다. 하지만 마음이 너무 들떠 있었다. 읽기 시간에는 연달아 실수를 했고, 지리 시간에는 호수를 산으로, 산을 강으로, 강을 대륙으로 바꿔서 엉망진창으로 만들어 버렸다. 문법 시간에는 매우 쉬운 글자도 연이어 틀려서 성적이 '꼴찌로 떨어지는' 바람에 몇 달 동안 자랑스럽게 걸고 다니던 납으로 만든 메달을 내놓아야 했다.

제 7장

톰이 책에 집중하려고 할수록 머릿속에는 잡생각만 많아졌다. 결국 한숨을 쉬고 공부를 포기해야 했다. 점심시간이 영원히 오지 않을 것만 같았다. 공기가 숨이 막힐 듯 답답했다. 이렇게 나른한 날은 한 번도 없었다. 스물다섯 명이 학자처럼 공부에 매진하는 소리는 윙윙거리는 벌들의 주문처럼 톰의 영혼을 어루만져 주었다. 저 멀리 불타는 태양 아래, 카디프 언덕이 보랏빛에 살짝 물든 부드러운 초록빛을 드러냈고, 새 몇 마리가 나른하게 하늘을 날아다니고 있었다. 잠든 소 몇 마리 외에는 다른 생명체가 보이지 않았다. 톰은 자유를 얻고 싶었다. 안 된다면 이 지루한 시간을 견딜 흥미로운 것을 찾고 싶었다. 한 손으로 주머니 속을 뒤지던 톰의 얼굴에 감사

의 기도를 드리는 사람처럼 기쁨의 빛이 드리워졌다. 물론 톰이 그런 기쁨을 알 리는 없었지만. 주머니에서는 뇌관 상자가 나왔다. 톰은 진드기를 꺼내 길고 납작한 책상에 올려놓았다. 그때 진드기는 감사했을지도 모른다. 하지만 섣부른 판단이었다. 진드기가 감사한 마음으로 떠나려고 하자, 톰이 핀으로 건드려서 진로를 바꿔 놓았기 때문이다.

톰의 옆자리에는 절친한 친구가 앉아 있었다. 그 친구도 톰처럼 나른함에 치를 떨다가 눈앞에 나타난 오락거리에 빠져들었다. 그 친구는 바로 조 하퍼였다. 두 아이는 주중에는 깊은 우정을 나누다가 토요일이면 적이 되어 싸우는 사이였다. 조도 옷깃에 꽂아둔 핀을 빼서 진드기 훈련을 돕기 시작했다. 놀이는 점점 재밌어졌다. 하지만 얼마 후 톰은 이렇게 놀면 서로를 방해하기만 해서 둘 다 제대로 놀 수 없다고 말했다. 그러고는 조의 석판을 책상에 놓고 한가운데에 금을 그었다.

"자. 진드기가 네 쪽에 있을 때는 네가 건드려. 난 가만히 있을 거야. 하지만 진드기가 내 쪽으로 넘어오면 넌 가만히 있어야 해. 진드기가 네 쪽으로 넘어가기 전까지 말이야."

"알았어. 시작해. 네가 먼저 진드기를 건드려봐."

진드기는 톰한테서 도망쳐 적도 같은 경계선을 넘어갔다. 그리고 조가 괴롭히자 다시 선을 넘어갔다. 이렇게 진드기는 선을 자주 넘

나다녔다. 한 아이가 열중해서 진드기를 갖고 노는 동안 다른 아이는 애타는 마음으로 지켜보았다. 두 아이는 석판 위로 고개를 푹 숙인 채 몰두했다. 그런데 행운의 여신은 조의 편을 들어주는 것 같았다. 진드기가 두 아이만큼이나 초조하게 왔다갔다 움직여도 조의 수중에 있는 경우가 많았기 때문이다. 톰이 승리를 거머쥐려 하면 조가 재빠르게 진드기의 방향을 틀어 자기 쪽에 가둬 놓는 경우가 많았다. 톰은 결국 참을 수 없어 핀을 든 손을 뻗었다. 조가 화를 버럭 내며 말했다.

"톰, 건드리지 마."

"조금만 건드릴게, 조."

"안 돼. 그건 불공평해. 넌 가만히 있어야지."

"에이씨, 많이 안 건드릴 거야."

"건드리지 말라고 했지."

"싫어!"

"너! 진드기는 지금 내 쪽에 있다고."

"야, 조 하퍼. 저 진드기가 누구 거지?"

"누구 건지는 상관없어. 지금은 내 쪽에 있으니까. 넌 건드리면 안 돼."

"그래도 건드릴 거야. 저건 내 진드기니까 내가 하고 싶은 대로 할 거야. 그러지 못할 바에야 죽여 버리겠어!"

갑자기 누군가가 톰의 어깨를 매섭게 내리쳤다. 조도 맞았다. 2분 동안 두 아이의 윗옷에서 먼지가 풀풀 날렸고, 반 아이들 전체가 그 광경을 흥미롭게 바라보았다. 두 소년은 진드기를 갖고 노는 데 푹 빠져서 교실에 침묵이 흐르고 선생이 살금살금 다가오는 것도 알아차리지 못했다. 선생은 그런 두 아이를 한참 지켜보다가 불쑥 끼어들어 놀이를 중단시킨 것이었고.

열두 시에 오전 수업이 끝나고 톰은 베키 대처에게 날아갈 듯 달려가 귓속말을 했다.

"모자를 쓰고 집으로 가다가 모퉁이에 다다르면 애들 틈에서 빠져나와. 그러고는 다시 골목길로 되돌아와. 나는 다른 길로 가서 돌아올게."

그렇게 두 아이는 각자의 친구들과 함께 떠났다.

잠시 후, 두 아이는 골목길 끝에서 만나 학교로 돌아왔다. 그리고 아무도 없는 학교를 독차지했다. 소년 소녀는 석판을 앞에 놓고 함께 앉았다. 톰은 베키에게 석필을 쥐어 주고 그녀의 손을 잡은 채 멋진 집 한 채를 그렸다. 그림 그리기에 싫증이 나자, 두 아이는 이야기를 나누기 시작했다. 톰은 마냥 기쁜 마음으로 물었다.

"생쥐 좋아하니?"

"아니! 싫어해!"

"아, 나도 그래. 살아 있는 쥐는 나도 싫어. 그래도 죽은 쥐는 어

때? 줄에 매달아서 머리 위로 빙빙 돌리는 거."

"쥐는 다 싫어. 난 껌을 좋아해."

"아하, 나도 그거 좋아해! 지금 있으면 좋겠다."

"나한테 있어. 잠깐 씹다가 돌려줘야 해."

톰은 그 제안을 바로 받아들였다. 그렇게 두 아이는 의자에 앉아 껌을 번갈아 씹으면서 다리를 흔들며 만족스런 시간을 보냈다.

톰이 물었다.

"서커스 본 적 있어?"

"응, 내가 말 잘 들으면 아빠가 또 데려가 준대."

"나도 서너 번인가 가봤어. 서커스에 비하면 교회는 진짜 시시해. 서커스는 굉장하잖아. 난 크면 광대가 될 거야."

"어머, 그거 멋지겠다. 물방울무늬 옷을 입은 광대는 진짜 사랑스럽더라."

"맞아. 게다가 돈도 엄청 많이 벌어. 벤 로저스 말이 하루에 1달러를 번대. 근데 베키, 너 약혼한 적 있어?"

"그게 뭔데?"

"왜, 결혼하겠다고 약속하는 거 있잖아."

"아니."

"약혼하고 싶어?"

"그런 것 같긴 한데, 잘 모르겠어. 어떻게 하는 거야?"

"넌 그냥 남자아이한테 그 아이 외에는 아무도 사귀지 않겠다고 말하면 돼. 그러고 나서 그 아이와 뽀뽀하면 끝나. 누구나 할 수 있는 것이지."

"뽀뽀? 그건 왜 하는 거야?"

"그건, 어, 어, 그냥 원래 하는 거야."

"다들 그렇게 한다고?"

"그래, 맞아. 사랑하는 사람들은 다들 그렇게 해. 내가 석판에 뭐라고 썼는지 기억하지?"

"어……, 응."

"그게 뭐였지?"

"말 못해."

"내가 말해 줄까?"

"어, 하지만 다음번에."

"아니, 지금 할래."

"안 돼, 지금은 안 돼. 내일 해줘."

"아냐, 지금 할 거야. 제발, 베키……. 다른 사람들이 듣지 못하게 아주 작게 말할게."

베키가 머뭇거리자 톰은 승낙으로 받아들이고 한 팔로 베키의 허리를 감싼 채 그녀의 귀에 사랑한다고 부드럽게 속삭였다. 그러고는 몇 마디를 덧붙였다.

"이제 네가 말해줘, 똑같이."

소녀는 가만히 있다가 대답했다.

"얼굴을 저쪽으로 돌리고 있어봐. 네가 날 안 보면 할게. 하지만 아무한테도 말하면 안 돼. 알겠지, 톰? 말 안 할 거지?"

"물론이야. 아무한테도 말 안 할게. 어서 해줘, 베키."

톰이 고개를 돌렸다. 베키는 자신의 숨결이 톰의 머리카락에 닿을 때까지 고개를 숙이고는 수줍게 말했다.

"사……사랑해!"

그러고는 벌떡 일어나서 책상과 의자 사이로 도망갔다. 결국에는 뒤따라온 톰에게 잡혀 버렸지만. 베키는 앞치마로 얼굴을 가렸다.

톰은 베키의 목을 끌어안고 간절하게 말했다.

"베키, 이제 다 됐어. 뽀뽀만 하면 끝이야. 무서워하지 마. 별거 아냐. 제발, 베키."

톰이 베키의 앞치마와 두 손을 끌어내렸다. 베키는 하는 수 없이 두 손을 내렸다. 실랑이로 인해 얼굴이 붉게 달아올라 있었다.

톰이 그 붉은 입술에 뽀뽀하고 이렇게 말했다.

"이제 다 끝났어, 베키. 이제부터 넌 나 외에는 누구도 사랑하면 안 돼. 나 외에는 누구와도 결혼해서도 안 되고, 영원히 말이야. 알았지?"

"알았어. 너 말고는 어느 누구도 사랑하지 않을게. 너 외에 다른

사람과는 결혼하지 않을 거야. 너도 나 외에 다른 여자애랑 결혼하면 안 돼."

"물론이지. 걱정 마. 그리고 학교 올 때나 집에 갈 때도 넌 나와 함께 다니는 거야. 물론 주변에 아무도 없을 때만. 파티에서도 넌 나를, 난 너를 선택할 거야. 약혼하면 원래 그렇게 하거든."

"그거 아주 마음에 들어. 근데 난 그런 얘기는 들어본 적이 없어."

"얼마나 좋은데! 내가 에이미 로렌스와……."

순간 베키의 눈이 휘둥그레졌고, 톰은 자신의 실수를 깨닫고 당황해서 말을 멈췄다.

"톰! 다른 여자애랑 약혼한 적이 있구나!"

베키가 울음을 터뜨렸다.

"울지 마, 베키. 그 애한테는 이제 관심 없어."

"아냐, 그렇지 않아. 아직 그 애를 좋아하잖아."

톰이 베키의 목에 팔을 두르려고 했지만, 베키는 톰을 밀쳐 내고 얼굴을 돌린 채 계속 울었다. 톰은 다시 한 번 그녀를 달래려고 했지만 거절당했다. 결국 자존심이 상한 톰은 밖으로 나와 버렸다. 그래도 한동안 베키가 자기를 찾으러 나올까 봐 문 주변을 서성거렸다. 하지만 베키는 밖으로 나오지 않았다. 톰은 자신이 잘못한 것은 아닌지 걱정스러웠다. 그래서 용기를 내 다시 안으로 들어갔다. 베키는 여전히 구석에서 벽을 보며 울고 있었다. 그 모습에 톰은 마음

이 아팠다. 톰은 베키에게 다가갔다. 하지만 어떻게 해야 할지 몰라서 그대로 서있었다.

머뭇거리며 말을 꺼냈다.

"베키, 나는 너 외에는 아무도 좋아하지 않아."

대답은 없고 흐느끼는 소리만 들렸다.

"베키."

톰이 간절하게 이름을 불렀다.

"베키, 뭐라고 말 좀 해봐."

울음소리가 더 커졌다. 톰은 제일 소중한 보물을 꺼냈다. 난로의 받침대에서 떼어낸 놋쇠 손잡이였다.

톰이 그 보물을 내밀면서 말했다.

"베키, 이거 받아 줄래?"

하지만 베키는 그것을 쳐서 바닥에 떨어뜨렸다. 자존심이 상한 톰은 그 길로 나가 언덕을 넘어 버렸다. 그리고 그날은 학교로 돌아오지 않았다. 시간이 좀 흐르자 베키는 불안해졌다. 문으로 달려가 보았지만 톰이 보이지 않았다. 놀이터에도 톰은 없었다. 큰 소리로 톰을 불렀다.

"톰! 돌아와, 톰!"

귀를 기울였지만 대답은 들려오지 않았다. 베키의 곁에는 침묵과 외로움만 남았다. 베키는 그 자리에 주저앉아 울면서 자신을 탓했

다. 그러는 사이 아이들이 다시 돌아오기 시작했다. 베키는 아이들 사이에서 슬픔을 나눌 친구 한 명 없이 무너진 가슴을 끌어안은 채 지루하고 길고 고통스러운 오후를 버텨야 했다.

제 8장

    톰은 학교로 가는 길을 완전히 벗어날 때까지 요리조리 아이들을 피해 다녔다. 그리고 우울한 기분에 젖어 터벅터벅 걸었다. 작은 개울도 두세 개 건넜다. 개울을 건너면 추적자를 따돌릴 수 있다는 미신이 아이들 사이에 퍼져 있었기 때문이다. 30분쯤 지났을까. 톰은 카디프 언덕 정상에 있는 더글러스 저택 뒤로 갔다. 이제 학교는 뒤쪽 계곡에 가려 거의 보이지 않았다. 톰은 길이 나있지 않은 곳을 헤쳐 나무가 빽빽한 숲의 중앙까지 걸어갔다. 그리고 가지를 쭉 뻗은 참나무 아래 이끼 바닥에 앉았다. 산들바람 한 점 불지 않는 날씨였다. 한낮의 지독한 열기에 새들도 노래하지 않았다. 자연은 마법에 걸려 잠들어 있었고, 멀리서 들려오는 딱따구리 소리만이 이

따금씩 침묵을 깰 뿐이었다. 그런데 그 소리 때문에 고요함과 외로움이 더 깊어지는 것 같았다. 톰의 영혼은 우울함으로 물들어 갔고, 주변 환경과 아주 잘 어울렸다. 톰은 앉아서 무릎에 팔꿈치를 대고 양손으로 턱을 괸 채 명상에 잠겼다. 인생이란 괴롭기만 하다는 생각이 들었다. 톰은 최근에 세상을 떠난 지미 호지스가 몹시 부러웠다. 나무 사이로 살랑거리고 무덤 위의 풀과 꽃을 어루만지는 바람을 벗 삼아 신경 쓸 일도, 슬퍼할 일도 없이 영원히 누워서 잠든다면 얼마나 평화로울까? 주일 학교 성적만 완벽하다면 톰은 모든 것을 정리하고 이 세상을 떠났을 것이다. 이때 다시 그 여자아이 생각이 났다.

대체 내가 뭘 잘못한 거지? 아무것도 잘못한 게 없어. 이 세상에서 최고로 잘해 주려고 했는데, 나를 개같이 취급하다니. 아니, 개만도 못한 대우를 했다. 언젠가는 그 여자애도 미안해할 거야. 그때는 너무 늦을지도 모르지만. 아, 잠시만이라도 죽을 수 있다면 얼마나 좋을까!

하지만 젊은이의 마음은 고무줄처럼 변덕스러워서 오랫동안 한 문제에만 몰두하지 않았다. 톰의 마음은 이제 다른 관심사로 옮겨 갔다. 지금 내가 신비롭게 사라진다면 어떨까? 바다 저 너머, 미지의 세계로 떠나 다시는 돌아오지 않는다면! 그럼 그 여자애의 기분은 어떨까? 광대가 되면 어떨까 하는 생각이 머릿속에 떠올랐지만,

속이 역겨워지기만 했다. 물방울무늬 바지를 입고 경박하게 농담을 던지는 광대의 모습이 푹 빠져 있던 낭만적인 생각과 상반됐기 때문이다. 아냐, 군인이 되는 거야. 군인이 되어 오랜 시간이 지난 후에 전쟁의 상처를 안고 당당하게 돌아오는 거야. 아니, 그보다는 인디언 무리에 들어가는 게 좋겠어. 물소를 사냥하고, 길도 없는 산악 지대와 대평원을 누비면서 전쟁을 하다가 위대한 추장이 되는 거야. 그러고는 어느 나른한 여름날에 무시무시한 분장을 하고 깃털을 휘날리며 피가 얼어붙을 듯한 함성을 지르면서 주일 학교로 당당하게 들어가는 거야. 그럼 친구들이 질투에 활활 타는 눈빛으로 나를 바라보겠지. 아니야, 뭔가 더 근사한 게 있어야 해. 그래, 해적이 되는 거야! 바로 그거야! 이제야 화려한 톰의 미래가 분명해졌다. 내 이름이 세상에 널리 알려지면, 사람들은 그 이름만 듣고도 벌벌 떨겠지! 길고 납작한 검은색 쾌속선 '폭풍의 영혼'에 오싹한 깃발을 달고 바다를 헤쳐 나간다면 얼마나 멋질까? 그 명성이 절정에 다다르면 마을로 돌아가 주일 학교에 가는 거야. 햇볕과 비바람에 시달린 거친 구릿빛 얼굴에, 검은색 벨벳 조끼와 반바지를 입고, 무릎까지 올라오는 긴 군화와 깃털 달린 긴 모자로 꾸민 다음, 진홍색 벨트에는 커다란 권총을 차고, 옆구리에는 녹슨 검을 낀 채, 해골과 뼈다귀 두 개가 그려진 검정 깃발을 펼쳐 들고 들어가면 사람들이 이렇게 말하겠지.

"해적 톰 소여다! 카리브 해의 검은 보복자다!"

그래, 이제 정해졌다. 톰의 미래가 결정되었다. 톰은 집을 떠나 해적이 되겠다고 다짐했다. 내일 아침부터 말이다. 그러자면 지금부터 준비를 해야 했다. 필요한 자원을 모아야 했다. 톰은 근처 썩은 통나무로 다가가 발로칼로 근처 땅을 파기 시작했다. 곧이어 속이 텅 빈 나무에 칼이 부딪히는 소리가 났다. 톰은 거기에 손을 넣고 주문을 외웠다.

"아직 오지 않은 것이여, 이리 오라! 여기 있는 것이여, 여기에 머물라!"

그런 다음 흙먼지를 쓸어 내자 소나무 판자가 드러났다. 소나무 판자를 들어 올리자 작은 보물 상자가 보였다. 그 안에는 구슬 하나가 있었다. 너무도 놀란 톰은 당황스러워서 머리를 긁적거렸다.

"맙소사, 어떻게 이럴 수가 있지!"

톰은 신경질적으로 구슬을 던져 버리고 생각에 잠겼다. 톰뿐만 아니라 톰의 모든 친구들이 효과가 있다고 믿는 미신이 효력을 발휘하지 못하다니. 주문을 외우면서 구슬 하나를 파묻고 2주 후에 같은 주문을 외우면서 그곳을 다시 파보면 지금까지 잃어버린 모든 구슬이 다 돌아온다고 했는데, 지금 그 주문이 실패한 것이었다. 톰의 믿음이 뿌리까지 흔들렸다. 톰은 그 주문이 성공했다는 이야기는 많이 들었어도 실패했다는 이야기는 듣지 못했다. 사실 톰은 전

에도 몇 차례 그 주문을 사용했지만, 매번 처음 구슬을 숨긴 곳을 찾지 못했다. 한동안 곰곰이 생각하던 톰은 어떤 마녀가 방해한 것이라고 결론을 내렸다. 그리고 확인해 보고자 주변에서 작은 깔때기 모양으로 푹 꺼진 모래땅을 찾아내 입을 가까이 대고 소리쳤다.

"개미유령아, 개미유령아, 내가 알고 싶은 것을 말해다오! 개미유령아, 개미유령아, 내가 알고 싶은 것을 말해다오!"

이윽고 모래가 움직이더니 작은 검정 벌레가 잠시 모습을 드러냈다가 겁을 먹고 다시 땅속으로 들어가 버렸다.

"말 안 해주는군! 역시 마녀 짓이야. 그럴 줄 알았어."

톰은 마녀에게 맞서 봤자 소용없다는 것을 잘 알고 있기 때문에 그냥 포기했다. 하지만 방금 던진 구슬은 찾는 게 좋을 것 같아서 주변을 훑었지만 찾을 수가 없었다. 톰은 보물 상자가 있는 곳으로 돌아갔다.

그러고는 주머니에서 다른 구슬을 꺼내 좀 전과 똑같이 던지며 말했다.

"형제여, 가서 네 형제를 찾아라!"

톰은 구슬이 떨어진 자리로 찾아가 살펴보았다. 하지만 구슬이 생각보다 가까이 떨어졌거나 더 멀리 날아간 것이 분명했다. 두 번 더 시도하고 나서야 성공할 수 있었다. 구슬 두 개가 30센티미터쯤 간격을 두고 나란히 놓여 있었다.

이때 초록빛 숲길 아래쪽에서 장난감 양철 나팔 소리가 희미하게 들렸다. 톰은 겉옷과 바지를 벗어 던지고 멜빵으로 허리를 두른 채 썩은 통나무 뒤쪽의 덤불을 헤쳐서 조잡한 활과 화살, 나무칼과 양철 나팔을 찾아냈다. 그것들을 잡아채자마자 맨발로 셔츠를 펄럭이며 뛰쳐나갔다. 그리고 커다란 느릅나무 아래에 멈춰선 뒤 크게 나팔을 불어 화답하고는 뒤꿈치를 들고 걸으면서 이쪽저쪽을 주의 깊게 살폈다.

그런 다음 톰은 상상 속의 부하들에게 조용히 말했다.

"거기 멈춰! 내가 나팔을 불 때까지 숨어 있어."

그때 조 하퍼가 톰처럼 가벼운 옷차림 위에 철저하게 무장한 채 나타났다.

톰이 소리쳤다.

"멈춰라! 내 허가도 없이 셔우드 숲에 들어오다니, 넌 누구냐?"

"나 기스본의 가이^{『로빈 후드』에 등장하는 악인}는 그런 허가 따위 받을 필요가 없다. 넌 대체 누구기에……."

"감히 내게 그런 말을 하느냐?"

톰이 상대의 대사를 대신 말해 주었다.

두 아이는 '책 대사'를 외워 연기를 하는 중이었다.

"넌 대체 누구기에 감히 내게 그런 말을 하느냐?"

"난 로빈 후드다! 비열한 네 놈이 곧 싸늘한 시체로 변하면 알게

될 테지."

"네가 바로 그 유명한 무법자라고? 좋다. 이 숲의 통행권을 놓고 너와 싸우겠다. 덤벼라!"

두 아이는 펜싱 자세로 나무칼을 '두 번 위로 휘두르고 두 번 아래로 휘두르며' 우아하게 싸움을 했다.

이윽고 톰이 말했다.

"자, 그럼 이제 실감나게 해봐!"

두 아이는 '실감나게' 숨을 헐떡이고 땀을 흘리면서 싸웠다. 머지않아 톰이 소리를 질렀다.

"쓰러져! 쓰러져! 너 왜 안 쓰러지는 거야?"

"쓰러지기 싫어! 왜 넌 안 쓰러지는 건데? 네가 지고 있잖아."

"난 쓰러질 수 없다고. 책에 그렇게 되어 있잖아. '그가 뒤에서 일격을 가해 가여운 기스본의 가이를 죽였다.'고. 그러니까 등을 돌려봐. 내가 네 등을 쳐야 해."

책에 그렇게 쓰여 있다니, 하는 수밖에 없었다. 결국 조 하퍼는 등을 돌렸고 등에 일격을 맞아 쓰러졌다. 조가 일어서면서 말했다.

"이제 내가 널 죽일 차례야. 그래야 공평하잖아."

"그럴 수는 없어. 책에는 그렇게 되어 있지 않으니까."

"그건 너무 비열하잖아. 됐어, 이제 그만할래."

"어이, 조. 그럼 탁발승 턱이나 방앗간 주인 아들 머치가 돼서 양 끝에 쇠를 단 몽둥이로 날 때리는 건 어때? 아니면 내가 노팅엄의 영주를 하고, 네가 로빈 후드가 되어 날 해치우거나."

조 하퍼는 동의했다. 곧이어 새로운 모험이 펼쳐졌다. 다시 로빈 후드가 된 톰은 배신한 수녀 때문에 상처를 제대로 치료하지 못해 피를 흘리면서 기운을 잃어 갔다. 마지막에는 의적 무리의 대표로 조 하퍼가 그 힘없는 손에 활을 쥐어 주었다.

이윽고 톰이 말했다.

"이 화살이 떨어지는 저 초록빛 숲에 나를 묻어 주시오."

이어서 톰은 화살을 날리고 쓰러져 죽었다. 하지만 쐐기풀 위로 쓰러지는 바람에 시체처럼 누워 있어야 할 사람이 벌떡 일어나고 말았다.

두 아이는 옷을 입고 물품들을 숨긴 뒤에 요즘에는 의적들이 없다고 한탄하며 집으로 향했다. 현대 문명은 그 손실을 어떻게 메우는지 모르겠다며 의아해하기도 했다. 두 아이는 미국 대통령이 되는 것보다 셔우드 숲에서 1년 동안 무법자로 사는 게 훨씬 낫다고 말했다.

제 9장

아홉 시 반에 톰과 시드는 평소처럼 잠자리에 들었다. 두 아이는 모두 기도를 했고, 곧이어 시드는 잠에 빠졌다. 하지만 톰은 잠을 자지 않고 초조한 마음으로 기다렸다. 새벽이 가까워지는 것 같았는데, 이제 겨우 열 시를 알리는 시계 종소리가 울렸다! 절망적이었다. 톰은 꼼지락거리고 뒤척이다가 시드를 깨울까 봐 두려웠다. 그래서 어둠 속에서 가만히 누워 있었다. 사방이 고요했다. 보통 때에는 듣지 못하는 아주 작은 소리들이 정적을 뚫고 들릴 정도였다. 째깍거리는 시계 소리, 낡은 대들보가 삐걱거리는 소리, 계단이 삐거덕거리는 소리. 유령이 나타난 것이 분명했다. 폴리 이모의 코 고는 소리도 들렸다. 평소에는 듣지도 못할 귀뚜라미 소리도 들렸다. 이

어서 침대 머리맡에서 살짝수염벌레가 벽을 갉아대는 소리에 톰은 온몸을 부르르 떨었다. 그 소리는 누군가의 죽음을 알리는 신호였기 때문이다. 심지어 저 멀리서 개 짖는 소리가 밤공기를 뚫고 들려왔다. 그에 응답하는 다른 개의 소리도 들려왔다. 톰은 고통스러웠다. 시간이 멈추고 영원의 세계가 시작된다는 생각이 들었다. 그러던 톰은 자기도 모르게 졸기 시작했다. 시계가 열한 시를 알렸지만 그 소리를 듣지 못했다. 그때 톰의 몽롱한 의식 속으로 고양이의 슬픈 울음소리가 파고들었다. 이어서 옆집 창문이 올라가면서 "저리 가! 이 성가신 고양이야!"라고 외치는 소리와 함께 창고에서 빈 병

이 부딪혀 깨지는 소리가 들렸다.

그제야 톰은 잠에서 완전히 깨어났다. 잽싸게 옷을 입고 창밖으로 나가 지붕 위를 살금살금 기어갔다. 그러고는 조심스럽게 고양이 울음소리를 내고 지붕에서 땅바닥으로 뛰어내렸다. 허클베리 핀이 죽은 고양이를 들고 서있었다. 두 아이는 재빨리 어둠 속으로 사라졌다. 30분쯤 뒤에 두 아이는 풀이 무성하게 자란 묘지를 걸어가고 있었다.

그곳은 옛 서부풍의 묘지로, 마을에서 2.5킬로미터쯤 떨어진 언덕에 있었다. 주변에는 널빤지 울타리가 있었는데, 군데군데 안쪽으로 기울거나 바깥으로 기울어 제대로 된 것이 하나도 없었다. 게다가 묘지는 풀과 잡초로 완전히 뒤덮여 있었다. 오래된 무덤들은 모두 움푹 꺼졌고, 묘비도 없었다. 벌레 먹은 판때기들만 남은 무덤도 있었다. 한때는 '아무개를 기리며'라고 적혀 있었을 그 판자들은 이제 밝은 곳에서도 글씨를 분간할 수 없을 정도로 망가져 있었다.

바람이 나무들을 훑고 지나가며 신음했다. 톰은 죽은 사람들의 영혼이 안식을 방해받아 내는 소리가 아닐까 싶어 겁이 났다. 두 아이는 엄숙하고 고요한 분위기에 짓눌려 말을 거의 하지 않았다. 마침내 찾고 있던 무덤을 발견한 그들은 근처 커다란 느릅나무 세 그루 뒤로 몸을 숨겼다. 그러고는 오랜 시간을 조용히 기다렸다. 고요를 흔드는 것은 멀리서 들리는 부엉이 울음소리뿐이었다. 톰은 점

점 가슴이 답답해졌다. 뭐라고 말을 해야만 할 것 같았다.

"야, 허크. 우리가 여기 있는 걸 죽은 사람들이 좋아할까?"

허클베리가 속삭였다.

"그건 나도 궁금해. 여기 진짜 무섭지 않나?"

"그걸 말이라고."

잠시 침묵이 흐르고, 두 아이는 생각에 잠겼다.

톰이 먼저 말을 꺼냈다.

"저기, 허크. 호스 윌리엄스가 우리 이야기를 듣고 있을까?"

"물론이지. 적어도 그 사람의 영혼은 들을걸."

톰은 잠시 뜸을 들이다가 다시 말을 꺼냈다.

"윌리엄스 씨라고 부르면 좋았을 텐데. 하지만 무례하게 군 건 아냐. 다들 그 사람을 호스라고 부르니까."

"죽은 사람 이야기는 함부로 하면 안 돼, 톰."

누가 찬물을 끼얹기라도 한 듯, 대화가 다시 뚝 끊어졌다.

갑자기 톰이 허클베리의 팔을 잡았다.

"쉿!"

"뭐야, 톰?"

두 아이는 바짝 붙어 앉았다. 심장이 요동쳤다.

"쉿! 또 저 소리야! 못 들었어?"

"난……."

"들어봐! 이제 들릴 거야."

"맙소사, 톰, 무언가가 오고 있어! 어떡하지?"

"나도 몰라. 우리를 봤을까?"

"윽, 톰, 유령들은 고양이처럼 어둠 속에서도
볼 수 있겠지? 여기 오지 말걸 그랬나 봐."

"겁먹지 마. 유령들은 우리를 괴롭히지 않을 거야.
우리는 아무런 잘못도 안 했는걸. 가만히 있으면 우리를
못 볼지도 몰라."

"노력은 해보겠지만, 나 너무 떨려."

"들어봐!"

두 아이는 머릴 맞대고 숨을 죽였다. 묘지 저 끝에서 웅얼거리는
목소리가 흘러나왔다.

톰이 속삭였다.

"봐! 저기야! 저게 뭐지?"

"도깨비불이야. 톰, 나 무서워."

희미한 형체가 구식 양철 등잔을 들고 어둠을 헤치며 걸어왔다. 등잔이 흔들리면서 수없이 많은 빛의 조각들을 바닥에 흩뿌리고 있었다.

허클베리는 부르르 몸을 떨면서 속삭였다.

"악마가 분명해. 그것도 셋이나! 맙소사. 톰. 우린 이제 끝났어! 너 기도할 수 있어?"

"해볼게. 하지만 그렇게 무서워하지 마. 우리를 해치지는 않을 거야. 난 이제 누워서……."

"쉿!"

"왜 그래, 허클베리?"

"사람이야! 적어도 한 사람은. 저건 머프 포터의 목소리라고."

"설마? 진짜야?"

"진짜라니까. 움직이지 마. 머프 포터는 둔해서 우리가 있는 줄도 모를 거야. 늘 술에 취해 있으니까. 망할 영감 같으니!"

"알았어. 가만있을게. 멈췄나 봐. 어디 있는지 모르겠어. 저기, 다시 온다. 또 안 보여. 다시 나타났다. 바로 저기야! 이번에는 잘 보여. 허크, 다른 사람 목소리도 알겠어. 인디언 조의 목소리야."

"그래, 그 살인자 혼혈 인디언이야! 차라리 악마가 낫겠다. 그런데 저 사람들 뭐 하는 거지?"

내내 속삭이던 두 아이가 입을 다물었다. 세 사람이 아이들이 있는 장소에서 얼마 떨어지지 않은 곳에 멈춰 섰기 때문이다.

"여기야."

세 번째 사람의 목소리가 들렸다. 그 목소리의 주인이 등잔을 들어 올리자 젊은 의사 로빈슨의 얼굴이 드러났다.

포터와 인디언 조는 밧줄과 삽 두 개를 손수레에 실어 끌고 왔다. 두 사람은 무덤을 파기 시작했다. 의사는 느릅나무 한 그루에 등잔을 내려놓고 등을 기대고 앉았다. 어찌나 가까운지 두 소년이 손을 뻗으면 의사를 만질 수 있을 정도였다.

의사가 나지막한 목소리로 말했다.

"서둘러! 언제 달이 뜰지 모른다고."

머프와 인디언 조는 볼멘소리로 대답하고는 계속 땅을 팠다. 흙과 자갈을 퍼내는 소리만 한동안 울려 퍼졌다. 지루한 시간이 계속되었다. 마침내 삽이 관에 부딪히는 둔탁한 소리가 났고, 눈 깜짝할 사이에 남자들이 관을 밖으로 들어 올렸다. 그러고는 관을 열고 시체를 꺼내 거칠게 바닥에 던졌다. 때마침 구름 뒤에서 달이 나와 시체의 창백한 얼굴이 드러났다. 남자들은 수레에 시체를 싣고 이불로 덮은 다음에 밧줄로 묶었다.

포터가 주머니칼로 덜렁거리는 밧줄의 한쪽 끝을 자르고 말했다.

"이 지긋지긋한 일도 거의 다 끝났군. 어이, 의사 나리, 다섯 장 더 줘야겠어. 아님 이건 그냥 여기 두고 가고."

인디언 조가 덧붙였다.

"말 듣는 게 좋을걸!"

의사가 대꾸했다.

"이봐, 그게 무슨 소리야? 선불로 달라고 해서 벌써 줬잖아."

"그랬지. 하지만 당신이 나한테 한 짓이 있잖아." 인디언 조가 의사에게 다가가면서 말했다. "5년 전이었지. 어느 날 밤에 먹을 걸 좀 달라고 부탁하러 당신한테 갔는데 부엌에서 쫓아냈잖아. 나 같은 건 아무짝에도 쓸모없다고 말하면서 말이야. 그래서 100년이 지나도 이 빚은 꼭 갚아 주겠다고 했더니, 당신 아버지가 날 부랑자로 몰아 감옥에 처넣었지. 그걸 내가 잊었을 것 같아? 인디언의 피가 내 몸속에 괜히 흐르는 게 아냐. 이제 이 묵은 원한을 풀어야겠어!"

인디언 조는 주먹을 들이밀면서 의사를 위협했다. 그때 갑자기 의사가 인디언을 땅바닥에 때려 눕혔다.

포터가 칼을 집어 들며 소리쳤다.

"뭐야, 내 친구를 때리다니!"

포터와 의사가 서로 몸싸움을 했다. 두 사람은 잔디를 짓밟고 땅바닥을 파헤치며 온 힘을 다해 엎치락뒤치락했다. 그때 인디언 조

가 벌떡 일어나 이글거리는 눈빛으로 포터의 칼을 낚아챘다. 그러고는 상체를 숙인 채 고양이처럼 조용한 걸음걸이로 두 사람 주변을 빙빙 돌면서 기회를 엿보았다. 의사가 몸을 던져서 윌리엄스의 무덤에 있던 판때기를 낚아채 포터를 때려눕혔다. 그와 동시에 인디언 조가 이때다 하고 젊은 의사의 가슴에 칼을 꽂았다. 의사는 피를 내뿜으면서 비틀거리다 포터 위로 쓰러졌다. 때마침 구름이 몰려와 그 무시무시한 광경을 가려 주자, 겁에 질린 두 소년은 어둠 속으로 재빠르게 달아났다.

다시 달이 나오자 인디언 조는 쓰러진 두 사람을 내려다보며 생각에 잠겼다. 젊은 의사는 알아들을 수 없는 말을 중얼거리다가 한두 차례 숨을 몰아 쉬더니 미동도 하지 않았다.

혼혈 인디언 조가 말했다.

"이게 다 네놈 죗값이야. 잘 가라!"

인디언 조는 시체를 뒤져 값진 물건을 챙겼다. 그러고는 살인 무기인 칼을 포터의 손에 쥐어 주고 관 위에 걸터앉았다. 3분, 4분, 5분이 흘렀다. 그제야 포터가 신음 소리와 함께 몸을 뒤척였다. 포터의 손에는 칼이 들려 있었다. 포터는 자신의 손을 보고는 몸을 부르르 떨면서 칼을 떨어뜨렸다. 그러고는 시체를 밀치고 일어나 앉아 혼란스러운 표정으로 시체와 주변을 번갈아 보았다. 그러다가 조와 시선이 마주쳤다.

포터가 물었다.

"맙소사, 이게 어떻게 된 일이야, 조?"

"일이 좀 지저분해졌어."

조가 흔들림 없는 목소리로 말을 이었다.

"이봐, 포터. 대체 왜 이런 짓을 한 거야?"

"내가? 내가 한 게 아냐!"

"저길 보라고! 이제 와서 그런 말 해봤자 아무 소용없어."

포터가 얼굴이 하얗게 질리면서 몸을 떨었다.

"술이 깬 줄 생각했는데. 오늘 밤에는 술도 안 마셨다고. 술기운이 남아 있었던 건가? 여기에 올 때보다 더 취한 것 같아. 뭐가 뭔지 하나도 모르겠다고. 제대로 기억나는 게 없어. 조, 솔직하게 말해줘. 정말로 내가 한 짓이야? 그럴 생각은 없었는데. 내 영혼과 명예를 걸고 말하는데 절대 그럴 생각은 없었다고. 어떻게 된 일인지 말해줘. 세상에, 이건 너무 끔찍한 일이야. 젊고 앞날이 창창한 사람을 저 지경으로 만들다니!"

"당신들 두 사람이 몸싸움을 벌이다가 의사가 판때기로 당신을 때려눕혔어. 그리고 의사가 다시 한 번 자네를 후려치려는 순간, 당신이 비틀거리면서 일어나 칼로 의사를 찔렀지. 그런 다음 당신도 쓰러져 지금까지 누워 있었어."

불쌍한 포터는 냉혹한 살인자 앞에 무릎을 꿇고 앉아 두 손을 움

커잡고 간청했다.

"아, 내가 무슨 짓을 했는지 모르겠어. 내가 정말 그런 짓을 했다면 지금 당장 죽고 싶을 뿐이야. 이게 전부 위스키 때문이야. 내 평생 이런 흉기를 사용해본 적이 없다고. 싸움질이야 했지만 무기를 쓴 적은 없어. 다른 사람들도 알고 있다고. 조, 이 일은 아무한테도 말하지 마. 말하지 않겠다고 약속해줘. 자네는 좋은 사람이잖아. 나는 언제나 자네를 좋아했다고. 게다가 항상 자네 편이었고. 기억하지? 다른 사람한테 말 안 할 거지, 조?"

"물론이야. 당신은 언제나 나를 공정하고 정직하게 대해 줬지. 난 당신을 배신하지 않을 거야. 사람이라면 마땅히 그래야지."

"세상에, 조. 자네는 천사야. 내가 살아 있는 동안에는 이 은혜를 잊지 않겠네."

포터가 울음을 터뜨렸다.

"그만, 그만하면 됐어. 지금은 울 때가 아냐. 당신은 저쪽으로 가. 난 이쪽으로 갈 테니까. 어서 움직이라고. 흔적을 남기지 말고."

포터는 천천히 뒷걸음치다가 빠르게 도망가기 시작했다.

혼혈 인디언 조는 그 모습을 지켜보다가 중얼거렸다.

"얻어맞은 데다 술에 취한 상태라서 칼 생각은 못하고 멀리 달아나기만 하는군. 나중에 칼 생각이 나도 혼자서는 돌아오지도 못할 테고. 겁쟁이 녀석!"

2~3분이 지나자 달빛 아래에는 살해당한 남자와 담요에 덮인 시체, 뚜껑 없는 관, 파헤쳐진 무덤만 남겨져 있었다. 주위에 또다시 깊은 정적이 찾아왔다.

제 10장

두 남자아이는 공포에 질려 아무 말도 하지 못한 채 마을을 향해 달리고 또 달렸다. 이따금씩 어깨 너머로 뒤를 힐끔 돌아보았다. 쫓아오는 사람이 있을까 봐 두려웠기 때문이다. 나무 그루터기가 나타날 때마다 사람인 것 같아서 숨을 헐떡거리기도 했다. 근처 외딴 오두막을 지나갈 때는 개들이 짖어 대는 바람에 날개라도 돋친 듯 더욱더 빨리 달렸다.

"주저앉기 전에 무두질 공장까지만 갈 수 있다면!" 톰이 숨을 몰아쉬면서 말을 이었다. "더는 못 달리겠어."

허클베리는 숨이 가빠서 아무런 대답도 할 수 없었다. 두 아이는 목적지가 보이자 다시 온 힘을 다해 달렸다. 마침내 둘은 열린 무두

질 공장 문으로 앞다투어 들어가 그 아늑한 어둠에 지친 몸을 맡기며 안도의 한숨을 내쉬었다. 두근거리던 가슴을 진정시킨 뒤, 톰이 속삭였다.

"허크, 이제 어떻게 될 것 같아?"

"로빈슨 의사 선생님이 죽는다면 범인은 교수형을 당할 거야."

"진짜 그럴까?"

"내가 알기로는 그래."

톰은 잠시 생각을 하다가 물었다.

"근데 누가 그 일을 말하지? 우리가?"

"대체 무슨 소리를 하는 거야? 일이 잘못되어서 인디언 조가 교수형당하지 않으면 어떡하려고? 인디언 조는 우리를 죽이려고 할 거야. 그럼 우리가 죽는다고."

"맞아, 나도 그렇게 생각해."

"누군가가 말해야 한다면 머프 포터가 해야지. 항상 술에 취해 있는 멍청한 인간이지만 말이야."

톰은 아무 말도 하지 않은 채 생각에 잠겼다. 곧이어 이렇게 속삭였다.

"허크, 머프 포터는 아무것도 몰라. 그러니까 그 사건을 말할 수 없어."

"왜 아무것도 몰라?"

"쓰러져 있었잖아. 머프 포터가 봤을 거라고 생각해? 일이 어떻게 된 건지 제대로 알기는 알까?"

"아차, 그랬지!"

"어쩌면 말이야, 어쩌면 머프 포터도 죽었을지 몰라!"

"아냐, 그럴 리 없어. 술에 취해 있었으니까. 뭐, 술에 취해 있지 않은 적이 없지만. 우리 아빠는 술에 취했을 때 교회 건물에 깔려도 끄떡없었대. 아빠가 직접 말했어. 그러니까 머프 포터도 괜찮을 거야. 하지만 맨정신에 그런 일을 당하면 죽을지도 모르지."

톰은 또다시 침묵을 지키다가 입을 열었다.

"허크, 너 이 일을 비밀로 할 수 있어?"

"톰, 우린 아무한테도 이 일을 말하면 안 돼. 너도 알잖아. 우리가 신고해도 인디언 조가 교수형당하지 않으면 인디언 조는 고양이 두 마리를 죽이는 것보다 쉽게 우리를 물에 빠뜨려 죽일 거야. 그러니까, 톰, 우리 맹세하자. 절대로 이 일을 발설하지 않겠다고."

"그래, 그렇게 하는 게 제일 좋겠어. 자, 손을 잡고 맹세……."

"아냐, 그 정도로는 안 돼. 별것 아닌 일이라면 그렇게 해도 되겠지. 특히 여자애들하고 할 때는 말이야. 걔네들은 맹세를 하고 나서도 화가 나면 다 말해 버리니까. 이렇게 큰일은 글로 쓰고 피로 맹세해야 해."

톰은 그 제안이 완전히 마음에 들었다. 뭔가 무시무시하고 비밀

스러우면서도 심오한 것이 때와 장소와 분위기와 잘 어울렸다. 톰은 달빛 아래 놓여 있는 깨끗한 소나무 판자 하나를 집어 들고, 주머니에서 '빨간 철광석' 조각을 꺼냈다. 그러고는 달빛에 의지해 글을 적기 시작했다. 이로 혀를 꽉 물고는 천천히 힘을 주어 한 획 한 획 그어 내려갔다.

허클베리 핀과 톰 소여는 이 일을 절대 발설하지 않기로 맹세한다. 만약 이 맹세를 어기면 그 자리에서 쓰러져 죽어도 좋다.

허클베리는 톰의 수려한 글씨체와 뛰어난 글재주에 감탄했다. 그러고는 옷깃에서 핀을 빼내 살갗을 찌르려고 했다.

하지만 톰이 말렸다.

"잠깐만! 그러지 마. 핀은 놋쇠야. 녹청이 묻어 있을지도 몰라."

"녹청이 뭔데?"

"독이야. 그건 조금만 먹어도……. 그 뒤는 말 안 해도 알겠지?"

톰은 가지고 있던 바늘 하나에 감긴 실을 풀었다. 그리고 두 아이의 엄지손가락 한가운데를 바늘로 찔러서 피 한 방울을 짜냈다. 톰은 그렇게 몇 차례 짜낸 피를 새끼손가락에 묻혀 간신히 서명을 마쳤다. 그런 다음 허클베리에게 H와 F를 어떻게 쓰는지 가르쳐 주었다. 마침내 맹세가 끝났다. 두 아이는 주문을 외우면서 소나무 판자

를 벽 가까운 곳에 묻었다. 입에 자물쇠를 채우고 열쇠를 던져 버린 셈이었다.

그때 무너져 가는 건물의 반대쪽 구멍 끝으로 어떤 형체가 몰래 기어들어 왔다. 두 아이는 알아채지 못했다.

허클베리가 속삭였다.

"톰, 이제 우리는 영원히 이 일을 말하지 않는 거야."

"물론이지. 무슨 일이 일어나도 비밀로 해야 해. 안 그러면 우리 둘 다 죽는다고. 알겠지?"

"응, 알았어."

두 아이는 한동안 작은 목소리로 이야기를 나누었다. 갑자기 바깥에서 강아지가 길게 짖는 소리가 났다. 두 아이한테서 얼마 떨어지지 않은 곳에서 나는 소리였다. 두 아이는 겁에 질려 서로를 부둥켜안았다.

허클베리가 숨을 몰아쉬며 말했다.

"우리 중 누구한테 저렇게 짖는 걸까?"

"모르겠다. 구멍으로 밖을 봐봐. 빨리!"

"싫어. 네가 해, 톰!"

"난 못해. 난 못한다고!"

"제발, 톰. 또 짖는다!"

톰이 소곤거렸다.

"아, 다행이다. 나 저 소리 알아. 저건 불 하비슨^{하비슨 씨에게 불이라는 노예}
^{가 있다면 톰은 그 사람을 불 하비슨 씨라고 불렀을 것이다. 그러나 여기서 불 하비슨은 하비슨 씨네 개를 말한다.—저자}
이야."

"아, 그거 다행이다. 사실 말이야, 나 진짜 무서웠어. 떠돌이 개
라고 생각했거든."

개가 다시 짖어댔다. 두 아이는 가슴이 한 번 더 내려앉는 것 같
았다.

"맙소사! 저건 불 하비슨이 아니야!" 허클베리가 속삭였다. "잘
봐봐, 톰!"

톰은 마지못해 구멍에 눈을 갖다 댔다. 그러고는 거의 들리지 않
게 속삭였다.

"세상에, 허크. 저건 떠돌이 개야!"

"톰, 빨리! 빨리 말해봐! 저 개가 누구한테 짖는 거야?"

"우리 둘을 보고 짖는 것 같아……. 맞아, 우리 보고 짖는 거야."

"톰, 우린 이제 죽었다. 죽으면 내가 어디로 갈지는 뻔해. 난 아
주 못된 아이니까."

톰이 훌쩍거렸다.

"젠장! 이게 다 학교 빼먹고 하지
말라는 짓만 하고 논 탓이야. 노력만
하면 나도 시드처럼 착한 아이가 될

수도 있었는데. 그런데 전혀 하지 않았지. 하지만 이번에 살아남는다면 주일 학교에 눌러살 거야."

"야, 이 나쁜 녀석아!" 허클베리도 훌쩍거렸다. "빌어먹을, 톰 소여. 나에 비하면 넌 아무것도 아냐. 아, 나한테 네가 누린 기회의 반만이라도 있었다면 얼마나 좋았을까?"

그때 톰이 속삭였다.

"허크, 저기 봐. 저기! 개가 방향을 틀었어!"

허클베리가 환한 얼굴로 바라보았다.

"어, 진짜네. 야호! 아까부터 그랬어?"

"그래, 그런데도 바보같이 몰랐다니. 진짜 잘됐다. 근데 누굴 보고 짖는 거지?"

갑자기 울부짖는 소리가 멈췄다. 톰이 귀를 쫑긋 세우고는 속삭였다.

"쉿! 저게 무슨 소리지?"

"돼지가 꿀꿀대는 소리 같은데. 아니다, 누가 코 고는 소리야."

"맞아! 근데 어디서 나는 거지?"

"저기서 나는 것 같아. 우리 아빠도 가끔씩 저기서 돼지들이랑 잠을 잤거든. 하지만 우리 아빠는 아니야. 아빠는 온 사방이 들썩거릴 정도로 시끄럽게 코를 골거든. 게다가 이제는 이 마을로 오지도 않을 테고."

다시 한 번 두 아이에게서 용기가 생겨났다.

"허크, 내가 앞장설 테니까 따라올래?"

"그건 싫어, 톰. 인디언 조면 어떡할 거야!"

톰은 덜컥 겁이 났다. 하지만 소리의 정체를 확인하고 싶은 충동이 더 컸다. 결국 두 아이는 코 고는 소리가 멈추면 달아나기로 하고 살금살금 다가갔다. 소리의 원천까지 다섯 걸음 정도 남았을 때 톰이 나뭇가지를 밟아 뚝 소리가 났다. 코 고는 남자가 끙 하더니 돌아누웠다. 달빛에 그의 얼굴이 드러났다. 바로 머프 포터였다. 머프 포터가 꿈틀거리자 두 아이는 심장이 멎고, 온 세상이 끝난 것만 같았다. 하지만 누군지 알게 되자 두려움은 사라졌다. 두 아이는 발끝으로 살금살금 걸어서 부서진 판자 사이로 빠져나왔다. 그리고 작별 인사를 하려고 멈춰 섰다. 그때 떠돌이 개의 울음소리가 또다시 밤하늘을 갈랐다! 두 아이가 돌아보니 떠돌이 개가 포터 근처에 서서 하늘을 향해 짖고 있었다.

두 아이가 동시에 외쳤다.

"세상에, 그 개야!"

"저기, 톰. 2주 전 자정 즈음에 떠돌이 개가 조니 밀러의 집 주위에서 짖은 적이 있었는데. 바로 그날 저녁에 쏙독새가 난간에 앉아 울기도 했고. 하지만 아직 아무도 죽지 않았어."

"아, 나도 알아. 죽은 사람은 없어. 하지만 그다음 날인 토요일에

그레이시 밀러 아주머니가 부엌 아궁이에 빠져 크게 다쳤다면서?"

"맞아, 하지만 죽지는 않았어. 아주머니 몸 상태도 점점 좋아지고 있고."

"하지만 두고 봐야지. 머프 포터와 그레이시 아주머니는 죽은 목숨이나 다름없어. 검둥이들이 그렇게 말했는걸. 걔네들은 그런 일들을 잘 알잖아."

이윽고 두 아이는 각자의 생각에 잠긴 채 헤어졌다. 톰이 침대 창문으로 몰래 들어갔을 때는 이미 새벽이었다. 톰은 조심스럽게 옷을 벗었고, 아무한테도 들키지 않고 다녀온 사실에 만족하며 잠을 청했다. 작게 코 고는 소리를 내는 시드가 한 시간 전부터 깨어 있다는 사실은 전혀 눈치채지 못했다.

톰이 일어났을 때 시드는 이미 옷을 입고 나가서 보이지 않았다. 밖이 환하게 밝은 걸로 보아 시간이 꽤 지난 게 분명했다. 톰은 깜짝 놀랐다. 왜 아무도 부르지 않았을까? 왜 보통 때처럼 깨우지 않았지? 뭔가 평소와는 달랐다. 나쁜 일이 일어난 것만 같았다. 톰은 5분 만에 옷을 다 입고 아래층으로 내려갔다. 온몸이 뻐근하고 나른했다. 식구들은 식탁에 앉아 있었지만 모두 식사를 마친 모양이었다. 누구 하나 톰을 야단치지 않았다. 다만 다들 톰의 시선을 피했다. 침묵과 엄숙함에 톰은 가슴이 철렁 내려앉았다. 그럼에도 자리에 앉아 밝은 표정을 지으려고 애썼지만 쉽지는 않았다. 미소 짓

는 사람도. 말을 걸어 주는 사람도 없었기 때문이다. 결국 톰도 점점 우울해져서 입을 다물었다.

아침 식사가 끝나자, 폴리 이모가 톰을 한쪽으로 데려갔다. 톰은 이제 매를 맞겠구나 생각해서 마음이 홀가분했다. 하지만 그건 톰의 착각이었다. 폴리 이모는 톰에게 어떻게 늙은이의 가슴을 이토록 잔인하게 찢을 수 있냐고 말하며 눈물을 흘렸다. 그러고는 아무리 애서 봤자 이렇게 신세를 망치는 짓만 일삼으니 차라리 머리가 희끗희끗해진 자신을 어서 무덤으로 데려가 달라고 말했다. 이모의 말은 천 번의 매질보다 무서웠다. 톰은 몸보다 마음이 더 아파 울면서 용서해 달라고 애원했다. 착한 아이가 되겠다고 몇 번이나 약속하고 나서야 그만 가보라는 허락을 받았지만, 완전히 용서받은 것 같지도, 이모가 믿는 것 같지도 않았다.

톰은 너무 슬퍼서 시드에게 복수하고 싶지도 않았다. 그런데도 시드는 뒷문으로 재빨리 도망쳤다. 톰은 침울하고 슬픈 기분으로 학교에 갔다. 학교에서는 전날 땡땡이를 친 벌로 조 하퍼와 함께 매를 맞았다. 하지만 비통한 기분에 짓눌려 매 맞는 것 따위는 신경도 쓰이지 않았다. 말할 수 없는 고통에 휩싸인 톰은 책상에 팔꿈치를 올려놓고 두 손으로 턱을 받친 채 벽을 보았다. 그런데 톰의 팔꿈치에 뭔가 딱딱한 것이 느껴졌다. 톰은 천천히 자세를 바꾸고 한숨을 쉬며 그 물건을 집어 들었다. 종이 뭉치였다. 톰이 종이를 펼치는

순간, 길고 묵직한 한숨이 나오면서 가슴이 무너져 내렸다. 바로 놋쇠 손잡이가 보였기 때문이다.

마지막 깃털 하나가 낙타의 등뼈를 으스러뜨리듯 톰의 마음은 완전히 무너지고 말았다.

제 11장

정오가 되자, 마을 전체가 끔찍한 소식에 감전된 것처럼 발칵 뒤집혔다. 전보는 꿈도 꿀 수 없는 시대였지만 이야기는 이 사람에서 저 사람으로, 이 무리에서 저 무리로, 이 집에서 저 집으로, 전보처럼 빠르게 전해졌다. 학교 교장 선생은 정오에 휴교령을 내렸다. 그러지 않았다면 마을 사람들 전체가 교장 선생을 이상한 사람이라고 생각했을 것이다.

피 묻은 칼이 살해당한 남자 옆에서 발견되었고, 누군가가 그 칼이 머프 포터의 것이라고 확인해 줬다. 전해진 이야기로는 그랬다. 또한 어떤 사람이 새벽 한두 시쯤에 밤길을 가다가 '개울'에서 몸을 씻는 포터를 봤는데, 그 즉시 포터가 도망쳤다고 증언했다. 좀처럼

잘 씻지 않는 포터인지라 수상해 보였다고도 했다. 마을 사람들은 '살인범'(사람들은 증거를 잡아 범인을 단정 짓는 데 늑장을 부리지 않는다.)을 찾아 곳곳을 뒤졌지만 찾지 못했다. 보안관은 사람들이 말을 타고 사방으로 흩어져 찾고 있으니, 밤이 되기 전에 살인범을 잡을 거라고 자신했다.

마을 사람들 모두 묘지로 향했다. 톰은 가슴 아픈 일을 잊고, 그 행렬에 끼어들었다. 가고 싶지는 않았지만 설명할 수 없는 힘에 이끌렸기 때문이다. 그 무시무시한 장소에 도착한 톰은 작은 몸으로 사람들 사이를 비집고 들어가 참담한 광경을 바라보았다. 그곳에서 벌어진 일이 먼 옛날 일처럼 느껴졌다. 누군가가 톰의 팔을 꼬집었다. 돌아보니 허클베리였다. 즉시 두 아이는 서로 시선을 피했다. 잠깐의 눈빛 교환 때문에 누군가가 알아차릴까 봐 걱정되었기 때문이다. 하지만 모두들 수군거리면서 눈앞에 펼쳐진 광경에 정신이 팔려 있을 뿐이었다.

"불쌍한 사람!"

"가여운 젊은이!"

"이번 일로 묘지 도둑들이 정신 차려야 해!"

"머프 포터는 잡히면 교수형당할 거야!"

목사도 한마디 거들었다.

"이건 하나님의 심판입니다. 그분의 손길이 여기까지 닿아 있습

니다."

이때 톰은 머리부터 발끝까지 소름이 끼쳤다. 인디언 조의 태연한 얼굴을 발견했기 때문이다. 그 순간, 사람들이 동요하면서 이렇게 외쳤다.

"저기 있어! 저기! 저기 오고 있어!"

"누구? 누가 오는데?"

스무 명쯤 되는 사람들 목소리가 여기저기서 울려 퍼졌다.

"머프 포터야!"

"저기 봐, 돌아서고 있어! 도망치게 두면 안 돼!"

톰의 머리 위 나무에 올라가 있던 사람들은 포터가 도망치려는 게 아니라 단지 당황하는 것 같다고 말했다.

한 구경꾼이 덧붙였다.

"진짜 뻔뻔스러운 인간이잖아! 자기가 한 짓을 조용히 살펴보고 싶었던 거야. 이렇게 사람들이 많을 줄은 몰랐겠지."

사람들이 흩어지고 그 사이로 보안관이 보란 듯이 포터의 팔을 잡아끌고 나왔다. 불쌍한 포터는 얼굴이 초췌해 보였고, 눈빛에는 두려움이 깃들어 있었다. 포터는 살해당한 사람 앞에 서자마자 몸을 부르르 떨었고, 양손으로 얼굴을 가린 채 눈물을 흘렸다.

"내가 그런 게 아니야." 포터가 흐느꼈다. "맹세코 말하는데 절대 내가 그런 게 아니야."

어떤 사람이 외쳤다.

"누가 당신이 그랬다고 했나?"

포터는 애처롭고 절망적인 눈빛으로 주변을 둘러보았다. 그러다가 인디언 조를 발견하고는 소리쳤다.

"아, 인디언 조. 나한테 약속했잖아. 절대……."

"이거 당신 칼이지?"

보안관이 포터에게 칼을 내밀었다.

그 순간 포터는 사람들이 붙잡아서 바닥에 앉히지 않았으면 쓰러졌을 것이다.

"가져가야 할 것 같아서……." 포터가 몸을 떨면서 말을 이었다. "이제 다 말해, 조. 다 말하라고. 다 끝났으니까 말이야."

허클베리와 톰은 멍하니 서서 인디언 조가 술술 내뱉는 거짓말을 듣고만 있었다. 마른하늘에서 인디언 조의 머리 위로 벼락이 떨어질 거라고 기대했다. 하지만 인디언 조가 이야기를 다 끝내고도 여전히 멀쩡하자 두 아이는 맹세를 깨고 그 가련한 죄수의 인생을 구해 주고 싶었다. 하지만 그 충동은 오래가지 못했다. 악마와 계약한 게 분명한 악당을 건드리면 죽음을 면치 못할 것 같았기 때문이다.

누군가가 물었다.

"왜 떠나지 않았지? 왜 여기 온 거야?"

"어쩔 수가 없었어. 나도 어쩔 수가 없었다고. 달아나고 싶지만

달리 갈 데가 없었어."

대답을 하던 포터가 다시 흐느꼈다.

몇 분 후에 인디언 조는 증인 선서를 하고 똑같이 진술했다. 두 아이는 아직도 벼락이 떨어지지 않는 것을 보고 조가 악마에게 영혼을 판 것이라고 확신했다. 조는 두 아이가 지금껏 본 사람 중 가장 나쁜 악당이었다. 두 아이는 조의 얼굴에서 눈을 뗄 수가 없었다. 톰과 허클베리는 기회가 된다면 밤마다 조를 감시해야겠다고 마음먹었다. 조의 주인인 무시무시한 악마를 조금이라도 볼 수 있을 테니까.

인디언 조는 마차에 시신을 싣는 일을 도와주었다. 그때 시체의 상처에서 피가 흘러나온다고 사람들이 수군댔다. 두 소년은 이 일로 진짜 범인을 잡을 수 있지 않을까 기대했다. 하지만 바로 실망하고 말았다. 마을 사람들이 이렇게 말했기 때문이다.

"피가 흐를 때 머프 포터가 1미터도 떨어지지 않은 곳에 있었잖아. 그러니까 머프 포터가 살인범이 맞아."

그 후로 톰은 무서운 비밀을 안고 양심에 찔려서 일주일 동안 잠을 설쳤다.

그러던 어느 날, 아침 식사 시간에 시드가 말했다.

"형, 요즘 형이 밤에 잠꼬대를 너무 많이 해서 내가 잠을 잘 수가 없어."

톰은 얼굴이 하얗게 질려서 시선을 아래로 뚝 떨어뜨렸다.

"그거 나쁜 징조구나."

폴리 이모가 심각한 표정으로 말했다.

"신경 쓰이는 일 있니, 톰?"

"아니에요. 그런 거 없어요."

하지만 톰은 손이 너무 떨려서 커피를 흘렸다.

시드가 계속 불평했다.

"진짜 심하다니까요. 어젯밤에는 '피, 피, 피, 저건 피야!'라고 했어요. 그 말을 몇 번이나 했다고요. 거기다가 '날 괴롭히지 마. 안 그러면 다 말할 거야!'라고도 하더라니까요. 뭘 말한다는 건지."

톰은 눈앞이 빙빙 도는 것 같았다. 이제 무슨 일이 벌어질지 알 수 없었다. 하지만 다행히도 폴리 이모의 얼굴을 보니 그런 걱정은 할 필요가 없을 것 같았다. 폴리 이모는 아무것도 묻지 않은 채 톰을 위로했다.

"에휴, 끔찍한 살인 사건이 일어나서 그렇구나. 나도 거의 매일 그 사건에 관한 꿈을 꾼단다. 한번은 내가 사람을 죽이는 꿈도 꿨다니까."

메리도 그 사건 때문에 괴롭다고 말했다. 그제야 시드는 이해가 되는 모양이었다. 톰은 최대한 빨리 그 자리에서 빠져나왔다. 그러고는 일주일 동안 이가 아프다는 핑계를 대고 밤마다 턱을 묶고 잠

들었다. 시드는 밤마다 톰의 붕대를 푼 다음, 팔꿈치를 괸 채 한동안 톰의 잠꼬대를 귀 기울여 듣다가 다시 붕대를 감아 놓았다. 톰은 그 사실을 전혀 눈치채지 못했다. 시간이 지나면서 톰의 괴로운 마음이 점점 누그러졌다. 치통이 있는 척하기도 귀찮아져서 붕대 감기도 그만두었다. 시드는 뭔가를 알아낸 것 같지만 입 밖으로 말하지는 않았다.

학교 친구들은 죽은 고양이를 해부하고 수사하는 놀이에 재미를 붙이고 있었다. 그래서 톰은 살인 사건을 좀처럼 잊을 수 없었다. 시드는 톰이 검시관 역할을 한 번도 맡지 않았다는 사실을 알아차렸다. 새로운 일이 벌어지면 항상 앞장서던 톰이었는데 말이다. 심지어 증인 역할도 하지 않다니, 참으로 이상한 일이었다. 시드는 톰이 이 놀이를 눈에 띄게 싫어한다는 걸 알아챘다. 시드는 톰의 그런 모습에 무척 놀랐지만 아무 말도 하지 않았다. 시간이 흘러 수사 놀이도 결국 시들해졌고, 톰도 더는 양심의 가책을 느끼지 않았다.

톰은 매일, 혹은 이틀에 한 번 꼴로 '살인범'을 찾아가 손에 자잘한 위문품들을 창문으로 넣어 주었다. 감옥은 마을 변두리 늪지에 있는 작은 초라한 벽돌 건물로, 지키는 간수도 없었다. 좀처럼 죄수가 수감된 적도 없는 곳이었다. 덕분에 톰은 손쉽게 위문품을 넣어 주며 양심의 가책을 덜 수 있었다.

마을 사람들은 시체를 파낸 죄로 인디언 조에게 타르를 칠하고

깃털을 꽂아 끌고 다니려 했다. 하지만 인디언 조가 워낙 흉측한 인물이라 아무도 앞장서서 말하지 않았고, 결국 그 일은 흐지부지되고 말았다. 또한 인디언 조는 두 번의 진술에서 교묘하게도 싸움에 관해서만 말하고 무덤 도굴에 관한 일은 털어놓지 않았다. 그런 탓에 조를 법정에 회부하지 않는 것이 낫겠다는 결론이 나왔다.

제 12장

    톰은 더 이상 고민하지 않았다. 새로운 흥밋거리가 생겼기 때문이다. 다름이 아니라 베키 대처가 학교에 나오지 않았던 것이다. 며칠 동안 톰은 자존심을 지키고자 '그녀를 바람에 날려 보내려고' 했지만 실패했다. 결국 톰은 밤마다 비참한 심정으로 베키의 집 주변을 어슬렁거렸다. 베키는 아프다고 했다. 만약 베키가 죽어버리면 어떡하지! 그렇게 생각하니 톰은 아무것도 할 수가 없었다. 전쟁놀이도, 해적놀이에도 흥미를 느끼지 못했다. 삶의 즐거움이 모조리 사라진 것만 같았다. 굴렁쇠도, 야구 방망이도 치워 버렸다. 이제는 어떤 놀이에서도 재미를 느낄 수 없었다.

    폴리 이모는 그런 톰이 걱정스러워서 온갖 치료법을 쓰기 시작했

다. 더구나 이모는 새로운 건강 요법이나 특허받은 치료법이 나오면 항상 실험해 봐야 직성이 풀리는 사람이었다. 특히 새로운 치료법이 나오면 쓰지 않고는 못 배겼다. 하지만 자신을 실험 대상으로 삼지는 않았다. 아픈 적이 없었으니까. 대신 가까운 사람이라면 누구든지 실험 대상으로 삼았다. 폴리 이모는 모든 '건강' 관련 잡지들을 구독했고, 두개골 형상으로 사람의 성격과 심리를 추정한다는 이상한 골상학 잡지에도 빠져 있었다. 그런 잡지들은 폴리 이모에게 삶의 활력소와도 같았다. 환기를 어떻게 해야 하는지, 어떻게 잠자리에 들고 아침에 일어나야 하는지, 무엇을 먹고 마셔야 하는지, 운동을 얼마나 해야 하는지, 마음 수양은 어떻게 해야 하는지, 어떤 옷을 입어야 하는지 등 모든 '잡소리'들이 이모에게는 성경과도 같았다. 지난 달 잡지 내용과 이번 달 잡지 내용이 달라도 말이다. 이모는 단순하고 정직한 사람이라서 속아 넘어가기가 쉬웠다. 그래서 그 엉터리 잡지들과 약들을 잔뜩 모아 놓았다. 비유를 하자면, 폴리 이모는 죽음의 사자인 청백색 말을 타고, '지옥을 거느린 채' 사방으로 돌아다니는 격이었다. 하지만 본인은 고통받는 이웃들에게 치유의 천사이자 길르앗의 유향 <small>성경에서 만병통치약으로 일컬어지는 약</small>이라고 자신했다.

최근에는 물 치료법이 새로 나왔다. 때마침 톰의 상태가 좋지 않은 것을 빌미로 폴리 이모는 매일 아침마다 톰을 헛간에 세워 놓고 차가운 물을 끼얹었다. 그러고는 톰이 정신을 번쩍 차릴 때까지 수

건으로 빡빡 문질러 닦았다. 그런 다음 젖은 홑이불로 톰을 둘둘 말고 담요를 덮어 주고 기다렸다. 톰의 말을 빌리자면 폴리 이모는 톰의 영혼에서 '누런 찌꺼기가 땀구멍 밖으로 나올 때'까지 기다리는 것이었다.

하지만 소년은 점점 더 우울해지고 핼쑥해졌다. 이모는 온욕과 좌욕, 샤워에 전신욕까지 시도해 보았다. 그럼에도 톰은 생기를 잃어 갔다. 이제 폴리 이모는 오트밀 다이어트 식이 요법과 고약 치료법까지 동원했다. 게다가 일일이 용량을 계산해서 엉터리 치료약들을 톰의 입속으로 꾸역꾸역 밀어 넣기까지 했다.

이쯤 되자 톰은 자포자기했다. 이런 톰의 태도에 폴리 이모는 오히려 당황했다. 그처럼 무심한 태도는 어떤 대가를 치르더라도 바꿔 놓아야 한다고 생각했다. 그러던 차에 폴리 이모는 진통제 이야기를 처음으로 듣게 되었다. 그리고 즉시 진통제를 대량으로 주문해 맛을 보고는 만족해했다. 물로 된 진통제는 매운맛이 났다. 폴리 이모는 물 치료법과 다른 모든 치료를 중단하고 진통제의 효력만 믿기로 했다. 그래서 톰에게 진통제 한 숟가락을 먹이고 초조한 마음으로 결과를 지켜보았다. 다행히 폴리 이모가 걱정하던 문제가 순식간에 사라지는 듯했다. 드디어 톰의 '무심한 태도'가 사라졌기 때문이다. 톰의 반응은 매우 격렬했다. 마치 이모가 톰의 몸뚱이 아래에 불이라도 지핀 것 같았다.

톰은 이제 그만 정신을 차려야겠다고 생각했다. 무기력하게 지내는 것이 낭만적이기는 했지만 감정이 너무 메말라갔고, 마음이 더 싱숭생숭해졌다. 톰은 이 상태에서 벗어날 방도를 궁리하다가 진통제를 먹고 싶은 척하기로 했다. 톰은 이모에게 성가실 정도로 자주 진통제를 달라고 졸랐다. 결국에는 귀찮아진 폴리 이모가 톰에게 원하는 만큼 진통제를 꺼내 먹으라고 했다. 하지만 폴리 이모는 시드가 스스로 약을 먹겠다고 하면 믿겠지만, 톰의 말은 믿을 수 없어서 몰래 진통제 약병을 살펴보았다. 약은 정말로 줄어들고 있었다. 물론 톰은 그 약으로 거실 바닥의 건강을 돌보고 있었지만.

어느 날 톰이 거실 바닥 틈새에 약을 집어넣고 있을 때 폴리 이모의 노란 고양이가 다가와서 달라는 눈빛으로 숟가락을 바라보았다.

톰이 말했다.

"정말 먹고 싶은 게 아니면 그러지 마, 피터."

하지만 고양이 피터는 정말 먹고 싶다는 눈치였다.

"다시 한 번 생각해봐."

피터의 뜻은 분명했다.

"좋아, 달라니까 줄게. 내가 못된 맘을 먹고 주는 게 아니야. 하지만 먹고 나서 맛이 없다고 날 탓하면 안 돼. 다 네 탓이니까."

피터가 가만히 있자 톰은 피터의 주둥이를 벌려 진통제를 넣어주었다. 그 순간 피터가 공중으로 2미터쯤 펄쩍 뛰어오르더니 울면

서 방 안을 빙빙 돌기 시작했다. 가구에 부딪히고 화분을 뒤엎기도 했다. 급기야는 뒷발로 딛고 일어서서는 흥분하며 울부짖었다. 한바탕 큰 소동이 일어났다. 마지막으로 피터는 몇 차례 공중제비를 돌고 나서 남은 화분을 쓰러뜨리고는 열린 창문으로 달아났다. 때마침 방으로 들어온 폴리 이모는 깜짝 놀라서 안경 너머로 눈앞의 광경을 멍하니 보기만 했다. 그동안 톰은 마룻바닥에 누워 배를 잡고 숨이 넘어갈 정도로 깔깔거리고 있었다.

"톰, 피터가 왜 저러는 거니?"

톰이 숨을 헐떡거리며 답했다.

"모르겠어요, 이모."

"세상에, 저런 건 처음 봤구나. 피터가 대체 왜 저렇게 됐니?"

"저도 진짜 몰라요, 이모. 고양이들은 원래 기분 좋을 때 저러잖아요."

"그래? 그렇단 말이지?"

폴리 이모의 어조에 톰은 왠지 마음이 불안해졌다.

"네, 맞아요. 진짜 그렇다니까요."

"진짜?"

"그럼요."

폴리 이모가 허리를 숙였다.

톰은 불안한 마음으로 그 모습

을 지켜보았다. 이모의 '의도'를 알아차렸을 때는 이미 늦은 뒤였다. 모든 것을 말해 주는 숟가락이 침대 덮개 아래에 있었던 것이다. 폴리 이모가 그 숟가락을 집어 드는 순간, 톰은 움찔하면서 시선을 아래로 떨어뜨렸다. 폴리 이모는 톰의 귀를 잡고 톰을 일으켜 세웠다. 그리고 골무로 딱 소리가 나도록 톰의 이마를 때렸다.

"그 불쌍한 짐승한테 무슨 짓을 한 거니?"

"불쌍해서 그런 거예요. 고양이한테는 이모가 없잖아요."

"이모가 없다니! 무슨 헛소리야! 그게 이 일이랑 무슨 상관이니?"

"아주 크게 상관이 있죠. 피터에게도 이모가 있다면 그 속은 홀라당 타버렸을 거예요! 사람처럼 아무 감정 없이 피터의 창자를 태워 버렸을 거라고요!"

이모는 후회했다. 모든 일이 새롭게 보였다. 고양이에게 잔인한 짓은 사람에게도 잔인한 짓이리라. 폴리 이모는 톰에게 미안한 마음이 들었다. 이모의 두 눈에 눈물이 살짝 맺혔다.

이모는 톰의 머리에 손을 얹고 부드럽게 말했다.

"너를 위해서 그런 거야. 실제로 좋아졌잖니?"

톰은 정색하면서도 두 눈을 반짝거리며 이모를 올려다보았다.

"저도 잘 알아요, 이모. 저도 이모와 같은 마음으로 피터한테 그런 거예요. 피터한테도 효과가 있었고요. 피터가 그렇게 좋아하는 모습은 본 적이 없어요. 그러니까……."

"알겠으니 그만 나가 봐라. 또 내 속을 뒤집어 놓지 말고. 한 번이라도 좋으니, 네가 착한 아이가 되려고 노력하면 좋겠구나. 약은 이제 그만 먹어도 된다."

톰은 일찍 학교에 도착했다. 톰이 수업 전에 등교하다니. 이런 이상한 일이 요즘 들어서 매일 일어났다. 게다가 톰은 최근 며칠 동안 친구들과 어울려 놀지 않았다. 대신 그는 자주 교문 근처에서 서성거렸다. 지금도 그랬다. 몸이 아프다더니, 실제로도 그런 것 같았다. 톰은 사방을 둘러보는 척했지만 사실은 길 아래쪽을 살펴보고 있었다. 곧이어 제프 대처가 나타나자, 톰의 얼굴이 환하게 밝아졌다. 톰은 잠시 동안 제프를 바라보다가 슬픈 표정으로 고개를 돌렸다. 제프가 가까이 다가오자, 톰이 말을 걸었다. 베키 이야기가 나오도록 조심스럽게 대화를 '이끌어 갔지만' 천방지축인 제프는 전혀 감을 잡지 못했다. 톰은 하늘거리는 원피스가 보일 때마다 기대에 부풀었지만 곧이어 자신이 기다리는 사람이 아니라는 이유로 그 옷의 주인이 미워졌다. 더 이상은 원피스 차림의 여자아이가 나타나지 않자, 톰은 우울해졌다. 그리고 텅 빈 듯한 교실로 돌아가 자리에 앉아서 괴로움에 몸부림쳤다. 바로 그때 원피스 차림의 아이가 교문으로 들어오자, 톰의 심장은 쿵쾅쿵쾅 뛰었다. 그리고 톰은 벌떡 일어나 인디언처럼 돌진했다. 함성을 지르고, 낄낄 웃고, 아이들을 쫓아다니고, 팔다리와 목숨을 잃을 각오로 울타리를 훌쩍 뛰어

넘고, 재주를 넘고, 물구나무를 서는 등 영웅 같은 행동들을 과시하듯 선보였다. 그러면서 그녀가 자신을 보고 있는지 힐끔거렸다. 하지만 베키는 톰을 전혀 의식하지 않는 것 같았다. 톰을 바라보지도 않았다. 톰의 존재를 모르는 걸까? 톰은 베키에게 좀 더 가까이 다가가 소란을 피웠다. 함성을 지르며 돌아다니고, 다른 남자아이의 모자를 가로채 학교 지붕으로 던져 버리고, 무리 속으로 돌진해 아이들을 사방으로 쓰러뜨리고, 베키의 코앞에서 사지를 벌리고 드러누워 베키를 넘어뜨릴 뻔하기도 했다.

그러자 베키가 콧방귀를 뀌며 말했다.

"흥! 자기가 잘났다고 생각하나 봐. 항상 잘난 척만 해대니!"

톰은 얼굴이 화끈 달아올랐다. 그제야 톰은 자리에서 일어나 풀이 죽은 채 슬그머니 자리를 피했다.

제 13장

톰은 마음을 굳혔다. 톰의 지금 심정은 우울하고 절망적이었다. 모든 친구에게 버림받았을 뿐만 아니라 아무도 톰을 사랑하지 않는 것 같았다. 톰을 이렇게 만든 사람들은 나중에 무척 미안해하리라. 톰은 올바르게 행동하고, 사람들과 잘 지내려고 애썼지만, 사람들이 그렇게 놔두지 않았다. 오히려 내쫓고 싶어 안달이었다.

뭐든지 날 탓하고 싶으면 그렇게 해. 친구 하나 없는 내가 무슨 힘이 있다고 불평을 하겠어? 그래, 결국은 그들이 날 이렇게 만든 거야. 이제부터 범죄자가 되는 수밖에. 다른 선택이 없어.

톰은 메도레인 아래쪽까지 내려갔다. 그때 수업 '시작'을 알리는 종소리가 희미하게 들렸다. 이제 톰은 익숙해진 저 종소리를 다시

는 듣지 못하리라. 이런 생각을 하자 눈물이 줄줄 흘렀다. 앞으로 힘든 여정이 펼쳐지겠지만 어쩔 수 없었다. 차가운 세상으로 내몰린 현실을 받아들이는 수밖에. 하지만 톰은 그들을 용서하리라. 이렇게 마음먹자 더욱 구슬픈 생각이 들어 울었다.

이때 톰은 영혼의 동지 조 하퍼를 만났다. 눈빛을 보니 조 하퍼도 대단한 결정을 한 것처럼 보였다. 이렇게 '같은 생각을 품은 두 영혼'이 한자리에 모였다. 톰은 소매로 눈물을 훔치면서 모진 대우를 받는 집에서 탈출하기로 마음먹은 이야기를 늘어놓았다. 넓은 세상으로 나가 다시는 돌아오지 않겠다고 덧붙이며, 끝으로 자신을 잊지 말아 달라고 조에게 부탁했다.

알고 보니, 조도 톰에게 같은 이야기를 하려던 참이었다. 조는 있는지도 모르던 크림을 먹었다는 이유로 엄마한테 매를 맞았다고 했다. 아무래도 조의 엄마는 조가 없어지기를 바라는 모양이었다. 엄마의 마음이 그렇다면 조도 그 뜻을 따르는 수밖에. 조는 엄마가 행복하기를 바랐고, 무정한 세상으로 내몰린 불쌍한 아들이 고생하다가 죽음을 맞이해도 후회하지 않기를 바랐다.

두 아이는 슬픔에 젖어 터벅터벅 걸으면서 죽을 때까지 서로를 지켜주자고 맹세했다. 그러고는 계획을 세웠다. 조는 은둔자가 되어 멀리 떨어진 동굴에서 빵 껍질을 먹으며 추위와 가난, 슬픔에 시달리다가 죽음을 맞이하려고 했다. 하지만 톰의 이야기를 듣고 나

서는 범죄자로 사는 게 낫겠다며 해적이 되기로 했다.

세인트피터즈버그에서 미시시피강 쪽으로 5킬로미터쯤 내려가면 강폭이 2킬로미터가 되지 않는 곳에 숲이 우거진 작은 섬이 하나 있었다. 섬의 앞머리에는 얕은 모래사장이 있어서 계획을 실행하기에는 안성맞춤이었다. 게다가 사람이 살지 않았다. 건너편 강가에는 사람이 다니지 않는 빽빽한 숲도 있었다. 그래서 두 사람은 근거지로 잭슨 섬을 선택했다. 누구를 약탈할지는 정하지 않았다.

두 아이는 허클베리 핀을 찾아갔다. 허클베리 핀은 아무래도 상관이 없기 때문에 즉각 두 아이의 모험에 동참하겠다고 말했다. 아이들은 마을에서 3킬로미터쯤 떨어진 강둑에서 자정에 만나자고 약속하며 헤어졌다. 그곳에 있는 작고 길쭉한 뗏목을 이용할 작정이었다. 아이들은 각자 갈고리와 낚싯줄 같은 용품들을 무법자다운 방법으로 훔쳐오기로 했다. 게다가 오후가 지나가기 전까지 마을에 '대단한 소식'이 날아들 거라고 소문을 퍼뜨리며 즐거워했다. 그 소식을 들은 아이들에게 '입 다물라.'라는 경고도 전하면서.

자정 무렵, 톰은 삶은 햄과 몇 가지 물품들을 가지고 만남의 장소가 보이는 절벽 위쪽의 빽빽한 덤불 앞에 멈춰 섰다. 별이 빛나는 고요한 밤이었다. 거센 강물이 휴식을 취하는 듯이 잔잔하게 흘렀다. 톰은 잠시 귀를 기울였지만 그 어떤 소리도 듣지 못했다. 나지막하게 휘파람을 불었다. 그러자 절벽 아래쪽에서 응답이 있었다.

톰이 두 번 더 휘파람을 불자 똑같은 방법으로 신호가 왔다. 이어서 조심스러워하는 목소리가 들렸다.

"거기 누구야?"

"카리브 해의 검은 보복자 톰 소여다. 그쪽도 이름을 말해라."

"피투성이 손 허클베리 핀과 바다의 공포 조 하퍼다."

톰이 자기가 좋아하는 책에서 찾아내 붙여준 별명들이었다.

"됐다, 이제 암호를 말해봐."

음울한 밤, 두 목소리가 동시에 끔찍한 단어를 내뱉었다.

"피!"

톰이 햄을 절벽 아래로 던지고 자신도 그 뒤를 따라 내려갔다. 그 바람에 옷과 살갗이 조금 찢어졌다. 더 쉽고 편안한 길도 있었지만 고난과 위험 속에서 살아갈 해적들에게는 어울리지 않았다.

바다의 공포 조는 베이컨 한 덩이를 가져오느라 이미 녹초가 된 상태였다. 피투성이 손 허클베리 핀은 프라이팬 하나와 반쯤 말린 담뱃잎, 담배 파이프로 쓸 옥수수 속대를 챙겨 왔다. 허클베리를 빼고 둘은 담배를 피울 줄 몰랐다. 카리브 해의 검은 보복자 톰은 불이 없으면 떠나지 못한다고 말했다. 그것은 현명한 생각이었다. 하지만 이 시절은 성냥이 널리 보급되기 전이었다. 그때 90미터쯤 떨어진 커다란 뗏목에서 불이 활활 피어오르는 게 보였다. 아이들은 은밀하게 불이 붙은 장작 하나를 훔쳐 냈다.

이윽고 흥미진진한 모험이 시작되었다. 아이들은 갑자기 '쉿!' 하고 손가락을 입술에 댄 뒤 단검이라도 든 것처럼 두 손을 휘두르거나, 낮은 목소리로 "'죽은 자는 말을 하지 못하는 법'이니 '자루까지 칼을 찔러 넣어라.'"라고 말하기도 했다. 사실 이미 뗏목 사공들이 모두 마을에서 거나하게 술판을 벌이고 있음을 아이들은 알고 있었다. 하지만 그렇다고 해적답지 않게 움직일 생각은 없었던 것이다.

아이들은 뗏목을 강에 띄웠다. 톰이 지휘했고, 허클베리 핀은 뒤에서, 조는 앞에서 노를 저었다. 톰은 뗏목 한가운데 서서 이마를 찌푸리고 팔짱을 낀 채 엄격하게 지시를 했다.

"바람이 불어오는 쪽으로 뱃머리를 돌려라!"

"넵, 선장님!"

"지금 이대로 전진!"

"이대로 전진!"

"방향을 1도 나침반의 한 눈금 틀어라!"

"방향을 1도 전환!"

아이들은 천천히 뗏목을 몰았다. 사실 선장은 그냥 '폼'으로 지시하고 있다는 걸 모두 알고 있었다.

"배에 어떤 돛이 있는가?"

"큰 돛과 중간 돛과 삼각돛이 있습니다. 선장님."

"큰 돛을 올려라! 하늘 높이 올려라! 거기 여섯 명은 앞 돛대의 중간 돛대를 올려라! 지금 당장!"

"네, 선장님!"

"큰 돛을 올려라! 줄을 당겨라! 어서, 서둘러라!"

"네, 선장님!"

"좌현으로 돌려라! 그대로 유지하라! 좌현으로, 좌현으로! 힘껏 돌려라! 그대로!"

"그대로!"

뗏목이 강 한복판을 넘어서자, 아이들은 뱃머리를 오른쪽으로 돌리고 노를 내려놓았다. 수심이 깊지 않아서 물살의 속도는 시속 3킬로미터에서 5킬로미터 정도였다. 그리고 45분 동안 침묵이 흘렀다.

이제 뗏목은 마을 앞을 지나치고 있었다. 희미하게 반짝이는 불빛 서너 개 덕분에 그곳이 마을인지 알 수 있었다. 별이 보석처럼 박힌 어두운 강물 너머 평화롭게 잠든 마을은 눈앞에서 벌어지는 엄청난 사건을 전혀 알아차리지 못했다. 카리브 해의 검은 보복자는 팔짱을 낀 채 가만히 서서 한때는 기쁨을, 한때는 고통을 주던 풍경을 마지막으로 바라보며, 그 여자아이가 지금의 자신을 볼 수 있기를 바랐다. 지금 위험과 죽음을 무릅쓰고 운명을 헤쳐 나가는 자신을 본다면 얼마나 좋을까? 상상력을 더 발휘하면 잭슨 섬을 마을에서 보이지 않는 곳으로 옮겨 놓을 수도 있었다. 그래서 톰은 가슴 아프지만 또 한편으로는 만족스러워하면서도 마지막으로 마을을 본 것이었다.

다른 해적들도 마지막으로 마을을 바라보았다. 오랫동안 마을을 본 탓에 조류에 휩쓸려 섬에 가지 못할 뻔했다. 다행히 제때에 뗏목의 방향을 바꾸었다. 새벽 두 시쯤, 뗏목이 섬 앞머리에서 180미터쯤 떨어진 모래사장에 다다랐다. 아이들은 뗏목에서 짐을 내렸다. 짐에는 낡은 돛이 있었는데, 아이들은 구석진 곳에 텐트처럼 돛을 펼쳐 그곳에 남은 물품들을 쌓아 놓았다. 맑은 날에는 무법자처럼 바깥에서 잠을 자기로 하고 말이다.

아이들은 어두컴컴한 숲속으로 스무 걸음인가 서른 걸음 들어가서 커다란 통나무 옆에 불을 지폈다. 그러고는 프라이팬에 베이컨

을 구워서 가져온 옥수수 빵 절반과 함께 먹었다. 사람의 발길이 닿지 않는 섬의 숲에서 자유롭게 만찬을 즐기다니, 참으로 멋진 일인 것 같았다. 아이들은 다시는 문명 세계로 돌아가지 않겠다고 말했다. 타오르는 불꽃이 아이들의 얼굴을 비추었고, 나무 기둥과 반짝거리는 잎사귀, 나무를 장식하는 넝쿨에 붉은 빛을 드리웠다.

마지막 베이컨 한 조각과 마지막 남은 옥수수 빵이 자취를 감추자, 아이들은 배가 불러 풀밭에 드러누웠다. 좀 더 시원한 장소를 찾을 수도 있었지만, 활활 타오르는 모닥불이 있는 곳만큼 낭만적인 장소는 없었다.

조가 먼저 말을 꺼냈다.

"즐겁지 않아?"

"끝내줘! 다른 애들이 우리를 본다면 뭐라고 할까?" 톰이 말했다. "다들 여기 오고 싶어 죽겠지. 안 그래, 허크?"

"내 생각도 그래." 허클베리가 이어서 말했다. "어쨌든 나한테 어울리는 생활이야. 이보다 더 나은 건 바라지도 않아. 이렇게 배불리 먹어본 적이 없거든. 게다가 날 괴롭히고 못살게 굴던 사람들도 여기까지는 못 올 테니까."

톰이 말했다.

"나도 원하던 생활이야. 아침에 일어나 학교에 가고 세수하는 등 온갖 귀찮은 일들을 할 필요가 없으니까. 해적은 육지에서는 아무

것도 안 해도 되잖아. 조, 은둔자가 되면 기도를 많이 해야 하는데, 그런 건 별 재미가 없어. 게다가 혼자 지내야 하고."

"그러고 보니 그렇네. 그런 생각은 한 적이 없어. 해적이 되길 잘한 것 같아."

"맞아. 요즘에는 은둔자가 되려는 사람이 많지 않거든. 하지만 해적은 언제나 존경받지. 반면에 은둔자는 가장 불편한 곳에서 잠을 자야 하고, 머리에 삼베와 재를 뒤집어써야 하는데다 비를 맞으며 밖에서 지내야 하고……."

허클베리가 물었다.

"왜 삼베와 재를 머리에 뒤집어써야 하는데?"

"나도 잘 몰라. 하지만 그렇게 해야 한대. 네가 은둔자가 되려면 당연히 그렇게 해야 한대."

허클베리가 말했다.

"난 안 할 거야."

"그럼 어떻게 할 건데?"

"나도 몰라. 하지만 삼베와 재는 뒤집어쓰지 않을 거야."

"야, 허크. 당연히 그렇게 해야 해. 그걸 어떻게 피하려고?"

"어쨌든 그런 건 참을 수가 없어. 그냥 도망쳐 버릴 거야."

"도망친다고! 참내, 은둔자 노릇 한번 잘하겠다! 다른 은둔자들이 부끄러워할 거야."

피투성이 손 허클베리는 더 흥미로운 일에 정신이 팔려서 대꾸를 하지 않았다. 옥수숫대 속을 파낸 다음 담뱃잎을 채워 넣고 숯불 조각으로 불을 붙여 담배를 피우려고 했기 때문이다. 허클베리는 만족했다. 해적 둘이 그 당당하고도 사악한 행동을 부럽게 바라보았고, 조만간 담배 피우는 법을 배워야겠다고 속으로 다짐했다.

허클베리가 물었다.

"해적은 뭘 해야 하지?"

톰이 대답했다.

"음, 그냥 나쁜 짓을 하면 돼. 배를 빼앗아 불태우고, 돈을 훔쳐서 유령들이 나올 정도로 으스스한 곳에 묻어 두는 거야. 그리고는 배에 탄 사람들을 모두 죽이거나 널빤지 위로 걷게 해서 바다에 빠뜨리면 돼."

조가 덧붙였다.

"여자들은 섬으로 데려가고. 여자들은 죽이지 않거든."

톰이 말했다.

"맞아. 여자들은 죽이지 않아. 해적들은 위대한 사람들이거든. 게다가 여자들은 모두 예쁘잖아."

조가 흥분해서 소리쳤다.

"옷도 아주 멋지게 입는다고! 금과 은이랑 다이아몬드로 치장을 하지."

허클베리가 물었다.

"누가?"

"해적들 말이야."

허클베리가 씁쓸한 표정으로 자신의 옷차림을 살펴보았다.

"내 옷을 보니, 나는 해적답지가 않네. 이 옷밖에 없는데."

허클베리는 안타까워했다.

다른 아이들은 모험을 시작하면 좋은 옷이 생길 거라고 위로했다. 부유한 해적들이야 옷을 갖춰 입는 것이 관례지만 허름한 옷으로 시작해도 괜찮다고 말하면서.

이야기 소리가 차츰 줄어들더니, 어린 방랑자들의 눈꺼풀 위로 졸음이 내려앉기 시작했다. 손가락에서 파이프가 떨어져도 피투성이 손은 전혀 신경 쓰지 않고 곯아떨어졌다. 하지만 바다의 공포와 카리브 해의 검은 보복자는 쉬이 잠들지 못했다. 무릎을 꿇고 큰 소리로 기도를 하라고 명령하는 사람이 없는데도 두 아이는 속으로 기도했다. 하늘에서 갑자기 벼락이 떨어질 것 같아 두려웠기 때문이다. 그런데 잠이 들려고 하는 순간, 방해자가 나타나 사라지지 않았다. 방해자는 바로 양심이었다. 두 아이는 집에서 도망쳐 나온 것이 잘못된 행동인 것 같아 두려웠다. 고기까지 훔친 것이 생각나자 진정으로 괴로웠다. 사탕과 사과를 훔친 것도 생각나자 양심의 가책을 지우기 어려웠다. 사탕을 챙겨 오는 짓은 '슬쩍 가져오는' 것

에 불과했지만 베이컨과 햄 같은 귀한 것들을 가져오는 짓은 명백한 '도둑질'이었다. 성경의 계율에도 어긋나는 짓이었다. 그래서 두 아이는 이제 도둑질로 해적의 명예를 훼손하지 않겠다고 다짐했다. 그러자 양심이 평온해지면서 평화롭게 잠에 빠져들 수 있었다.

제 14장

아침에 잠에서 깨어난 톰은 순간 자신이 어디에 있는지 몰라 어리둥절했다. 일어나 앉아 눈을 비비고 주위를 둘러보고 나서야 생각났다. 회색빛의 서늘한 새벽이었다. 고요와 정적이 내려앉은 숲에는 달콤한 평화와 안식의 기운이 감돌았다. 나뭇잎 하나 움직이지 않았다. 위대한 자연의 명상을 방해하는 어떤 소리도 들리지 않았다. 이슬방울들이 나뭇잎과 잔디에 구슬같이 맺혀 있었다. 모닥불 위에는 하얀 재가 내려앉았고, 푸른색 연기가 옅게 피어오르고 있었다. 조와 허클베리는 아직 자고 있었다.

깊은 숲속에서 새 한 마리가 노래했다. 이윽고 다른 새가 그에 화답했다. 딱따구리가 나무를 쪼는 소리도 들렸다. 어둑어둑한 회색

빛 새벽이 하얗게 환해졌고, 갖가지 소리들이 깨어나면서 생명이 움트기 시작했다. 잠에서 깨어난 자연의 경이로움이 사색에 잠긴 소년 앞에 펼쳐졌다. 작은 초록색 벌레가 이슬 맺힌 나뭇잎 위에서 자기 몸의 절반 이상을 들어 올려 '킁킁거리다가' 다시 앞으로 기어 갔다. 톰은 녀석이 거리를 재는 것이라고 생각했다. 벌레가 다가오 자, 톰은 돌처럼 가만히 앉아 있었다. 그 벌레가 계속 다가오면 들 떴다가 방향을 바꾸면 금세 실망했다. 마침내 벌레가 마음을 정했 는지 톰의 다리 위로 기어올라 왔다. 그것은 새 옷을 얻을 징조이기 때문에 톰은 한없이 기뻤다. 아마도 화려한 해적 옷을 얻으리라. 난 데없이 개미들이 줄지어 나타나 부지런히 일하기 시작했다. 한 마 리는 자기보다 다섯 배나 더 큰 죽은 거미를 끌어올리려고 애를 쓰 고 있었다. 갈색 점이 박힌 무당벌레는 아찔할 정도로 키가 큰 풀잎 위로 올라가고 있었다.

톰은 무당벌레에게 가까이 다가가 이렇게 말했다.

"무당벌레야, 무당벌레야, 집으로 날아가라. 네 집에 불이 났는 데, 네 아이들만 남아 있잖아."

무당벌레가 정말 날개를 펴고 날아올랐다. 톰은 놀라지 않았다. 무당벌레는 불 이야기만 들으면 속아 넘어간다는 사실을 알고 있었 기 때문이다. 톰은 무당벌레를 한두 번 속인 것이 아니었다. 이어서 말똥구리 한 마리가 똥을 굴리면서 나타났다. 톰이 말똥구리를 건

드리자 말똥구리는 다리를 몸에 딱 붙이고는 죽은 척했다. 이때 새들이 요란하게 울어댔다. 흉내쟁이라고도 불리는 개똥지빠귀 한 마리가 톰의 머리 위쪽에서 즐겁게 노래했다. 어치 한 마리는 톰의 손이 닿을 것 같은 나뭇가지에 앉아 고개를 한쪽으로 기울이더니 호기심 어린 눈빛으로 소년들을 바라보았다. 잿빛 다람쥐와 '여우다람쥐' 한 마리도 쪼르르 달려 나와 소년들을 살폈다. 사람을 한 번도 본 적이 없어서 두려워해야 할지 말지 모르는 것 같았다. 이제 자연이 완전히 잠에서 깨어났다. 햇볕이 나뭇잎 사이로 뚫고 내려왔고, 나비 몇 마리가 날아오르고 있었다.

톰이 동료들을 깨웠다. 잠에서 깬 아이들은 크게 소리를 지르며 순식간에 옷을 벗어 던지고 하얀 모래사장 근처 물가로 앞다퉈 뛰어갔다. 드넓은 강물 너머의 마을로 돌아가고 싶지는 않았다. 바뀐

조류 탓인지, 물살이 높게 인 탓인지 뗏목이 보이지 않았다. 마치 문명과 이어 주는 다리가 불타 버린 것 같았다. 그럼에도 아이들은 즐겁기만 했다.

아이들은 상쾌하고 즐거운 기분으로 놀다가 허기를 느끼자 야영지로 돌아와 모닥불을 다시 피웠다. 허클베리가 맑은 물이 흘러나오는 샘을 찾아냈다. 아이들은 떡갈나무나 히코리 소나무의 널찍한 잎사귀로 컵을 만들어 샘물을 마셨다. 원시림의 매력이 담긴 그 물은 커피 대용으로 안성맞춤이었다. 조가 아침 준비로 베이컨을 자를 때 톰과 허클베리는 조에게 잠시 기다리라고 말하고는 강둑 구석진 곳으로 들어가 낚싯대를 던졌다. 즉시 소식이 왔다. 잘생긴 농어 한 마리와 농어와 비슷하게 생긴 선퍼치 두 마리, 작은 메기 한 마리를 낚았다. 그 양은 한 가족이 먹어도 될 만큼 푸짐했다. 아이들은 생선 맛에 깜짝 놀랐다. 그렇게 맛있는 생선은 먹어본 적이 없었다. 민물고기는 본래 잡자마자 바로 구워 먹어야 훨씬 맛이 좋다는 걸 몰랐기 때문이다. 게다가 밖에서 자고, 운동하고, 목욕해서 생긴 시장기가 음식 맛을 돋우기도 했다.

식사를 마친 후, 허클베리가 담배를 피울 때 두 아이는 그늘에 누워서 쉬었다. 그리고 다 같이 숲속 탐험에 나섰다. 아이들은 썩어가는 통나무들을 타넘고, 뒤엉킨 덤불을 헤치며, 왕의 예복처럼 포도 넝쿨을 치렁치렁 늘어뜨린 숲 사이를 즐겁게 돌아다녔다. 이따

금씩 풀로 뒤덮이고 꽃들로 장식된 아늑한 공간도 나왔다.

아이들은 즐거운 일들을 많이 찾았지만 놀랄 일은 없었다. 아이들이 알아낸 바에 따르면, 잭슨 섬은 길이가 5킬로미터쯤 되고, 폭이 400미터쯤 되었다. 강변에 너비가 200미터밖에 되지 않는 샛강도 있었다. 아이들은 계속 수영을 하다가 오후 반나절이 지나서야 야영지로 돌아왔다. 하지만 너무 배가 고파서 낚시조차 할 수 없었다. 그래서 차가운 햄을 게걸스럽게 먹고 그늘에 드러누워 이야기를 나누었다. 하지만 얼마 되지 않아 이야기 소리가 뚝 끊어졌다. 숲속에 깃들인 고독이 아이들의 영혼을 잠식했기 때문이다. 아이들은 생각에 잠겼다. 알 수 없는 갈망이 아이들 마음속에서 슬금슬금 피어올랐다. 그것은 바로 향수병이었다. 피투성이 손 허클베리도 집 앞 계단과 속이 빈 나무통이 떠오를 정도였다. 하지만 아이들은 약한 모습을 보이는 게 창피해서 속마음을 털어놓지 않았다.

그런데 얼마 전부터 기이한 소리가 들려왔다. 의식하지 않으면 듣지 못하는 시계 소리 같았다. 소리는 점점 더 선명해졌다. 아이들은 깜짝 놀라 서로를 쳐다보고는 귀를 기울였다. 한동안 깊은 침묵이 이어졌다. 그러다가 저 멀리서 쿵 하는 소리가 울려 퍼졌다.

조가 숨을 죽이며 소리쳤다.

"무슨 소리야!"

톰이 속삭였다.

"대체 뭐지?"

"천둥소리는 아냐." 허클베리가 놀란 어조로 말했다. "왜냐하면 천둥소리는……."

톰이 말했다.

"허크! 조용히 잘 들어봐!"

아이들은 귀를 기울였다. 잠깐이 100년처럼 길게 느껴졌다. 그때 쿵 하고 묵직한 소리가 다시 울렸다.

"가서 살펴보자."

아이들은 벌떡 일어서서 마을 쪽 강가로 서둘러 달려갔다. 그러고는 강둑의 덤불을 헤치고 강가를 보았다. 마을에서 1.5킬로미터쯤 떨어진 곳에 작은 증기선이 떠있었다. 많은 사람이 갑판에 있는 것 같았다. 그 주변에는 작은 배들이 떠있었는데, 아이들은 배에 탄 사람들이 무엇을 하는지 몰랐다. 증기선 옆에는 하얀 연기가 솟아나와 구름을 형성했다. 그리고 아까와 똑같은 둔탁한 소리가 또다시 울려 퍼졌다. 톰이 소리쳤다.

"알겠다! 누군가가 물에 빠진 거야!"

허클베리가 맞장구쳤다.

"맞아! 지난해 여름, 빌 터너가 물에 빠졌을 때도 이랬어. 강물에 대포를 쏘고 시체가 물 위로 떠오르기를 기다렸지. 그리고 빵 덩어리에 수은을 넣어서 물에 띄우면 물에 빠진 사람이 있는 곳으로 가

서 멈춘다고 했어."

조가 말했다.

"나도 그 이야기 들었어. 그런데 빵은 어떻게 멈추는 걸까?"

톰이 말했다.

"그건 빵하고는 상관이 없어. 주문 때문이지."

허클베리가 말했다.

"하지만 아무 말도 안 하잖아."

톰이 말했다.

"이상한데. 아마 속으로 말할지도 몰라. 분명히 그럴 거야. 누구라도 그래야 한다고."

다른 아이들도 톰의 말에 일리가 있다고 생각했다. 무식한 빵 덩어리가 주문도 없이 중대한 임무를 현명하게 수행할 수는 없을 테니까.

조가 말했다.

"지금 내가 저기 있다면 얼마나 좋을까?"

허클베리가 말했다.

"나도 마찬가지야. 누가 물에 빠졌는지 알고 싶어."

아이들은 조용히 귀를 기울이며 눈앞의 광경을 지켜보았다. 그때 톰이 뭔가를 깨닫고는 소리를 질렀다.

"얘들아, 누가 물에 빠졌는지 알겠어. 바로 우리야!"

순간 아이들은 영웅이 된 것 같았고, 어마어마한 승리감에 젖어들었다. 사람들이 애도하고 가슴 아파하며 눈물을 흘리다니. 실종된 아이들에게 못되게 군 걸 반성하며 후회하고 있겠지만 때는 이미 늦었다. 무엇보다 모든 남자아이들이 마을 전체의 유명인사가 된 아이들을 부러워할 것이었다. 해적이 된 일은 정말 훌륭한 선택이었다.

황혼이 질 무렵, 증기선은 원래 하던 일을 하러 갔는지 주변의 작은 배들과 함께 사라졌다. 해적들은 야영지로 돌아갔다. 아이들은 자신들이 엄청나게 유명해졌다는 사실에 자만했다. 고기를 잡아 저녁을 먹은 후에 아이들은 마을 사람들이 자신들을 어떻게 생각하고 있을지, 자신들에 관해서 무슨 이야기를 하고 있을지 추측했다. 마을 사람들이 슬픔에 잠겨 있을 모습을 상상하자 만족스럽기 그지없었다. 하지만 밤의 그림자가 내려앉자 이야기 소리가 끊어졌다. 아이들의 마음이 다른 곳을 헤매고 있는 것이 분명했다. 톰과 조는 슬퍼할 가족들이 생각났다. 계속 걱정이 밀려들면서 한숨이 절로 새어 나왔다.

잠시 후, 조는 다른 두 아이에게 지금 당장은 아니지만 문명 세계로 돌아가는 걸 어떻게 생각하는지 슬쩍 물어보았다.

톰은 조소를 날리면서 조의 기를 꺾어 놓았다. 허클베리는 어느쪽도 지지하지 않았지만, 결국 톰의 편을 들어주었다. 그러자 조는

재빨리 변명을 늘어놓고는 자신에게 들러붙어 있던 나약한 마음을 깨끗하게 털어 버렸다. 그렇게 반란은 잠시 연기되었다.

밤이 깊어지자 허클베리가 잠을 자면서 코를 골기 시작했다. 조도 뒤따라 잠에 빠졌다. 톰은 팔베개를 하고 누워서 한동안 두 아이를 뚫어지게 보았다. 그러다 조심스럽게 일어나 기어 다니며 풀숲과 모닥불이 드리운 그림자 속을 헤쳤다. 톰은 반달 모양의 하얀 나무껍질 몇 개를 주워 그중에서 마음에 드는 것을 두 개 골랐다. 그러고는 '빨간 철광석'으로 껍질에 적기 시작했다. 하나는 돌돌 말아서 윗옷 주머니에, 나머지 하나는 조의 모자에 넣었다. 분필 조각과 고무공, 낚싯바늘 세 개, '진짜 수정'이라고 알려진 구슬 하나 등 값으로 따질 수 없는 보물들도 넣었다. 이윽고 톰은 나무들 사이를 조심스럽게 빠져나와 모래사장으로 냅다 달리기 시작했다.

제 15장

몇 분 후, 톰은 강을 건너 일리노이 주 강변으로 향했다. 강을 절반쯤 건너자 물이 허리까지 차올랐다. 조류가 거세어 더는 걸어갈 수 없었다. 톰은 남은 90미터를 헤엄치기로 했다. 상류를 향해 헤엄쳤지만 예상했던 것보다 물살이 세서 뒤로 밀렸다. 마침내 강변에 도착하자 뭍으로 나왔다. 그리고 한 손을 윗옷 주머니에 넣어 나무껍질이 안전하게 들어 있는지 확인하고는 강변을 따라서 걸어갔다. 흠뻑 젖은 톰의 옷에서 물이 뚝뚝 떨어졌다. 톰은 열 시가 되기 전에 마을의 탁 트인 공터에 다다랐다. 높은 강둑에 정박한 증기선이 보였다. 반짝이는 별들 아래로 사방이 고요했다. 톰은 주위를 살펴보면서 강둑을 내려가 물속으로 들어가더니 헤엄쳐서 배 뒷부분에

달린 작은 나룻배로 기어들어 갔다. 그러고는 노 젓는 자리 아래에서 숨을 몰아쉬면서 기다렸다.

잠시 후 금이 간 종이 울리더니 '출항'을 명령하는 목소리가 들려왔다. 1~2분쯤 지나자 연락선이 출항하면서 파도에 나룻배의 머리가 높이 들렸다. 톰은 기분이 좋았다. 오늘 밤 마지막 배를 성공적으로 잡아탔기 때문이다. 12분에서 15분쯤 지나자 배가 멈추었다. 톰은 배 밖으로 몰래 나와 강변으로 헤엄쳤다. 부랑자들과 마주칠 위험을 피하기 위해서 하류 쪽으로 50미터쯤 내려간 다음 뭍으로 올라왔다.

톰은 사람이 잘 다니지 않는 골목길을 순식간에 달려 폴리 이모의 집 뒤쪽 울타리에 도착했다. 그리고 울타리를 타넘어 거실 창문을 들여다보았다. 불이 켜져 있었다. 안에는 폴리 이모와 시드, 메리 누나, 조 하퍼의 엄마가 모여서 이야기를 나누고 있었다. 사람들은 방문을 등지고 침대 옆에 모여 있었다. 톰은 조심스럽게 방문으로 다가가 빗장을 들어 올렸다. 부드럽게 문을 밀자 끼익 소리가 났다. 톰은 떨렸지만 계속해서 문을 밀어 열었다. 무릎

을 꿇고 들어갈 수 있을 정도로 틈이 벌어지자 조심스럽게 머리를 들이밀었다.

폴리 이모가 말했다.

"촛불이 왜 저렇게 흔들리지?"

그 말소리에 톰은 서둘러 움직였다.

"이런, 문이 열려 있나 보군. 요즘은 계속 이상한 일이 생기네. 시드야, 가서 문 닫아라."

톰은 잽싸게 침대 아래로 몸을 숨겼다. 그러고는 엎드려서 잠시 숨을 고르고 폴리 이모의 발에 닿을 정도로 가까이 기어갔다.

"아까도 말했듯이 그 녀석은 나쁜 아이가 아니었어요. 장난이 좀 심했을 뿐이죠. 그냥 촐랑대고 덤벙거리고 망아지처럼 제멋대로 굴기는 했지만 누구를 해치지도 않았고, 누구보다 마음이 따뜻한 아이였어요."

급기야 폴리 이모는 울음을 터뜨렸다.

"조도 마찬가지였어요. 항상 말썽을 부리면서 온갖 장난질을 해댔죠. 그래도 착한 아이였어요. 그런데 맙소사, 내가 버리고서는 깜빡하고 크림을 도둑질했다며 그 아이에게 매질을 했죠. 그런 아이를 이제 이 세상에서 볼 수가 없다니! 가련하고 불쌍한 내 아이!"

하퍼 부인이 가슴이 미어지는 듯 흐느꼈다.

시드가 말했다.

"톰 형이 저세상에서는 잘 지내면 좋겠어요. 하지만 살아 있을 때 착하게 굴었어야……."

"시드!"

톰은 보이지 않았지만 폴리 이모의 날카로운 눈빛을 느낄 수 있었다.

"톰을 깎아내리는 말은 한마디도 하지 말거라! 그 애는 이미 이 세상을 떠났어. 하나님이 잘 돌봐 주실 거야. 넌 신경 쓰지 마! 아, 하퍼 부인, 전 그 아이를 잊을 수 있을지 모르겠어요! 내 마음을 많이 아프게 했지만, 그래도 그 애가 있어서 위안이 될 때가 있었는데 말이에요."

"하나님이 주시고 도로 가져가신 것이지요. 하나님께 축복이 있기를! 그래도 힘들군요. 너무나 힘들어요! 지난 토요일만 해도 조가 제 앞에서 폭죽을 터트려서 녀석을 흠씬 때려 주었거든요. 그때는 전혀 몰랐죠. 그 애가 이렇게 빨리……. 시간을 다시 돌릴 수만 있다면 그 아이를 안아 주고 축복해줄 거예요."

"네, 맞아요. 하퍼 부인의 심정을 잘 알죠. 저도 같은 심정이랍니다. 어제 정오에 톰이 고양이에게 진통제를 먹였답니다. 그 바람에 고양이가 집 안을 난장판으로 만들어 놓았죠. 그래서 전 골무 낀 손가락으로 톰의 머리를 쥐어박았답니다. 불쌍한 것, 그 아이가 죽다니. 이제는 그 아이도 편안하겠지요. 그런데 그 아이한테서 마지막

으로 들은 소리가 절 탓하는 말이었으니……."

이모는 결국 통곡했다. 톰은 훌쩍거렸다. 자신이 너무 가여웠다. 메리가 흐느끼면서 톰에 관한 좋은 이야기를 했다. 톰은 전보다 자신을 더 소중하게 생각하기 시작했다. 슬픔에 젖은 이모의 모습에 당장이라도 침대 아래에서 뛰쳐나가 극적인 장면을 연출하고 싶었다. 그렇지만 충동을 억누른 채 가만히 엎드려 있었다.

톰이 들은 이야기를 종합해 보니 처음에는 아이들이 헤엄을 치다가 익사했다고 생각한 모양이었다. 그러다가 작은 뗏목 하나가 사라진 사실이 드러났고, 몇몇 아이들은 실종된 아이들이 '대단한 소식'을 예고했다고 고백했다. 현명한 사람들은 '이것저것을 끼워 맞춰' 들고는 아이들이 뗏목을 타고 아랫마을로 갔다고 결론을 내렸다. 하지만 그날 정오에 마을에서 8킬로미터에서 10킬로미터쯤 떨어진 미주리 강변에서 뗏목이 발견되었다. 그렇게 모든 희망이 사라졌다. 아이들은 물에 빠져 죽은 것이 분명했다. 아니라면 해질녘에 배가 고파서 집으로 돌아와야 했다. 수색 작업이 시작됐지만 아무런 성과가 없었다. 아이들이 강 한가운데에 빠져 죽은 게 분명했기 때문이다. 헤엄을 잘 치는 아이들이라 여간해서는 뭍으로 헤엄쳐 나왔을 텐데……. 하지만 수요일 밤부터 어떠한 흔적도 찾지 못했다. 일요일까지도 발견하지 못하면 그날 아침에 장례식을 치르기로 했다. 그 모든 이야기를 듣고 톰은 온몸이 떨렸다.

하퍼 부인이 흐느끼면서 인사를 하고는 돌아섰다. 그때 아이를 잃은 두 여인은 거의 동시에 서로를 부둥켜안았다. 그리고 위로의 눈물을 흘리다가 헤어졌다. 폴리 이모는 평소보다 부드럽게 시드와 메리에게 잘 자라고 인사했다. 시드는 살짝 훌쩍거렸고, 메리는 엉엉 울면서 잠자리로 갔다.

폴리 이모는 무릎을 꿇고 앉아 감동적이고도 간절하게 톰을 위해 기도했다. 너무도 깊은 사랑이 담긴 이모의 말과 떨리는 목소리를 듣고 있자니, 기도가 끝나기도 전에 톰의 얼굴이 눈물로 얼룩졌다.

톰은 폴리 이모가 잠자리에 든 후에도 한참 동안 가만히 있었다. 폴리 이모가 때때로 흐느끼며 뒤척였기 때문이다. 마침내 깊이 잠들었는지 폴리 이모의 입에서 희미한 신음 소리가 흘러나왔다. 소년은 침대 밑에서 빠져나와 이모에게 가까이 다가가 한 손으로 촛불을 가리고 섰다. 톰의 가슴에 연민이 가득 차올랐다. 톰은 하얀 나무껍질을 꺼내서 촛불 옆에 내려놓았다. 그리고 잠시 머뭇거린 톰은 좋은 생각이 났는지 금세 얼굴이 환해졌다. 톰은 재빨리 나무껍질을 주머니 속에 넣었다. 그러고는 허리를 숙여 이모의 파리한 입술에 입을 맞춘 뒤 은밀하게 빠져나와 문을 닫았다.

톰은 요리조리 길을 헤치며 선착장으로 돌아왔다. 아무도 없는 것을 확인한 소년은 배에 올라탔다. 그나마 있는 경비원 한 명도 언제나 배 안에서 꼼짝도 하지 않고 잠을 잔다는 사실을 잘 알고 있었

기 때문이다. 톰은 배 뒤에 묶여 있는 나룻배를 풀어서 그 위에 올라타고는 상류 쪽으로 조심스럽게 노를 저어 나갔다. 마을 위쪽으로 2킬로미터 정도 부지런히 노를 저었다. 그리하여 마침내 강 건너편에 다다랐다. 톰에게는 이제 이런 일이 익숙했다. 톰은 해적의 전리품으로 이 나룻배를 가져가려고 했다. 하지만 사람들이 배를 찾으면 모든 것이 들통날지도 몰랐다. 그래서 톰은 나룻배를 그대로 두고 그냥 육지로 올라와 숲으로 들어갔다.

톰은 풀밭에 앉아 졸음을 물리치려고 애쓰면서 한참 동안 휴식을 취했다. 그러고는 야영지까지 걷기 시작했다. 밤이 거의 끝나가고 있었다. 날이 환하게 밝고 나서야 모래사장에 닿았다. 톰은 해가 완전히 떠올라 강에 비칠 때까지 다시 한 번 휴식을 취하다가 강물로 뛰어들었다. 잠시 후에 물을 뚝뚝 흘리면서 야영지에 도착한 톰에게 조의 목소리가 들렸다.

"아냐, 톰은 믿을 수 있어. 돌아올 거야. 톰은 우리를 버리지 않아. 그게 해적에게 부끄러운 일이라는 걸 잘 아니까. 자존심이 강한 톰이 그럴 리가 없어. 뭔가 다른 일이 있는 게 분명해. 대체 무슨 일일까?"

"어쨌든 이것들은 우리가 가지면 되지?"

"아직은 아냐. 아침 먹을 때까지 돌아오지 않으면 가지라고 적혀 있잖아."

"내가 왔다!"

톰이 위풍당당하게 야영지로 걸어 들어오면서 연극배우처럼 당당하게 소리쳤다.

즉시 베이컨과 생선으로 푸짐한 아침 식사가 준비되었다. 톰은 친구들과 함께 식사를 하면서 자신의 모험담을 늘어놓았다. 물론 조금 부풀려서 말이다. 이야기가 끝나자 아이들은 영웅의 동료가 된 것처럼 자만심과 허영심에 부풀어 올랐다. 이윽고 톰은 구석진 그늘로 들어가 정오까지 잠을 자겠다고 했고, 다른 해적 둘은 낚시와 탐험 준비를 했다.

제 16장

저녁을 먹은 뒤, 아이들은 거북 알을 사냥하러 모래사장으로 나갔다. 막대기로 모래를 쿡쿡 찌르다가 스르르 들어가는 지점을 발견하면 손으로 파냈다. 한 구멍에서 50~60개나 되는 알을 꺼내기도 했다. 거북 알은 영국산 호두보다 작고 둥글었다. 아이들은 그날 밤뿐만 아니라 금요일 아침까지 거북 알로 요리를 해서 실컷 먹었다.

아이들은 아침만 되면 함성을 지르며 모래사장을 활보하고, 서로를 쫓아 달리면서 옷가지를 훌훌 벗어 던졌다. 거친 물살을 헤치고 위쪽으로 올라가며 장난치기도 했다. 이따금씩 물살에 휩쓸려 넘어지면 오히려 재미를 배로 느꼈다. 아이들은 손바닥으로 물을 퍼서

서로에게 뿌려 댔고, 물을 피하려고 얼굴을 돌린 채 옆에 있는 아이
에게 천천히 다가가 그 아이의 머리를 물속으로 처박기도 했다. 그
러다 서로 다리가 엉켜서 같이 물속에서 허우적거리다가 푸푸거리
며 물 밖으로 나와 즐겁게 웃으면서 숨을 몰아쉬고는 했다.

지칠 때까지 놀고 나면 따뜻하고 마른
모래 위에 널브러져 모래찜을 했다.
그리고 벌거벗은 피부가 햇볕에 타서
갈색 스타킹처럼 될 때까지 다시 물놀
이를 했다. 모래 위에 둥글게 원을 그려
놓고 서커스놀이를 할 때도 있었다.
그런데 이 서커스단에는 광대가 셋이
나 있었다. 광대 역할을 양보하려는 아이가
한 명도 없었기 때문이다.

서커스놀이가 끝나면 지칠 때까지 '땅따먹기', '구슬치기'를 했다.
조와 허클베리는 한 번 더 물놀이를 했지만, 톰은 그러지 못했다.
바지를 벗을 때 발목에 차던 방울뱀 끈이 떨어져 나갔기 때문이다.
그 신비한 부적이 없으면 쥐가 날 것이라고 생각한 톰은 부적을 찾
을 때까지 물에 들어가지 않았다. 하지만 부적을 찾자 이제는 다른
아이들이 지쳐서 휴식을 취하겠다고 했다. 아이들은 우울한 기분에
젖어 드넓은 강 건너 따뜻한 햇살 아래로 보이는 마을을 그리운 눈

빛으로 바라보았다. 톰은 엄지발가락으로 모래 위에 '베키'라고 적다가 지워 버렸다. 그런 자신의 약한 모습에 화가 났다. 하지만 어느새 또다시 베키의 이름을 쓰고 있었다. 톰 자신도 어쩔 수 없었다. 톰은 다시 이름을 지우고는 그 유혹에서 벗어나려고 아이들한테 다가가 함께 어울렸다.

조는 굉장히 풀이 죽어 있었다. 집을 향한 그리움을 견디지 못해 금방이라도 눈물을 흘릴 것만 같았다. 허클베리도 우울해했다. 톰도 기운이 없었지만 내색하지 않으려고 애썼다. 톰은 우울한 분위기가 사라지지 않으면 비밀을 털어놓아야겠다고 생각했다.

톰이 활기찬 목소리로 입을 열었다.

"얘들아, 이 섬에 해적들이 있었던 게 분명해. 섬을 다시 탐험해 봐야겠어. 해적들이 어딘가에 보물을 숨겨 놓았을 거야. 금과 은이 가득한 상자를 발견하면 얼마나 좋을까?"

아이들은 솔깃해하다가 금세 시큰둥해져서 아무런 반응도 보이지 않았다. 톰은 다른 미끼를 더 던졌지만 모두 실패했다. 맥이 탁 풀렸다. 막대기로 모래를 푹푹 찌르며 앉아 있는 조의 모습은 더욱 우울해 보였다.

마침내 조가 입을 열었다.

"저기, 얘들아. 다 그만두자. 난 집에 가고 싶어. 너무 외로워."

톰이 말했다.

"안 돼, 조. 여기서 낚시하는 생각을 하면 기분이 나아질 거야."

"아니야, 집에 가고 싶어."

"하지만 조, 이만큼 수영하기 좋은 곳은 없잖아."

"수영도 이제 지겨워. 하지 말라고 하는 사람이 없으니까 재미도 없는 것 같아. 집에 가고 싶어."

"칫! 너 어린애로구나! 엄마가 보고 싶어서 그러는 거지?"

조가 훌쩍거렸다.

"그래, 엄마가 보고 싶어. 너도 엄마가 있다면 보고 싶을걸? 너나 나나 모두 어린애라고."

"좋아, 우는 아기는 엄마한테 보내 줘야지. 불쌍한 녀석, 그렇게 엄마가 보고 싶냐? 그럼 그렇게 해. 허크, 넌 여기가 좋지? 여기 있을 거지?"

허클베리가 마지못해 대답했다.

"응."

"지금부터 다시는 너랑 말하지 않을 거야. 이제 그만 됐어!"

조가 일어서면서 이렇게 말하고는 시무룩한 얼굴로 옷을 입기 시작했다.

"그래, 맘대로 해! 너 같은 건 아무도 신경 안 써. 집에 가서 놀림이나 당해라. 참내, 그 꼴에 무슨 해적! 허크와 나는 질질 짜는 애가 아냐. 우리는 여기 남을 거야. 그치, 허크? 조는 집에 가고 싶다니

까 보내 주자. 조 없이도 우리끼리 잘 지낼 수 있을 거야."

하지만 톰은 마음이 불안해졌고, 조가 옷을 입는 모습을 보자 더욱 초조해졌다. 게다가 허클베리도 부러운 눈빛으로 조를 쳐다보았다. 곧이어 조가 인사 한마디 없이 일리노이 주 강변으로 걸어갔다. 톰의 심장이 덜컥 내려앉았다. 톰은 허클베리를 힐끗 쳐다보았다.

허클베리는 고개를 아래로 떨구고는 이렇게 말했다.

"나도 가고 싶어, 톰. 이제는 너무 외로워. 우리도 가자."

"난 안 갈 거야. 너희들이나 가. 난 여기 있을 테니까."

"톰, 난 가는 게 좋겠어."

"그럼 가버려. 누가 막는대?"

허클베리가 흩어진 옷가지를 집어 들며 말했다.

"톰, 너도 같이 가면 좋겠어. 다시 한 번 생각해봐. 강변에서 기다릴게."

"그럼 아주 오래 기다려야 할 거야. 난 가지 않을 테니까."

허클베리가 발걸음을 떼자, 톰은 뒤따라가고 싶은 강렬한 열망을 억누른 채 그 뒷모습을 바라보았다. 두 아이들은 천천히 물속으로 걸어 들어갔다. 그때 갑자기 톰은 무척이나 외롭다는 생각이 들었다. 자존심과 사투를 벌인 톰은 친구들을 쫓아 달려가며 소리쳤다.

"잠깐! 잠깐 기다려! 할 얘기가 있어!"

그러자 두 아이가 멈춰 서서 톰을 돌아보았다. 톰은 아이들한테

다가가서 비밀을 털어놓았다. 두 아이는 톰의 이야기를 듣고는 박수치고 함성을 지르며 멋지다고 외쳤다. 그리고 그 이야기를 알면 떠나지 않았을 거라고도 말했다. 톰은 그럴싸하게 핑계를 댔다. 그 비밀을 밝혀도 친구들을 오랫동안 붙잡아둘 수 없을까 봐 두려웠던 것이지만.

아이들은 활기를 되찾았다. 그리고 다시 열성적으로 놀이에 빠져들었다. 아이들은 톰의 어마어마한 계획을 듣고 톰의 천재성을 높이 평가했다. 저녁으로 맛있는 알과 생선을 먹고 나서 톰은 담배 피우는 법을 배우고 싶다고 말했다. 그러자 허클베리가 파이프를 만들고 그 안에 담뱃잎을 채워 주었다. 초보자들은 포도 넝쿨로 만든 담배 외에는 어떤 것도 피워 보지 않았다. 게다가 포도 덩굴로 만든 담배는 혀가 갈라질 정도로 너무 썼고, 피워도 남자답게 멋있어 보이지 않았다.

아이들은 팔꿈치로 몸을 지탱하고 엎드려서 담배를 피웠다. 하지만 담배 맛이 너무 별로여서 숨이 약간 막혔다.

톰이 말했다.

"우아, 이거 아주 쉽잖아! 이럴 줄 알았으면 진작 배워둘걸."

조도 말했다.

"이거 진짜 아무것도 아니네."

톰이 말했다.

194

"담배 피우는 사람들을 많이 볼 때마다 나도 한번 피우면 좋겠다고 생각했는데, 이렇게 진짜 내가 피우게 될 줄은 몰랐어."

"나도 마찬가지야. 그렇지, 허크? 너도 내가 그렇게 말하는 걸 들었잖아? 내 입으로 그런 말을 했는지 안 했는지는 허크한테 물어보면 알 거야."

허클베리가 대답했다.

"그래, 수없이 그렇게 말했지."

"나도 말했어." 톰이 말했다. "수백 번은 말했을 거야. 한 번은 도살장 근처에서 그랬고. 기억나지? 밥 태너가 거기 있었잖아. 조니 밀러와 제프 대처도 있었고. 그때 내가 말한 거 기억하지?"

허클베리가 말했다.

"그래, 기억나. 내가 하얀 구슬 잃어버린 다음 날이었지. 아니, 그 전날이었어."

톰이 말했다.

"맞잖아. 허크도 기억하고 있다고."

조가 말했다.

"이 담배라면 하루 종일 피울 수 있겠어. 머리가 아프지도 않아."

톰이 말했다.

"나도 마찬가지야. 하지만 제프 대처는 그렇게 못할걸?"

"제프 대처! 흥, 그 녀석은 두 모금 피우고 뻗어 버릴걸. 한번 피

워 보라고 해. 그럼 제 주제를 알게 될 테니까!"

"맞아, 조니 밀러한테도 이 담배를 한번 주고 싶네."

"그거 멋진데! 조니 밀러는 아무것도 못하는 녀석이니까. 아마 한 모금 피우고 나가떨어지겠지."

"그래, 맞아. 지금 우리 모습을 애들한테 보여 주고 싶다."

"나도."

"잠깐, 애들아. 담배 이야기는 애들한테 말하지 마. 언젠가 애들 앞에서 내가 너한테 '조, 파이프 가진 거 있어?'라고 물어볼게. 그럼 넌 별거 아니라는 듯 무심하게 '응, 나한테 낡은 파이프 하나가 있어. 다른 것도 있고. 그런데 내 담배가 영 맛이 별로라서.'라고 말하는 거야. 그러면 내가 '야, 그거 잘됐다. 맛이 강한 거면 괜찮아.'라고 받아치고, 네가 파이프를 꺼내서 조용하게 불을 붙여 담배를 피우는 거지. 그때 애들 표정이 어떨지 보자고!"

"와우, 그거 근사한데! 지금 당장 그러고 싶다!"

"나도야! 우리가 해적질하면서 담배 피우는 걸 배웠다고 말하면 걔들은 우리를 따라오지 않은 걸 후회하겠지?"

"당연하지!"

이야기는 계속 이어졌다. 하지만 머지않아 시들해지더니 중간에 뚝뚝 끊어졌다. 침묵 속에서 가래침 뱉는 소리만 들렸다. 아이들의 입 안에서 분수처럼 계속 침이 고였다. 온갖 노력을 했지만 계속 침

이 고여 목구멍으로 넘어갔고, 그때마다 구역질이 났다. 두 아이는 이제 창백해졌다. 조의 손에서 힘이 빠져 파이프가 떨어졌다. 톰도 마찬가지였다. 계속 두 사람의 입에서 침이 나왔고 아이들은 양수기처럼 침을 뱉었다.

조가 힘없이 말했다.

"나 칼을 잃어버린 것 같아. 찾아봐야겠어."

톰이 입술을 바르르 떨면서 더듬더듬 말했다.

"내가 도와줄게. 넌 저쪽으로 가봐. 나는 샘 근처를 돌아볼게. 아냐, 넌 올 필요 없어, 허크. 우리가 찾을게."

허클베리는 한 시간을 기다렸다. 하지만 친구들이 돌아오지 않아 쓸쓸해졌고, 결국 친구들을 찾으러 나섰다. 두 친구는 떨어져서 창백한 표정으로 잠들어 있었다. 허클베리는 친구들한테 문제가 있었고, 이제는 해결됐다고 짐작했다.

저녁 식사 시간에는 아이들이 이야기를 별로 하지 않았다. 다들 표정이 시무룩해 보였다. 허클베리는 식사 후에 담뱃대에 담뱃잎을 채워 넣고 다른 아이들 것까지 준비해 주려고 했다. 하지만 톰과 조는 저녁에 먹은 게 체했는지 속이 별로 안 좋다면서 거절했다.

자정 무렵, 조가 일어나서 다른 아이들을 깨웠다. 무슨 일이 일어날 것처럼 날씨가 후텁지근했다. 아이들은 서로를 부둥켜안고 모닥불 앞에 앉았다. 공기가 점점 무겁게 내려앉았다. 그래도 아이들

은 가만히 앉아서 기다리고 또 기다렸다. 엄숙한 적막이 계속 이어졌다. 모닥불 너머로 새까만 어둠이 보였다. 그런데 갑자기 불빛이 번쩍이며 잠깐 나뭇잎을 희미하게 비추다가 사라졌다. 또다시 불빛이 번쩍였다. 이번에는 더 강렬한 불빛이었다. 불빛이 번쩍일 때 나뭇가지들 사이로 희미한 신음 소리가 흘러나왔다. 순간 아이들 뺨 위로 바람이 숨결처럼 지나갔다. 아이들은 밤의 영혼이 지나갔다고 생각해서 온몸을 떨었다. 다시 조용해졌다. 그러나 곧바로 기이한 불빛이 다시 찾아와 모래사장이 낮처럼 환해졌다. 아이들 발치에 있던 무성한 풀잎들이 하나하나 또렷하게 보일 정도였다. 깜짝 놀라서 세 아이의 얼굴도 하얗게 질렸다. 우렁찬 천둥소리가 하늘에서 울리더니 금세 자취를 감추었다. 서늘한 바람으로 나뭇잎들이 바스락거렸고, 모닥불 위로 재가 눈송이처럼 휘날렸다. 또다시 강렬한 빛이 번쩍였다. 이어서 쿵쾅대는 굉음이 엄청나게 나면서 아이들의 머리 위로 솟은 나뭇가지들을 찢어발기는 것 같았다. 아이들은 어둠 속에서 공포에 떨며 서로를 부둥켜안았다. 그때 굵은 빗방울 몇 개가 나뭇잎으로 후드득 떨어지기 시작했다.

톰이 소리쳤다.

"서둘러! 텐트로 가자!"

아이들은 벌떡 일어나서 달렸다. 어둠 속에서 나무뿌리와 넝쿨에 걸려 넘어지면서도 계속 달렸다. 그런데 제각각 다른 방향으로

달렸다. 무시무시하게 거센 강풍이 불자 숲속의 모든 것이 노래하는 것 같았다. 밝은 빛이 한 번, 그리고 또 한 번 번뜩였고, 귀가 멍멍할 정도로 시끄러운 천둥이 연이어 내리쳤다. 장대비가 내리면서 폭풍이 더욱 거세게 몰아쳤다. 아이들은 서로를 크게 불렀지만, 그 소리는 으르렁대는 바람 소리와 쿵쾅대는 천둥소리에 완전히 묻혀 버렸다. 마침내 한 명씩, 한 명씩 길을 찾아내 텐트 안으로 피했다. 아이들은 물을 뚝뚝 떨어뜨리며 추위와 공포에 떨었다. 그래도 이 상황을 함께할 친구가 있어서 다행이라고 생각했다. 하지만 고맙다고 말할 수는 없었다. 천막으로 쳐놓은 낡은 돛이 심하게 펄럭거렸기 때문이다. 결국 점점 더 거세어지는 바람에 천막이 날아가 버렸다. 아이들은 서로의 손을 꼭 잡고 달렸다. 수차례 넘어지면서 달리고 또 달려 강둑 위에 우뚝 솟은 커다란 떡갈나무 아래로 피신했다. 이제 폭풍은 절정에 이르렀다. 끝없이 번개가 내리쳐서 하늘을 불태울 때마다. 그 아래 모든 것이 그림자 하나 없이 선명하게 보였다. 구부러진 나무들, 하얀 거품을 일으키며 굽이치는 강물, 물거품을 일으키는 비바람, 검은 조각구름 떼와 비의 장막, 깎아지르는 높은 절벽……. 커다란 나무도 폭풍과의 싸움에 패하여 어린 나무들 위로 쓰러졌다. 사그라질 줄 모르는 날카로운 천둥소리가 이루 말할 수 없는 공포를 드리웠다. 폭풍은 섬 전체를 조각조각 찢어발겨 불태우고, 나무 꼭대기까지 물에 잠기게 하고, 모든 생명체의 청각

을 앗아갈 것만 같았다. 집 없이 떠도는 아이들에게는 견디기 어려운 무시무시한 밤이었다.

마침내 전투가 끝났다. 적들이 물러가고 위협이 사그라지면서 평화가 다시 찾아왔다. 아이들은 넋이 나간 채 야영지로 돌아왔다. 그런데 아이들의 잠자리에 그늘을 드리워 주던 커다란 단풍나무가 벼락을 맞아 쓰러져 있었다. 폭풍우가 칠 때 아이들이 그 자리에 없었다니, 얼마나 감사한 일인가!

야영지에 있던 것은 모두 흠뻑 젖어 있었다. 모닥불도 예외는 아니었다. 보통의 아이들처럼 신중하지 않은 세 소년은 비가 올 때를 대비하지 않았던 것이다. 머리부터 발끝까지 흠뻑 젖은 아이들은 비에 젖어 오들오들 떨어야 했다. 겨우 아이들은 (위로 구부러져서 땅과 닿지 않았던) 불에 탄 커다란 통나무 위쪽이 손바닥 크기만큼 젖지 않은 것을 발견했다. 끈기 있게 통나무에 불을 지폈다. 그러고는 커다란 나뭇가지들을 쌓아 불꽃을 활활 피우고 나서야 안심했다. 그다음 햄을 불에 구워 실컷 먹고는 모닥불 옆에 앉아서 한밤중에 겪은 영광스러운 모험을 부풀리며 아침까지 이야기꽃을 피웠다. 잠잘 만한 곳이 없어 잠을 잘 수 없었기 때문이다.

해가 머리 위로 떠오르자, 졸음이 쏟아졌다. 아이들은 모래사장에서 잠을 청했다. 하지만 뜨거운 햇볕 때문에 눕지 못하고 힘없이 아침을 준비해야 했다. 아침을 먹고 나자 온몸이 뻐근해지면서 집

이 그리워졌다. 톰은 즉각 다른 해적들의 기운을 북돋아 주려고 애썼다. 하지만 두 아이는 구슬이나 서커스, 물놀이 등 그 어떤 것에도 관심을 보이지 않았다. 톰이 일전에 말한 엄청난 비밀을 되새겨 주고 나서야 조금이나마 기운을 되찾았다. 톰은 새로운 흥밋거리를 제시했다. 해적놀이 대신 인디언놀이를 하자는 것이었다. 아이들은 좋아했다. 다들 옷을 벗어 던지고 검은 진흙으로 머리에서 발끝까지 얼룩말처럼 칠했다. 물론 아이들은 모두 추장이 되었다. 그러고는 영국인 개척지를 공격하려고 숲으로 돌진해 들어갔다.

아이들은 세 부족으로 나뉘어 덤불 속에 숨어 있다가 무시무시한 함성을 지르며 서로를 공격하면서 수천에 이르는 적을 죽이고 머리 가죽을 벗겼다. 유혈이 낭자한 하루였다. 결과적으로는 무척이나 만족스러운 하루이기도 했다.

저녁 식사 시간이 되어 아이들은 주린 배를 움켜쥐고 야영지에 모였다. 하지만 한 가지 난관이 앞을 가로막았다. 인디언들은 아직 적대적이기 때문에 사이좋게 식사를 할 수 없었던 것이다. 그래서 화해의 담배를 나눠 피워야만 했다. 다른 방법은 없었다. 두 아이는 차라리 해적이 될걸 후회했지만 소용없었다. 결국 파이프를 달라고 하고는 격식을 갖추어 차례대로 담배를 피웠다.

그런데 두 아이는 인디언이 되기를 잘했다며 마음을 바꾸었다. 뜻하지 않은 수확이 있었기 때문이다. 잃어버린 칼을 찾으러 간다

고 핑계를 대지 않고도 담배를 피울 수 있게 된 것이었다. 메스껍지도 않았다. 이런 기회를 놓치고 싶지 않았다. 두 아이는 저녁을 먹은 후에 조금씩 담배를 피우면서 아주 즐거운 저녁 시간을 보냈다. 새롭게 습득한 이 기술은 여섯 부족의 머리 가죽과 살가죽을 벗기는 일보다 자랑스럽고 만족스러웠다. 이제는 아이들이 담배를 피우고 떠들며 으스대도록 놔두자. 지금은 아이들에 대해 더는 할 이야기가 없으므로.

제 17장

    평온한 토요일 오후였다. 하지만 작은 마을은 즐거울 수 없었다. 하퍼네 가족과 폴리 이모네 가족에게 눈물을 흘리며 슬퍼할 일이 있었기 때문이다. 덕분에 평상시에도 조용하던 마을이 완전히 적막에 휩싸였다. 마을 사람들은 넋이 나간 채로 묵묵히 일하며 그저 한숨만 쉬었다. 아이들에게도 토요일이라는 휴일이 짐처럼 느껴져 놀다가도 금방 흥미를 잃고는 했다.

    베키는 울적한 마음으로 쓸쓸한 학교 운동장을 거닐었다. 하지만 전혀 기분이 좋아지지 않았다.

    베키는 혼잣말을 내뱉었다.

    "아, 놋쇠 손잡이라도 있었다면! 이제는 톰을 추억할 게 하나도

없어."

베키는 새어 나오려는 흐느낌을 애써 눌렀다.

걸음을 멈추고 또 혼자 중얼거렸다.

"바로 여기였어. 시간을 되돌릴 수 있다면 그렇게 말하지 않았을 텐데. 이 세상을 다 준다 해도 그렇게 말하지 않았을 거야. 하지만 톰은 이제 가버렸어. 다시는, 다시는 톰을 볼 수 없겠지."

베키의 마음은 무너져 내렸다. 베키의 뺨에 눈물이 흘러내렸다. 그때 톰과 조와 어울려 놀던 아이들이 다가와 말뚝이 박힌 울타리 너머를 바라보며 톰이 어떤 행동을 했고, 조가 어떤 이야기를 (돌이켜보면 얼마나 의미심장한 소리였던가!) 했는지 늘어놓았다. 아이들은 저마다 실종된 아이들이 서있던 자리를 정확하게 가리키면서 당시 상황을 묘사했다.

"내가 이렇게 있는데 지금 너처럼 톰이…… 가까이 서서 웃고 있었어. 근데 이상한 느낌이 들었지. 아주 찜찜한 기분이었어. 그때는 몰랐는데 이제는 알 것 같아!"

이어서 죽은 아이들을 마지막으로 본 사람이 누구인지를 놓고 옥신각신했다. 많은 아이들이 그 특별하지만 우울한 주인공이 자신이라고 주장했고, 증인들을 동원해 살짝 조작한 증거들을 제시하기까지 했다. 드디어 누가 사라진 아이들을 마지막으로 만났는지 밝혀지자, 그 행운의 주인공들은 마치 자신이 중요한 사람이라도 된 것

처럼 으스댔고, 나머지 아이들은 부럽게 바라보았다. 자랑스럽게 내놓을 것이 없는 한 불쌍한 아이는 자신만만하게 한 가지 기억을 이야기했다.

"음, 난 톰 소여에게 맞은 적이 있어."

하지만 그 말은 별 효력이 없었다. 대다수 아이들이 같은 경험을 했기 때문이다. 아이들은 침울한 어조로 실종된 영웅들에 관한 추억을 떠올리며 자리를 떴다.

다음 날 주일 학교가 끝난 후, 평상시와는 달리 장례식을 알리는 조종이 울렸다. 유난히 조용한 안식일이었다. 처량한 종소리는 사색에 잠긴 자연의 모습과 잘 어울렸다. 마을 사람들이 하나둘씩 모여들기 시작하더니 현관에서 최근에 일어난 슬픈 사건에 대해 소곤거렸다. 교회 안에서는 어떠한 말소리도 들리지 않았다. 그저 상복 차림의 여자들이 자리에 앉을 때 옷이 스치는 소리만 들렸다. 작은 교회에 이렇게 많은 사람들이 모인 적은 근래에 없었다. 다들 조용히 숨죽여 있을 때 마지막으로 폴리 이모가 들어왔다. 시드와 메리

가 그 뒤를 따랐고, 검은 옷으로 차려입은
하퍼네 가족들도 뒤따랐다. 이어서 목사
를 비롯한 모든 사람들이 자리에서 일어서
더니 유가족들이 앉을 때까지 자리에 앉지
않았다. 또다시 침묵이 내려앉았고, 흐느낌을
억눌러 참는 소리가 간간이 들렸다. 목사가 두 팔을 넓
게 벌리고 기도를 했다. 감동적인 찬송가가 흘러나왔고, 이어서 성
경 구절이 낭독됐다.

"나는 부활이요, 생명이로다."

예배가 계속되는 동안 목사는 실종된 아이들의 미덕과 우수한 점, 장래성을 이야기했다. 사람들은 그제야 아이들에게 그런 점이 있었다는 걸 깨닫고, 불쌍한 아이들의 단점만 보던 것을 후회했다. 목사는 실종된 아이들에게 얽힌 감동적인 일화들을 이야기하며 아이들의 사랑스럽고 너그러운 심성을 묘사했다. 덕분에 사람들은 얼마나 그 아이들이 착하고 아름다운 존재였는지를 쉽게 이해할 수 있었다. 정작 아이들이 매를 맞아야 한다고 생각한 적이 더러 있었는데 말이다. 사람들은 슬픔에 잠겼다. 이야기가 계속될수록 점점 더 깊은 감동에 빠져들었고, 급기야는 마음이 미어져 흐느끼는 유족들과 같이 울음을 터뜨리는 사람들도 있었다. 목사도 강단에서 눈물을 흘렸다.

그때 교회 발코니에서 바스락거리는 소리가 들렸지만 아무도 알아채지 못했다. 이윽고 교회 문이 열렸다. 목사가 손수건으로 눈물을 훔치다가 그대로 얼어붙었다! 한 사람, 두 사람 목사의 시선을 좇다가 벌떡 일어났다. 죽은 줄 알았던 세 아이가 복도를 따라 들어오고 있었던 것이다. 앞장선 톰 뒤로 조와 늘어진 누더기를 걸친 허클베리가 멋쩍은 표정으로 걸어오고 있었다! 세 아이는 아무도 없는 발코니에 숨어서 자신들의 장례식을 지켜보고 있었던 것이다!

폴리 이모와 메리, 하퍼네 식구들이 아이들에게 달려가 입을 맞추며 감사하다는 말을 연신 내뱉었다. 불쌍한 허클베리는 반겨 주

는 사람이 없어 어떻게 해야 할지, 어디로 숨어야 할지 몰라 불편한 심정으로 가만히 있었다. 그러다가 슬그머니 사라지려고 하자, 톰이 허클베리를 붙잡고 이렇게 말했다.

"폴리 이모, 이건 불공평해요. 허크도 기쁘게 맞아 줘야죠."

"그럼, 그래야지. 어미도 없는 불쌍한 녀석! 얘야, 무사히 돌아와서 기쁘구나."

폴리 이모가 관심을 주자 허클베리는 오히려 더 불편해졌다.

그때 목사가 갑자기 목소리를 높였다.

"여러분, 모두 〈만복의 근원 하나님〉을 부릅시다!"

모든 사람들이 찬송가를 불렀다. 찬송가 100장이 교회 지붕을 들썩거릴 정도로 울려 퍼지자, 해적 톰 소여는 자신에게 쏟아지는 부러운 시선들을 만끽하면서 지금이야말로 가장 자랑스러운 순간이라고 생각했다.

아이들의 농간에 '완전히 넘어간' 사람들은 교회 밖으로 나가면서 찬송가 100장을 이번처럼 부를 수만 있다면 한 번 더 속아 넘어가도 좋다고 말했다.

그날 톰은 폴리 이모의 기분에 따라 한 해 동안 받는 것보다 훨씬 많은 입맞춤 세례와 매를 얻었다. 톰은 대체 어느 쪽이 하나님을 향한 감사이며, 자신을 사랑하는 마음인지 도무지 알 수 없었다.

제 18장

톰의 중요한 비밀은 동료 해적들과 함께 집으로 돌아가 자신들의 장례식에 참석하는 계획이었다. 아이들은 토요일 해질녘에 통나무를 타고 미주리 강변으로 가 마을에서 8킬로미터에서 10킬로미터 떨어진 곳에 도착했다. 그러고는 마을 어귀에 있는 숲속에서 잠을 잤고, 동이 틀 무렵에 골목길을 돌고 돌아 교회로 향했다. 교회에 도착해서는 부서진 의자들이 어지럽게 흩어져 있는 발코니에서 잠을 청했다.

월요일 아침 식사 시간에 폴리 이모와 메리는 톰을 아주 다정하게 대하며 원하는 것을 모두 들어주었다. 평소와 달리 많은 이야기가 오갔다.

폴리 이모가 말했다.

"톰, 너희가 즐거운 시간을 보내는 일주일 동안 우리 모두 가슴이 무너져 내렸단다. 내 마음을 아프게 하다니. 넌 정말 나쁜 녀석이야. 통나무를 타고 네 장례식에 올 수 있었다면 어떤 식으로든 소식을 전했어야지. 그런데도 그냥 숨어 있기나 하고."

메리가 거들었다.

"그래, 넌 마음만 먹으면 소식을 알려줄 수 있었어."

"그렇지, 톰?" 폴리 이모가 간절하게 물었다. "자, 말해 보렴. 마음을 먹었으면 소식을 전했겠지?"

"그게, 잘 모르겠어요. 그럼 모든 일이 엉망이 됐을 거예요."

"톰, 난 네가 그만큼은 날 생각할 줄 알았다."

폴리 이모의 슬픈 어조에 톰은 마음이 불편해졌다.

"실제로는 못했지만 소식을 전할 생각만이라도 했다면 대견하다고 생각했을 텐데."

메리가 말했다.

"이모, 톰이 나쁜 마음으로 그런 건 아닐 거예요. 워낙 천방지축이라서 항상 생각이라는 걸 하지 못하는 애잖아요."

"그래서 더 안타깝구나. 시드라면 그런 생각을 했을 텐데. 시드라면 분명 소식을 전했을 거야. 톰, 언젠가는 이모한테 잘할걸 하고 후회하는 날이 올 거다."

톰이 말했다

"이모. 제가 이모를 사랑하는 거 잘 알잖아요."

"그 마음을 행동으로도 보여 준다면 좋겠구나."

"소식을 전할 생각을 했다면 좋았을 텐데." 톰이 후회하는 목소리로 말했다. "하지만 항상 이모 꿈을 꿨다고요. 그건 좀 대단하지 않아요?"

"그건 고양이도 할 수 있는 거란다. 물론 아무것도 안 하는 것보다야 낫지만. 그나저나 무슨 꿈을 꾸었니?"

"그게, 수요일 밤에 이모가 침대 옆에 앉아 있고, 시드가 나무 상자 옆에, 메리 누나는 그 옆에 앉아 있는 꿈을 꿨어요."

"어머나, 실제로도 그랬는데. 네가 그만큼 우리를 걱정했다니, 참으로 기쁘구나."

"조 하퍼의 엄마도 그 자리에 있었어요."

"세상에, 맞아! 그분도 오셨지! 또 다른 건 없었니?"

"아, 많았어요. 하지만 희미해서 기억이 잘 안 나요."

"기억을 더듬어봐."

"그러니까 그게, 바람이…… 바람이 분 것 같았는데……."

"좀 더 생각해봐, 톰! 바람이 분 것 같았는데, 그다음은?"

톰은 손가락으로 이마를 누르고 인상을 찌푸리다가 말을 꺼냈다.

"맞아요! 생각났어요! 촛불이 흔들렸어요!"

"맙소사, 톰! 어서, 더 말해 보렴!"

"그때 이모가 '문이 열린 것 같은데.'라고……."

"계속 말해봐, 톰!"

"잠시 떠올릴 시간을 주세요. 어, 맞아요. 이모가 문이 열린 것 같다고 말했어요."

"그래, 내가 그렇게 말했어! 그렇지, 메리? 또 더 말해 보렴!"

"그러고 나서…… 그러고 나서…… 확실하지는 않은데, 이모가 시드에게……."

"내가 시드에게 뭘 시켰지, 톰? 뭘 시켰어?"

"이모가 시드에게 문을 닫으라고 했어요."

"어쩜! 내 평생 이렇게 신기한 이야기는 들어 보지 못했구나! 꿈은 아무것도 아니라는 말, 더 이상 믿지 않겠어. 어서 시레니 하퍼에게 말해 줘야겠구나. 미신을 못 믿는 여자가 어떻게 나올지 궁금하네. 톰, 어서 더 말해 보렴!"

"이제 확실히 기억나요. 이모는 제가 나쁜 아이는 아니라고 했어요. 단지 장난이 심하고 촐랑댄다고 그랬죠. 뭐라더라…… 맞아요, 망아지 같은 녀석이라고 했어요."

"세상에, 맞아! 어쩜! 톰, 계속 말해봐!"

"그리고 이모가 울었어요."

"그랬지. 그때 처음 운 건 아니었지만."

"하퍼 아주머니도 울면서 조도 마찬가지라고 말했죠. 조를 때린 걸 후회한다고 했어요. 사실은 자기가 크림을 버려서……."

"톰! 네게 신기가 있나 봐! 지금 넌 과거를 보고 있는 거야! 세상에, 계속 말해봐!"

"그리고 시드가 말하기를……."

시드가 말했다.

"난 아무 말도 안 했는데."

메리가 말했다.

"아냐, 넌 말했어, 시드."

"얘들아, 조용히 하렴. 톰, 시드가 뭐라고 말했니?"

"시드는…… 제가 저세상에서 잘살기를 바란다고 말했어요. 하지만 제가 살아 있을 때 좀 더 착하게 굴었어야……."

"맞아, 너희들도 들었지! 시드가 바로 그렇게 말했어!"

"이모가 시드에게 그런 말 하지 말라고도 했죠."

"그래, 내가 그랬단다! 분명 그때 천사가 있었던 거야. 천사가 있었던 거라고!"

"하퍼 아주머니는 조가 폭죽을 터뜨려서 놀란 적이 있다고 말했고, 이모는 피터와 진통제 이야기를 했는데……."

"그래, 다 맞아!"

"또 우리를 찾으려고 강을 뒤졌다는 이야기와 일요일에 장례식이

있다는 이야기를 했어요. 그다음에 이모와 하퍼 아주머니가 서로 껴안고 울었죠. 그러고 나서 하퍼 아주머니가 돌아갔고요."

"그래, 그런 일이 있었지! 톰, 네가 그 자리에 정말로 있었더라도 그보다 자세하게 말하지는 못했을 거야. 더 말해봐!"

"이모가 절 위해서 기도를 했던 것 같아요. 전 이모를 볼 수 있었고, 이모가 한 말을 다 들을 수 있었죠. 그러고는 이모가 잠자리에 들었어요. 전 너무 죄송해서 나무껍질 조각에 이렇게 썼죠. '우리는 죽지 않았어요. 그냥 해적놀이를 하고 있어요.' 그리고 그 나무껍질을 탁자 위의 양초 옆에 놓아두었죠. 마지막으로 몸을 숙여서 이모 입술에 입맞춤을 했고요."

"네가 그랬다고! 그렇다면 다 용서해 주마!"

톰은 자신이 세상에서 가장 나쁜 사람인 것처럼 느껴졌다.

시드는 들으라는 듯이 혼잣말을 했다.

"진짜 다정했네. 비록 꿈에서지만."

"입 다물어라, 시드! 사람은 꿈속에서도 현실과 똑같이 행동하는 법이야. 톰, 널 찾으면 주려고 큰 사과 하나를 남겨 뒀단다. 자, 이제 학교에 가렴. 네가 이렇게 돌아오다니, 정말 하나님께 감사한단다. 하나님은 이렇게 그분을 믿고 따르는 사람들에게 자애로우시지. 하지만 하나님이 그런 사람들만 도와주신다면 이 땅에 긴 밤이 찾아올 때 그분의 안식처에 들 수 있는 사람은 거의 없을 게다. 어

서 학교에 가거라. 시드, 메리, 톰, 너희들 모두 가. 시간이 너무 늦어졌구나."

아이들은 학교로 향했다. 폴리 이모는 하퍼 부인을 찾아가 톰의 신비로운 꿈 이야기를 들려주며 그 성격을 눌러 주기로 결심했다. 한편 시드는 집을 나가면서 아무 말도 하지 않기로 결심했다. 사실은 이런 말을 하고 싶었지만. "너무 얄팍해. 그렇게 긴 꿈을 꾸었는데 틀린 게 없다니!"

톰은 영웅이 되어 있었다! 이제는 껑충껑충 뛰지 않고, 해적처럼 으스대며 걸었다. 사람들의 시선이 톰에게 온통 집중되었다. 톰은 자신을 향한 시선들과 이야기들을 모르는 척했지만 속으로는 무척 좋아했다. 톰보다 덩치가 작은 아이들은 톰을 따라다녔다. 마치 톰이 행렬의 맨 앞에서 북을 연주하는 사람이라거나 야생 동물들을 이끌고 마을로 들어서는 코끼리라도 되는 것처럼 그의 옆에 있다는 사실만으로도 자랑스러워했다. 또래 아이들은 톰의 이야기를 모르는 척했지만 속으로는 끓어오르는 시기심을 억누를 수가 없었다. 햇볕에 타서 거무스름하게 변한 톰의 피부색과 빛나는 명예를 얻을 수만 있다면, 무엇이라도 내어 주고 싶은 심정이었다. 하지만 그것은 서커스단을 통째로 준다 해도 톰이 줄 수 없는 두 가지였다.

학교에서 아이들은 톰과 조에게 존경하는 시선을 보냈다. 두 영웅은 눈 뜨고 봐줄 수 없을 만큼 거만해졌다. 그리고 추종자들에게

모험담을 이야기해 주었다. 하지만 진짜 이야기는 발끝에 미치지도 못했다. 뛰어난 상상력을 발휘해 이야기를 부풀리다 보니 이야기를 한번 시작하면 도무지 끝나지 않았기 때문이다. 그러다가 두 아이가 담배 파이프를 꺼내 차분하게 담배를 피우자 아이들의 환호는 절정에 이르렀다.

톰은 이제 베키 대처를 잊기로 마음먹었다. 지금 누리는 이 영예만 있으면 충분했다. 어쩌면 톰이 유명해졌으니 베키가 먼저 화해를 청할지도 모를 일이었다. 그러든지 말든지 자신도 그녀에게 무관심할 수 있다는 사실을 베키도 깨달아야 한다고 생각했다.

드디어 베키가 나타났다. 톰은 베키를 못 본 척했다. 그리고 한 무리의 아이들에게 다가가 이야기를 나눴다. 그러면서도 베키를 은근슬쩍 보았다. 베키는 발그레한 얼굴로 여기저기 오가면서 친구들과 술래잡기를 하다가 한 아이를 잡고서 까르르 웃음을 터뜨렸다. 그런데 베키는 항상 톰 근처에 있는 아이를 붙잡고는 톰에게 시선을 던지는 것 같았다. 그 사실을 알아차린 톰은 우쭐했다. 그래서 더 거만하게 베키를 모르는 척했다. 이제 베키는 요란한 행동을 그만두고 한두 차례 한숨을 쉬다가 어정쩡한 태도로 톰을 힐끗거렸다. 반면 톰은 계속 에이미 로렌스와 이야기했다. 이를 알아차린 베키는 마음이 아팠다. 혼란스러웠고, 불안하기까지 했다. 발걸음이 떨어지지 않았다. 하지만 애써 참고 모여 있는 아이들에게로 향했

다. 베키는 쾌활한 척하면서 톰에게 착 달라붙어 있는 여자아이에게 말을 걸었다.

"메리 오스틴! 너 진짜 나쁜 애야! 주일 학교에는 왜 안 왔니?"

"갔는데. 나 못 봤니?"

"응, 못 봤어! 왔었어? 어디에 앉아 있었는데?"

"평소처럼 피터 선생님 반에 있었는데. 난 널 봤어."

"그랬어? 왜 못 봤지? 너한테 소풍 가자고 말하려고 그랬는데."

"재미있겠다. 누구네 소풍인데?"

"우리 엄마가 계획하신 거야."

"이야, 나도 가고 싶어."

"그래, 너도 와. 날 위한 소풍이니까 내가 데려가고 싶은 애는 얼마든지 와도 된다고 그러셨어. 물론 너랑 같이 가고 싶기도 하고."

"재미있겠다. 언제 가는 거야?"

"곧. 아마 방학에."

"진짜 재미있겠다! 여자아이들과 남자아이들 모두 초대할 거지?"

"응, 내 친구들은 전부 다. 친구가 되고 싶은 사람도 부를 거야."

베키는 이렇게 말하면서 톰을 힐끗거렸다. 하지만 톰은 에이미 로렌스에게 '눈앞에서 1미

터도 채 떨어지지 않은 곳에 있던' 단풍나무가 번개에 맞아 산산조각 날 정도로 섬에서 맞닥뜨린 폭풍이 대단했다고 자랑하는 데 몰두해 있었다.

그레이스 밀러가 물었다.

"나도 가도 돼?"

"물론이지."

샐리 로저스도 물었다.

"나는?"

"응, 너도 와."

"나도?" 수지 하퍼가 물었다. "조는?"

"둘 다 와."

그렇게 톰과 에이미를 제외한 모든 아이들이 소풍에 데려가 달라고 부탁했다. 베키가 승낙할 때마다 박수가 터져 나왔다. 하지만 톰은 에이미와 이야기를 하면서 등을 돌리더니 그 자리를 떠버렸다. 베키의 입술이 떨렸고, 눈에 눈물이 고였다. 하지만 애써 참으며 계속 수다를 떨었다. 마음속으로는 소풍이고 뭐고 아무것도 하고 싶지 않았다. 결국 베키는 아무도 없는 곳으로 가서 주저앉아 실컷 울고 말았다. 상처 입은 자존심을 끌어안은 채. 수업 시작 종이 울리자 베키는 복수를 다짐하며 자리에서 일어나 주름잡힌 옷을 흔들어 털었다.

톰은 쉬는 시간에도 신이 나서 에이미와 노닥거렸다. 심지어 일부러 그런 모습을 보여 주려고 베키를 찾아다녔다. 하지만 베키를 발견하자 갑자기 맥이 빠졌다. 베키가 학교 뒤쪽 벤치에서 알프레드 템플과 함께 그림책을 보고 있었기 때문이다. 두 사람은 머리가 맞닿을 정도로 가까이 앉아 주변을 전혀 의식하지 않는 것 같았다. 톰의 몸 안에서 질투심이 피어올랐다. 톰은 자신에게 멍청이 등 온갖 욕설을 퍼부을 정도로 베키가 내민 화해의 손길을 거절한 자신이 너무나 원망스러웠다. 너무 분해서 울고도 싶었다. 함께 걸어가던 에이미가 재잘거려도 제대로 대꾸를 해줄 수 없었다. 톰의 귀에는 에이미의 말이 전혀 들어오지 않았다. 에이미가 대답을 채근하면 톰은 더듬거리다가 잘못된 대답을 하기도 했다. 톰은 학교 뒤쪽을 어슬렁거리면서 베키와 알프레드의 보기 싫은 모습을 계속 지켜보았다. 베키 대처가 자신이 이 땅에 존재한다는 사실조차 신경 쓰지 않아 미칠 것만 같았다. 사실 베키는 톰을 의식하고 있었다. 톰이 자신만큼이나 괴로워하는 것을 보니, 자신에게 승산이 있음을 알게 되어 기분이 좋아졌다.

톰은 더 이상 에이미와 행복하게 대화를 할 수 없었다. 그래서 할 일이 있다고 넌지시 암시했지만 헛수고였다. 에이미는 계속 재잘거렸다. 톰은 생각에 잠겼다. '젠장! 얠 어떻게 떼어 내지?' 결국 톰은 대놓고 에이미에게 할 일이 있다고 말했다. 에이미는 학교가 끝난

후에 근처에서 기다리겠다고 말했다. 톰은 에이미를 귀찮아하면서 서둘러 자리를 떴다.

"다른 남자애랑 어울리다니!" 톰이 이를 갈았다. "그것도 우리 동네가 아니라 세인트루이스에서 온 그 녀석과 말이야. 그 녀석이 자기 옷 잘 입는다고 얼마나 귀족처럼 으스대는데! 녀석이 우리 동네에 처음 온 날 혼을 내주기는 했지. 다시 한 번 본때를 보여 주겠어! 어디 내 손에 걸리기만 해봐라! 그냥 당장……."

톰은 때리고 발로 차는 시늉을 했다.

"오, 그래? 목청도 높여 보겠다고? 네가 따끔한 맛을 봐야 정신을 차리겠군!"

가상의 싸움은 톰의 만족스러운 승리로 끝났다.

정오가 되자 톰은 집으로 빨리 가버렸다. 행복에 겨워하는 에이미를 양심상 볼 수 없었고, 끓어오르는 질투심을 견디기 힘들었기 때문이다. 베키는 다시 알프레드와 그림책을 봤다. 하지만 톰의 모습이 보이지 않자 의기양양하던 마음은 사라졌고, 그림책에도 더이상 흥미가 생기지 않았다. 급기야 울적해졌다. 두세 차례 들려오는 발소리에 귀를 쫑긋 세웠지만 헛된 희망일 뿐이었다. 톰은 나타나지 않았다. 베키는 이렇게까지 하지 않으면 좋았을걸 하고 후회했다.

불쌍한 알프레드는 베키가 그림책에 흥미를 잃은 걸 보고 붙잡고

싶은 마음에 이렇게 소리쳤다.

"여기 봐! 아주 재미있어!"

마침내 베키는 인내심을 잃고 이렇게 외쳤다.

"귀찮게 하지 마! 관심 없다고!"

베키는 눈물을 터뜨리면서 가버렸다.

알프레드가 베키를 따라가 위로했지만 베키는 이렇게 말했다.

"가버려. 날 혼자 내버려 두라고! 난 네가 싫어!"

알프레드는 우뚝 멈춰 자신이 무슨 잘못을 했는지 생각했다. 정작 오후 내내 그림책을 보자고 한 사람은 저렇게 울면서 가버린 베키인데. 알프레드는 생각에 잠긴 채 쓸쓸한 교실로 들어왔다. 부끄럽고 화가 났다. 드디어 이유를 알아냈기 때문이다. 베키는 톰 소여에게 복수하기 위해 자신을 이용한 것이었다. 톰이 미워졌다. 감쪽같이 톰을 괴롭히고 싶었다. 그때 톰의 문법책이 보였다. 매우 좋은 기회였다. 알프레드는 오후에 배울 부분에 잉크를 쏟아부었다.

그때 베키가 창밖에서 그 장면을 보았다. 하지만 아무 말 하지 않고 계속 발걸음을 옮겼다. 베키는 집으로 가면서 톰에게 말해 줘야겠다고 마음먹었다. 그러면 톰이 고마워하면서 화해를 원하겠지. 하지만 집까지 절반 정도 가자 베키의 마음이 바뀌었다. 소풍 이야기를 했을 때 톰이 자신을 어떻게 대했는가. 베키는 톰이 매를 맞게 놔두기로 마음먹었다. 그리고 영원히 톰을 미워하기로 결심했다.

제 19장

　톰은 풀이 죽어서 집에 도착했다. 그런데 폴리 이모의 첫마디를 듣는 순간, 집에서 위로받을 수 없다는 걸 깨달았다.

　"톰, 이 녀석, 혼 좀 나자!"

　"이모, 제가 뭘 잘못했다고 그러세요?"

　"맞을 짓을 했지. 에구, 네 쓰레기 같은 꿈 이야기를 덜컥 믿고 잔뜩 부풀어서 그 여자 집으로 찾아간 내가 노망이 났지. 그 여편네는 네가 수요일 밤에 여기 와서 우리 이야기를 들었다는 걸 이미 알고 있더구나. 조가 다 말했대. 넌 대체 앞으로 뭐가 되려고 그러는 거니? 내가 바보 취급당할 걸 빤히 알면서도 그 여편네 집에 가게 하다니, 정말 내 가슴이 찢어지는구나."

상황이 바뀌었다. 아침에는 똑똑하고 기발한 행동이라고 생각했는데, 이제는 비열하고 터무니없는 짓으로 느껴졌다. 톰은 고개를 떨구었다. 아무런 말도 할 수 없었다.

　잠시 후에 톰이 말을 꺼냈다.

　"이모, 그러면 안 됐는데……. 제가 잘못 생각했어요."

　"너도 생각이란 걸 하니? 넌 아무 생각도 없는 녀석이야. 그저 너 자신만 생각하지. 잭슨 섬에서 이곳까지 와서도 근심하는 우리를 비웃기나 하고, 거짓 꿈 이야기로 날 놀림거리로 만들 생각이나 하지. 우리의 슬픔을 덜어줄 생각은 하지도 못하고."

　"이모, 지금 생각하니 제가 정말 못된 짓을 했어요. 하지만 일부러 그런 게 아니에요. 진짜예요. 그리고 그날 밤에 이모를 비웃으려고 온 것도 아니었고요."

　"그럼 뭐 하러 왔니?"

　"우릴 걱정하지 말라고 말하러 왔었어요."

　"쯧쯧, 톰! 네가 그런 생각을 했다고 믿을 수 있다면 난 정말 하나님께 감사할 거야. 하지만 넌 그런 생각을 하는 아이가 아니란 걸 잘 알고 있어."

　"아니에요. 진짜로 그럴 생각이었다니까요. 거짓말이라면 벼락을 맞아도 좋아요."

　"얘야, 거짓말하지 말거라. 그래 봤자 상황만 더 나빠지니까."

"거짓말 아니에요. 사실이라고요. 이모. 이모가 슬퍼하지 않기를 바라면서 돌아왔다니까요."

"그 말을 믿을 수만 있다면 이 세상 전부라도 주고 싶구나. 네 말이 사실이라면 모든 죄악을 덮을 수 있겠지. 네가 가출해서 못된 짓을 했어도 기쁠 거야. 하지만 앞뒤가 들어맞지 않아. 그런 생각으로 온 거라면 왜 그때 말하지 않았니?"

"그게, 이모가 장례식 이야기를 하는 걸 들어서 교회에 숨어 있자는 생각이 들었어요. 계획을 망칠 수 없었다고요. 그래서 나무껍질을 다시 주머니에 넣고 입을 다물었죠."

"나무껍질?"

"해적놀이를 하러 갔다고 적은 나무껍질이요. 돌이켜 보면 제가 이모한테 입 맞출 때 이모가 잠에서 깨면 좋았을 텐데……. 진심이에요."

이모의 얼굴에 있던 깊이 파인 주름이 펴졌고, 그녀의 눈에 부드러운 빛이 감돌았다.

"나한테 입을 맞췄니, 톰?"

"네, 그랬죠."

"정말이니?"

"네, 진짜예요. 확실해요."

"왜 그랬니, 톰?"

"이모를 사랑하니까요. 이모가 자면서 끙끙 앓는 모습을 보니 마음이 무척 아팠어요."

노부인은 그 말이 진실처럼 들려 목소리가 떨렸다.

"다시 입을 맞춰다오, 톰! 이제 학교에 가거라. 더 이상 날 성가시게 하지 말고."

톰이 나가자마자 폴리 이모는 옷장에서 톰이 해적놀이를 할 때 입어서 엉망이 된 재킷을 꺼냈다.

"아냐, 신경 쓰지 않겠어. 그 불쌍한 녀석이 거짓말을 했겠지. 하지만 거짓말이라고 해도 기쁘구나. 너무나 기뻐. 그 거짓말로 위로를 받다니. 하나님께서 그 아이를 용서해 주시면 좋겠네. 마음은 따뜻한 아이니까. 하지만 그 애가 거짓말을 했다는 걸 확인하고 싶지 않아. 보지 않겠어."

폴리 이모는 재킷을 멀리 치워 놓고 잠시 생각에 잠겼다. 두 번이나 재킷을 잡으려고 손을 뻗다가 그만두었다. 마침내 마음을 단단히 먹고 한 번 더 손을 뻗어 재킷을 잡았다.

"선의의 거짓말이야. 선의의 거짓말이니까 그 때문에 슬퍼하지는 말자고."

폴리 이모는 재킷 주머니를 뒤지기 시작했다. 잠시 후, 톰의 나무 껍질을 발견한 폴리 이모의 눈에서 눈물이 흘러내렸다.

"이제 그 아이가 어떤 죄를 지어도 용서할 거야!"

제 20장

　이번 폴리 이모의 입맞춤은 전과 달랐다. 덕분에 우울한 기분이 사라지고, 마음이 가벼워져 톰은 행복했다. 게다가 학교를 가는 길에 메도레인 입구에서 베키 대처를 만나는 행운도 부여잡았다. 언제나 기분에 따라 행동이 달라지는 톰은 망설이지 않고 베키에게 달려갔다.

　"오늘 내가 못되게 굴어서 정말 미안해, 베키. 다시는, 다시는 그러지 않을게. 내가 살아 있는 한 절대 그러지 않을 테니까 우리 화해하자."

　베키가 발걸음을 멈추고 톰을 쏘아보았다.

　"톰 소여, 그냥 그렇게 지내시지. 다시는 내게 말도 걸지 말고."

베키가 고개를 홱 돌리고 가버렸다. 톰은 깜짝 놀라 '누가 너 같은 애한테 신경이나 쓴대?'라고 대꾸할 기회조차 놓치고 말았다. 톰은 화가 치솟았다. 학교 운동장으로 가면서 베키가 남자아이라 때려눕힐 수 있으면 좋겠다는 생각이 들 정도였다. 다시 베키를 만났다. 이번에는 지나치면서 모진 말을 내뱉었다. 베키도 지지 않고 맞받아쳤고, 그렇게 두 사람의 관계는 끝이 났다. 분노에 휩싸인 베키는 수업이 빨리 시작되기를 원했다. 톰이 엉망이 된 문법책 때문에 매를 맞는 모습을 보고 싶었기 때문이다. 알프레드 템플의 짓을 알리려던 마음은 눈곱만큼도 남아 있지 않았다.

그러나 불쌍한 소녀 베키는 자신에게 불행한 상황이 닥쳐온다는 걸 전혀 모르고 있었다. 도빈스 선생은 젊은 시절 꿈을 간직한 채 중년을 맞이한 남자였다. 본래 의사가 되고 싶었으나 가난해서 시골 학교 교사에 머물 수밖에 없었다. 도빈스 선생은 암송 수업이 없을 때면 언제나 정체를 알 수 없는 책을 책상에서 꺼내 읽었다. 그리고 책을 서랍에 넣고 열쇠로 잠가 두었다. 아이들은 그 책을 살짝이라도 보고 싶었지만, 그런 기회는 쉽사리 오지 않았다. 그 책은 소문만 무성했다. 이런저런 책일 거라는 말은 많았지만 확인할 길이 없었다. 그런데 베키가 지나가다가 열쇠가 서랍에 꽂혀 있는 것을 발견했다! 놓치기 아까운 기회였다. 베키는 주위를 둘러보았다. 주변에는 아무도 없었다. 즉시 베키는 소문의 그 책을 서랍에서 꺼

냈다. 제목은 '아무개 교수의 해부학'이었다. 하지만 베키는 그 제목으로 내용을 전혀 짐작할 수 없었다. 베키는 책장을 넘겼다. 그러자 화려한 색깔로 칠해진 남자의 나체 삽화가 눈에 들어왔다. 바로 그 때 책장에 그림자가 드리워지더니 톰 소여가 그 그림을 힐끗 쳐다보았다. 베키는 놀라서 책을 덮다가 운 나쁘게도 한 장을 절반 정도 찢고 말았다. 베키는 책을 서랍 속에 넣고 열쇠로 잠그고는 수치심과 당혹감에 눈물을 터트렸다.

"톰 소여, 넌 정말 야비해. 몰래 다가와서 훔쳐보기나 하고."

"네가 뭘 보고 있었는지 내가 어떻게 알아?"

"부끄러운 줄 알아, 톰 소여. 너 다 일러바칠 거지. 난 어떡하면 좋지? 매를 맞을 거야. 한번도 맞아본 적이 없는데."

베키가 발을 동동 구르며 말했다.

"고자질하고 싶으면 해! 무슨 일이 일어날지는 나도 아니까. 이제 난 어떡하지? 네가 진짜 미워. 밉다고!"

베키는 또다시 울음을 터뜨리면서 학교 밖으로 달려 나갔다.

톰은 너무 놀라 멍하니 서있다가 혼잣말을 했다.

"여자애들이란 정말 멍청한 것 같아! 학교에서 매를 맞아본 적이 없다니! 젠장! 매 맞는 게 어떻다고! 잘 삐치기나 하고. 그렇다고 내가 선생님한테 일러바치겠어? 복수할 방법은 따로 있는데. 이제 어떡하면 좋지? 도빈스 선생님이 누가 책을 찢었는지 물을 텐데. 대

답하는 사람도 없을 테고. 그렇다면 선생님은 아이들 한 명 한 명에게 물을 거야. 그러다가 베키에게 물어보고는 바로 알아차리겠지. 여자애들은 배짱이 없어 항상 얼굴에 드러나니까. 그리고 나면 베키는 매를 맞을 거야. 이거 아주 난처한데."

톰은 잠시 생각에 잠겼다가 다시 혼잣말을 했다.

"그래, 베키도 내가 곤경에 처하길 원하잖아. 나도 베키가 애타게 놔둘 거야!"

톰은 바깥에서 시끄럽게 떠드는 아이들과 어울렸다. 얼마 후, 선생이 교실로 들어와 수업을 시작했다. 톰은 공부에 흥미가 없었다. 여자애들 자리에 있는 베키의 얼굴을 힐끗 훔쳐볼 때마다 마음이 불편했다. 지금까지의 상황을 고려해볼 때 톰은 베키를 동정하고 싶지 않았다. 하지만 계속 마음이 쓰였다. 게다가 전혀 기쁘지 않았다. 하지만 문법책 사건이 터지면서 톰은 정신이 없어졌다. 베키는 무력감을 느끼던 상태에서 벗어나 흥미롭게 사태를 살펴봤다. 톰은 자기가 한 짓이 아니라고 말해도 빠져나올 수 없으리라. 베키의 생각이 맞아떨어졌다. 톰이 부인할수록 상황은 더욱 나빠졌다. 그런데 베키의 기분은 좋아지지 않았다. 애써 좋게 생각하려 했지만 잘되지 않았다. 사태가 최악으로 치닫자 베키는 알프레드 템플의 짓이라고 말하고 싶어졌다. 하지만 그저 가만히 앉아 있었다. 이런 생각을 했기 때문이다. '톰은 내가 책을 찢었다고 말할 거야. 그러니

나도 말하지 않겠어. 톰을 구해 주지 않을 테야!'

톰은 결국 매를 맞았다. 하지만 마음이 아프지는 않았다. 장난을 치다가 자기도 모르게 문법책에 잉크를 엎지른 것일지도 몰랐기 때문이다. 자신의 짓이 아니라고 부정한 것은 그냥 형식적인 항의일 뿐이었다. 그리고 한번 주장하면 끝까지 밀고 나가야 한다는 것이 톰의 생각이었다.

한 시간쯤 흐르자 도빈스 선생이 왕좌에 앉아 졸기 시작했다. 아이들의 암송 소리에 교실 분위기는 나른해졌다. 도빈스 선생은 졸음에서 깨어나 몸을 꼿꼿이 세우고 앉아 하품을 하고는 책상 서랍을 열어 책으로 손을 뻗었다. 하지만 꺼낼지 말지 잠시 망설이는 것 같았다. 대다수 아이들은 별생각 없이 도빈스 선생을 올려다보았지만 두 명만은 도빈스 선생을 예의 주시했다. 선생은 책을 만지작거리다가 드디어 읽으려고 꺼냈다! 톰이 베키를 힐끗 쳐다보았다. 베키는 머리에 총구가 겨눠진 채 바들바들 떠는 무력한 토끼 같았다. 톰은 베키와 다툰 사실도 잊어버렸다. 어서 빨리, 조치를 취해야 했다! 빠르게! 너무 급해서 생각이 마비되는 것 같았다. 그래, 그거야! 좋은 생각이 떠올랐다! 앞으로 달려 나가 책을 낚아채서 문밖으로 달아나야지. 하지만 잠시 머뭇거렸다. 그 바람에 훔쳐 달아날 기회를 놓치고 말았다. 도빈스 선생이 책을 펼쳤다. 놓친 기회를 다시 되찾을 수만 있다면! 하지만 너무 늦었다. 이제는 베키를 도와줄 수

없었다. 도빈스 선생이 학생들을 쳐다보았다. 그 시선에 모두가 아래로 고개를 숙였다. 잘못이 없는 아이들도 선생의 눈빛이 두려워 숙였다. 열까지 헤아릴 정도로 긴 침묵이 흘렀다. 도빈스 선생은 화가 난 것처럼 보였다.

마침내 선생이 입을 열었다.

"누가 이 책을 찢었지?"

어떤 소리도 나지 않았다. 핀이 떨어지는 소리도 들릴 만큼 조용했다. 도빈스 선생이 아이들의 얼굴을 하나하나 살펴보았다.

"벤저민 로저스, 네가 찢었냐?"

그는 아니라고 했다. 또다시 침묵이 흘렀다.

"조세프 하퍼, 네가 그랬지?"

조세프 하퍼도 아니라고 했다. 느릿느릿 이어지는 고문 같은 취조에 톰은 점점 불안해졌다. 이제 도빈스 선생의 질문은 여자아이들을 향했다.

"에이미 로렌스?"

에이미가 고개를 가로저었다.

"그레이시 밀러?"

똑같은 반응이었다.

"수잔 하퍼? 네가 그랬니?"

수잔도 아니라고 했다. 다음이 베키 대처였다. 톰은 절망감에 휩

싸여 머리끝부터 발끝까지 떨렸다.

"레베카 대처." (톰은 베키의 얼굴을 힐끗 쳐다보았다. 베키의 얼굴은 하얗게 질려 있었다.)

"네가 찢었니? 날 똑바로 보거라." (베키가 호소하듯 두 손을 치켜 올렸다.)

"네가 이 책을 찢었니?"

그때 톰의 머릿속에서 묘안이 번개처럼 떠올랐다. 톰이 벌떡 일어나서 소리쳤다.

"제가 했어요!"

반 아이들은 모두 놀라 이 멍청한 행동을 한 톰을 쳐다보았다. 톰은 잠시 서서 자신의 상태를 추슬렀다. 톰이 벌을 받으려고 앞으로 나아가자 가련한 베키의 두 눈에 놀라움과 고마움이 비쳤다. 톰은 이제 매를 100대 맞아도 좋다고 생각했다. 자신의 멋진 행동이 뿌듯한 톰은 어느 때보다 매서운 도빈스 선생의 매질을 비명 한 번 지르지 않고 받아 냈다. 수업이 끝난 후에 두 시간 동안 학교에 남으라는 잔인한 명령도 흔쾌히 받아들였다. 벌을 다 받을 때까지 누가 기다리고 있을지 알았으니까. 그러니 그 시간이 지루하지 않으리라.

그날 밤, 톰은 알프레드 템플에게 어떻게 복수할지 궁리하며 잠자리에 들었다. 베키가 미안해하며 사태의 전말을 톰에게 말했던 것이다. 하지만 복수하고 싶은 갈망은 사그라지고 즐거운 생각만

떠올랐다. 잠에 빠져드는 톰의 귓가에 베키의 마지막 말이 아련하게 맴돌았다.

"톰, 어쩜 그렇게 멋지니!"

제 21장

방학이 다가왔다. 평소에도 엄격한 교사는 학생들이 '학예회' 날에 좋은 성적을 받기를 바라서 어느 때보다 엄격해졌다. 나이 어린 학생들한테는 교사의 회초리와 긴 자가 한시도 쉬지 않았다. 열여덟에서 스무 살쯤 되는 청년 숙녀들만 매를 피할 수 있었다. 도빈스 선생의 매는 아주 매서웠다. 선생은 반짝거리는 완벽한 대머리에 가발을 썼지만, 아직 중년의 나이에 불과했고, 근육도 발달해 있었기 때문이다.

대망의 날이 다가오자 도빈스 선생은 점점 독해졌다. 조금만 틀려도 벌을 줬다. 마치 체벌에 재미를 붙인 것 같았다. 그 결과, 어린 학생들은 공포에 떨면서 하루를 보냈고, 밤이면 복수를 꿈꾸면서

잠들었다. 선생을 골탕 먹일 기회도 놓치지 않았다. 하지만 도빈스 선생은 언제나 한 발 앞서 갔다. 아이들의 복수가 성공해도 선생의 응징이 어찌나 매서운지 아이들은 언제나 최악의 기분으로 전쟁터에서 후퇴했다.

마침내 아이들은 머리를 맞대고 눈부신 승리를 안겨줄 계획 하나를 생각해 냈다. 그러고는 간판집 아들에게 도움을 청했다. 간판집 아들은 그 부탁을 기쁘게 받아들였다. 선생이 자기 아버지 집에 세를 들어 산다는 사실 하나만으로도 간판집 아들은 선생이 미웠기 때문이다. 선생의 아내는 며칠 내로 시골에 갈 예정이었다. 그런고로 아이들의 계획에 방해가 될 것은 하나도 없었다. 큰 행사가 있을 때면 으레 선생은 술에 잔뜩 취하곤 했다. 간판집 아들은 학예회 전날 저녁에 선생이 적당히 취해서 의자에 앉아 졸면 자기가 '일을 처리'하겠다고 말했다. 그러고는 적절한 시기에 선생을 깨워서 학교로 보내겠다고 했다.

시간이 흘러 대망의 날이 밝았다. 저녁 여덟 시에 학교 전체가 환해지면서, 곳곳에 나뭇잎과 꽃으로 만든 화환과 줄이 보였다. 높이 올린 연단 위에 칠판을 등진 채 커다란 의자에 앉은 도빈스 선생은 인자한 모습이었다. 선생 양쪽의 의자 세 줄과 앞쪽 의자 여섯 줄에는 마을 유지들과 학부모들이 앉았다. 선생의 왼편 뒤쪽 임시로 만들어 놓은 널찍한 연단에는 그날 저녁 학예회에 출연하는 학생들이

앉았다. 깨끗하게 씻고 불편한 옷을 입은 남자아이들과 청년들, 모슬린으로 만든 옷을 입은 여자아이들과 숙녀들이었다. 여자들은 팔뚝을 훤히 드러내 보이고, 할머니의 오래된 장신구와 함께 분홍색과 파란색 리본 조각과 꽃을 달고 있었다. 나머지 자리는 행사에 참여하지 않는 학생들이 차지했다.

마침내 발표가 시작되었다. 아주 작은 남자아이가 일어나서 수줍게 암송을 시작했다.

"저 같은 아이가 무대에서 발표를 할 거라고 생각한 사람은 많지 않을 겁니다."

발표를 시작한 아이는 약간 고장난 기계가 움직이는 것처럼 정확

하지만 부자연스럽게 움직였다. 그래도 떨면서 무난히 잘 해냈다. 아이가 기계처럼 깍듯이 허리를 굽혀 인사하자 사람들이 열렬하게 박수를 쳐주었다.

수줍음이 많은 어린 소녀는 혀 짧은 소리로 시 〈메리에게 어린 양이 있었네〉를 암송하고 무릎을 굽혀 인사했다. 그 보답으로 박수를 받자, 얼굴을 붉히며 흐뭇한 표정을 지은 채 자리에 앉았다.

다음에는 톰 소여가 자신만만하게 연설문 〈죽음이 아니라면 자유를 달라〉를 열정적이고 활기 넘치는 몸짓과 함께 읊기 시작했다. 그러다가 중간에 막히고 말았다. 톰은 끔찍한 무대 공포증에 사로잡혀 두 다리가 후들거리고 금방이라도 질식해서 쓰러질 것 같았다. 순간 관객들은 톰을 동정 어린 시선으로 바라보았다. 주위는 쥐 죽은 듯 조용해졌다. 톰은 침묵이 동정보다 끔찍했다. 도빈스 선생이 인상을 찌푸려 그 재앙에 못을 박았다. 톰은 완벽한 패배감을 맛보며 물러났다. 누군가가 박수를 쳤지만 곧바로 멈추고 말았다.

그 뒤로 〈소년이 불타는 갑판 위에 서있었다〉와 〈아시리아인이 쳐들어왔다〉 등 주옥 같은 연설문이 읽혔다.

이어서 읽기와 철자 경연이 열렸다. 미흡한 라틴어반 학생들도 멋지게 암송을 했다. 이날 최고의 하이라이트는 여학생들이 '작품'을 낭독하는 시간이었다. 여학생들은 한 사람씩 차례대로 나와 목청을 가다듬고, (앙증맞은 리본을 묶어 놓은) 원고를 '표현'과 구두점에

주의하면서 읽기 시작했다. 주제는 십자군 전쟁 시절부터 어머니와 할머니들이 비슷한 행사 때마다 사용하던 '우정' '다른 날들의 추억' '역사 속의 종교' '꿈의 나라' '문화의 이점' '정부 형태의 비교와 대조' '우울' '부모를 사랑하는 마음' '갈망' 등이었다.

대부분의 작문은 감정이 지나치게 들어가 있었다. '미사여구'도 쓸데없이 많았다. 또한 관용적인 표현들을 자주 썼다. 무엇보다 일부러 작품의 가치가 떨어져 보이도록 한 것처럼 마지막 부분에는 지루한 설교가 이어졌다. 주제가 무엇이든 도덕적이고 종교적인 교훈이 끼워져 있었다. 그러한 글쓰기는 위선적이기 짝이 없지만, 학교뿐만 아니라 오늘날까지도 이어지고 있다. 아마도 이 세상이 존재하는 한 계속될 것이다. 이 땅의 어느 학교에 가도 여학생들은 훈계조로 글을 끝맺어야 한다고 생각하니까. 그중에서도 언제나 가장 경솔하고 가장 종교적이지 않은 여학생이 가장 길고 지루하게 낭송했다. 하지만 이 이야기는 여기서 그만하겠다. 담백한 진실은 받아들이기 힘든 법이니까.

이제 다시 '학예회' 이야기로 돌아가자. 제일 먼저 낭독된 첫 작품의 제목은 〈이것이 삶인가〉였다. 작품을 발췌하니 독자 여러분은 인내심을 갖고 읽어 주기 바란다.

젊은이들은 일상 속에서 가슴에 기쁨을 품을 축제의 장면을 고대한

다! 그들의 상상력은 기쁨의 장밋빛 그림을 그린다. 공상 속에서 유행을 숭배하는 사람들은 축제를 즐기는 사람들, 즉 '모든 관찰자들의 시선을 만끽하는' 사람들 속에 있는 자신을 바라본다. 눈처럼 새하얀 옷을 차려 입은 그녀의 우아한 형상은 미로처럼 얽히는 기쁨의 춤을 헤집고 돌아다닌다. 그녀의 눈빛이 가장 밝게 빛나고, 그녀의 발걸음이 가장 가볍게 움직인다.

이처럼 즐거운 공상 속에서 시간은 빠르게 흘러가고, 마침내 그녀가 그토록 애절하게 꿈꾸던 극락의 세계에 들어갈 순간이 닥쳤다. 넋이 나간 그녀의 시야에 비치는 모든 것이 어찌나 요정처럼 신비해 보이는지! 새로 보이는 모든 풍경이 매혹적이다. 하지만 곧바로 그녀는 그 훌륭한 외관 이면에 있는 모든 것이 허황되다는 것을 깨닫는다. 한때 그녀의 영혼을 매료시켰던 아첨이 이제는 그녀의 귀에 거슬린다. 무도회는 이제 매력적으로 느껴지지 않는다. 그녀는 약해진 몸과 쓰라린 가슴을 끌어안은 채 돌아섰다. 세속적인 즐거움으로 영혼의 갈망을 채울 수 없음을 깨달았으므로.

낭독문이 이어지고 또 이어졌다. 객석에서 간간이 흡족한 탄성이 터져 나왔고, "정말 근사하다."느니 "아주 유창한데!" 혹은 "정말 옳은 말이야!"라는 속삭임이 따라 나왔다. 그리고 듣기 괴로운 교훈이 끝나면 기이하게도 열렬한 박수가 터져 나왔다.

이어서 우울한 낯빛을 한 날씬한 여학생이 '시' 한 편을 낭송했다. 약을 먹고도 속이 안 좋은지 눈에 띨 정도로 안색이 창백했다. 이 시는 두 연만 발췌해도 충분할 것 같다.

미주리 처녀가 앨라배마에 고하는 작별 인사

앨라배마여, 안녕! 나는 그대를 참으로 사랑하노라!
하지만 한동안 그대를 떠나 있으려 하노라!
슬프구나, 내 가슴은 그대를 그리는 생각으로 출렁이고
내 머릿속은 뜨거운 추억으로 가득 차네!
꽃이 만발한 그대의 숲속을 거닐었고
탤러푸사의 강가를 거닐며 책을 읽었지.
텔러시의 콸콸 흐르는 물소리에 귀를 기울였으며
쿠사의 언덕에서는 오로라의 빛에 흠뻑 빠졌도다.

이제 슬픔이 차오르는 것을 수치스럽게 여기지 않고
눈물을 흘려도 숨기 위해 얼굴을 붉히지 않으리.
이제 내가 떠나야 하는 곳은 낯선 땅이 아니요,
내가 한숨을 지어 보이는 남겨진 이들은 낯선 이들이 아니니
이곳에 나를 환영하는 고향이 있노라.

내가 계곡을 떠나고 첨탑들이 빠르게 나를 지나가 흐릿해지네.
사랑하는 앨라배마여, 그대에게 차갑게 등을 돌릴 때
내 눈과 가슴, 내 떼뜨도 차가워지는구나!

'떼뜨불어로 머리라는 뜻'라는 말이 무슨 뜻인지 아는 이는 거의 없었지만 관객들은 이 시를 무척 흡족해했다.

이어서 까무잡잡한 피부에 눈과 머리카락이 검은 여학생이 나왔다. 여학생은 깊은 인상을 남기려고 잠시 슬픈 표정으로 가만히 있다가 절제된 어조로 낭송을 시작했다.

환상

폭풍이 몰아치는 어두운 밤이었다. 왕좌 같은 저 높은 하늘에는 반짝이는 별 하나 없었다. 깊고 묵직한 천둥소리가 끝없이 귓가에 울렸다. 무시무시한 번개가 하늘을 가린 구름 사이로 무섭게 내리쳤다. 마치 유명한 프랭클린이 휘두르던 권력을 비웃기라도 하는 것처럼! 이 난폭한 광경을 도와주려는 듯 거센 바람이 신비로운 제 집에서 일제히 뛰쳐나와 휘몰아쳤다.

이토록 어둡고, 음울한 때에 내 영혼은 인간적인 연민에 한숨을 쉬었다. 하지만 그 대신,

사랑하는 내 친우이자 조언자, 위안이 되는 자이자 길잡이,

내 슬픔에 깃든 기쁨이요, 내 두 번째 행복이 내 곁으로 왔도다.

그녀는 낭만적인 젊은이들이 환상 속의 에덴동산에서 가장 밝은 존재로 그리는, 아무런 장식도 없이 그 자체만으로도 초월적인 사랑스러움으로 빛나는 미의 여왕처럼 움직였다. 그 발걸음이 너무나 가벼워 소리조차 나지 않았다. 부드러운 손길이 전하는 마법 같은 전율이 없다면 다른 미인들처럼 그 누구의 시선에도 띄지 않고, 그 누구에게도 잡히지 않은 채 스르르 빠져나갔으리라. 그녀는 바깥에서 전투를 벌이는 비와 바람을 가리키며 두 존재의 의미를 곰곰이 생각해 보라고 하면서, 12월의 옷자락 위로 떨어지는 차가운 눈물처럼 기이한 슬픔을 얼굴에 드리웠다.

길이가 열 장에 달하는 이 악몽 같은 이야기는 장로교파를 제외한 모든 사람들의 희망을 흔들며 1등을 차지했다. 이 글은 그날 행사에서 가장 뛰어난 작품으로 인정받았다. 마을 시장은 그 작품의 작가에게 상을 수여하면서 자신들이 지금껏 감상한 것 중에서 가장 '설득력 있는' 연설이었으며, 대니얼 웹스터도 자랑스럽게 여길 작품이었다고 따뜻한 칭찬의 말을 남겼다.

한마디 덧붙이자면 '아름답다'는 말과 인간의 경험을 '인생의 책장'이라고 비유하는 문장이 대부분을 차지하는 작품이었다.

한껏 기분이 좋아진 도빈스 선생은 자리에서 일어났다. 그리고 의자를 한쪽으로 밀어 놓고 관객들을 등진 채 지리 수업을 시범적으로 보여 주려고 칠판에 미국 지도를 그리기 시작했다. 하지만 손이 떨려서 지도를 제대로 그리지 못하자 여기저기서 킥킥거리는 웃음소리가 교실 안을 가득 채웠다. 도빈스 선생은 자신의 실수를 바로잡으려고 했다. 선 몇 개를 지우고 다시 그렸지만 전보다 더 엉망이 되었고, 킥킥거리는 웃음소리는 더욱 커졌다. 도빈스 선생은 사람들의 조롱에 지지 않겠다는 듯 집중해서 지도를 그렸다. 모두의 시선이 자신에게 쏠린 것 같았다. 이번에는 잘 그렸다고 생각했지만 킥킥거리는 웃음소리는 그치지 않았다. 오히려 더 커졌다. 사실 사람들이 웃는 이유는 따로 있었다. 도빈스 선생 바로 위쪽 천장에 있는 다락방과 연결된 승강구에서 고양이 한 마리가 내려오고 있었기 때문이다. 고양이는 엉덩이에 끈이 묶인 채 머리에서 턱까지 헝겊이 둘러져 있어 움직여도 소리가 나지 않았다. 고양이는 몸을 위로 웅크려 발톱으로 엉덩이 끈을 잡으려고 했지만, 허공에서 네 발을 허우적댈 뿐이었다. 낄낄거리는 웃음소리가 더욱 높아졌다. 이제 고양이는 도빈스 선생의 머리에서 15센티미터도 떨어지지 않은 곳까지 내려왔다. 고양이가 점점 더 아래로, 아래로 내려오더니 도빈스 선생의 가발을 낚아챘다. 그리고 즉시 다락방으로 끌려 올라갔다! 도빈스 선생의 대머리가 번쩍번쩍 빛이 났다. 간판집 아들이

선생의 머리를 미리 금빛으로 칠해 놓았던 것이다!

　학예회는 중단되었다. 남자아이들은 제대로 앙갚음을 한 셈이었다. 그리고 방학이 시작되었다.

★ 유의사항 : 이 장에 인용된 '작품들'은 『서구 여성의 시와 산문』이라는 책에서 발췌한 것이다. 당시 학생들의 작품과 거의 정확하게 똑같기 때문에 단순하게 흉내를 낸 것보다 훨씬 더 나을 것이다.

제 22장

   톰은 '금주단'의 화려한 복장이 좋아 보여서 회원으로 입단했다. 그리고 씹는 담배를 포함한 모든 담배를 피우지 않고, 욕설을 쓰지 않겠다고 약속했다. 이 일로 톰은 한 가지 새로운 사실을 깨달았다. 뭔가를 하지 않겠다고 약속하면 바로 그 일을 하고 싶어진다는 것이었다.

   톰은 술을 마시고 싶은 마음과 욕을 하고 싶은 마음을 억누르느라 고통스러웠다. 붉은 띠를 두르고 과시할 기회만 없다면 금주단에서 당장이라도 탈퇴하고 싶었다. 독립기념일이 다가오고 있었다. 하지만 입단한 지 48시간도 채 되지 않아 톰은 독립기념일을 기다리는 것을 포기하고 말았다. 대신 늙은 프레이저 판사에게 희망을

247

걸었다. 지위가 높은 그의 장례식은 공개적으로 성대하게 치러질 것이기 때문이다. 톰은 사흘 동안 판사의 상태에 깊은 관심을 기울이며 사망 소식을 애타게 기다렸다. 판사가 죽을 거라고 확신해서 대담하게 허리띠를 매고 거울 앞에 서서 연습을 해보기도 했다. 하지만 프레이저 판사의 상태는 기복이 심해 어떤 결과가 나올지 짐작할 수 없었다. 마침내 판사가 회복해서 요양을 하고 있다는 소식이 들렸다. 톰은 넌더리가 날 정도로 속이 상해 금주단을 탈퇴하고 말았다. 그런데 그날 밤, 판사는 상태가 악화되어 사망하고 말았다. 톰은 다시는 그런 사람을 믿지 않겠노라고 결심했다.

장례식은 아주 훌륭했다. 금주단이 멋지게 빼입고 행진하자 최근에 탈퇴한 톰은 부러워서 죽을 것만 같았다. 그래도 톰은 다시 자유로워졌다. 그러니 그다지 나쁠 것도 없었다. 이제는 술을 마시고 욕을 할 수 있었지만, 놀랍게도 톰은 그것들을 전혀 하고 싶지 않았다. 할 수 있는 일이라서 하고 싶지가 않았던 것이다.

고대하던 방학이 시작되었다. 하지만 이상하게도 톰은 지루하게 느껴졌다.

그래서 일기를 쓰기로 했다. 그런데 사흘 동안 아무 일도 일어나지 않아서 일기 쓰는 일도 그만두었다.

백인이 흑인으로 분장하고 공연을 하는 민스트릴 쇼의 첫 번째 단원이 마을로 들어와 인기를 끌었다. 톰은 조 하퍼와 함께 따라 공

연하면서 이틀 동안 즐겁게 지냈다.

영광스러운 독립기념일 행사는 실패라고 봐도 무방했다. 비가 억수같이 퍼부어 행진이 취소되었고, 이 세상에서 가장 훌륭한 인물(톰은 그렇게 믿었다.)이며 미합중국 상원 의원인 벤튼 씨가 크나큰 실망을 안겨 주었기 때문이다. 벤튼 씨는 소문으로 키가 760센티미터가 넘는다고 했는데 실제로 보니 그 근처에도 가지 못하는 키였던 것이다.

마을에 서커스단이 오기도 했다. 남자아이들은 사흘 동안 낡은 융단으로 텐트를 만들어 서커스놀이를 했다. 입장료로 남자아이한테는 핀 세 개, 여자아이한테는 두 개를 받았다. 하지만 얼마 후, 서커스놀이도 그만두었다.

골상학자와 최면술사들이 마을을 다녀간 후에는 마을 생활이 더욱 지루하고 따분해졌다.

남자아이들과 여자아이들을 위한 파티가 몇 차례 열렸지만 너무나 드물었고 파티가 없을 때는 더욱 심심했다.

베키 대처까지 부모님과 방학을 보내려고 콘스탄티노플의 집으로 떠나자 톰은 어디에서도 즐거운 일을 찾을 수 없었다.

끔찍한 살인 사건 비밀은 끊임없이 톰을 괴롭혔다. 영원히 고통을 안겨 준다는 점에서 암과 다를 바가 없었다.

그러던 차에 톰이 홍역에 걸렸다.

톰은 2주라는 긴 시간 동안 죄수처럼 갇혀 지내는 바람에 바깥세상에서 무슨 일이 일어나는지 전혀 알 수 없었다. 몸이 너무 아파서 다른 일에 관심을 가질 수 없기도 했다. 겨우 몸을 털고 일어나 부들부들 떨리는 다리로 마을에 나갔을 때는 모든 물건과 모든 사람들이 우울해 보였다. '부흥회'라는 게 열려서 어른은 물론이고 아이들까지도 종교에 빠져 버렸기 때문이다. 톰은 종교에 빠지지 않은 죄인을 찾아 헤맸지만, 어디에서도 찾지 못하자 실망하고 말았다. 조 하퍼를 찾아갔더니, 조도 성경을 공부하고 있었다. 톰은 슬프게 돌아서야 했다. 벤 로저스는 소책자를 든 바구니를 들고 가난한 사람들을 방문하고 있었다. 짐 홀리스는 톰이 홍역을 앓은 것은 하나님이 내리신 경고이니, 소중한 교훈으로 삼으라고 말했다. 아이들을 하나둘 만날 때마다 톰은 점점 더 우울해졌다. 결국 절망에 빠진 톰은 마지막으로 허클베리의 품에서 안식을 얻으려고 했지만, 허클베리마저도 성경 구절을 읊어서 가슴이 무너져 내렸다. 톰은 마을 사람들 중에서 유일하게 자신만이 길을 잃고 헤매고 있다는 사실을 깨닫고는 집으로 돌아와 잠자리에 들었다.

그날 밤 끔찍한 폭풍이 몰아쳤다. 비가 퍼붓고, 천둥이 무섭게 울리고, 눈이 멀 정도로 번개가 번쩍거렸다. 톰은 침대보를 뒤집어쓰고 두려움에 떨면서 천벌이 떨어지기를 기다렸다. 그 모든 소동이 자신 때문에 일어난 것 같았기 때문이다. 톰은 자신이 하나님을 화

나게 해서 이런 일이 일어난다고 믿었다. 벌레 한 마리를 죽이기 위해 포병대를 쓰면 탄약을 낭비하는 것일 테지만, 자신과 같은 벌레를 쓸어버리려면 그만한 천둥을 동원해야 한다고 여겼다.

폭풍은 목적을 달성하지 못한 채 차츰 힘을 잃더니 사라졌다. 톰은 감사하며 개과천선하기로 마음먹었다. 한편으로 잠시 기다려 보자는 마음도 들었다. 더는 폭풍이 칠 것 같지 않으니까.

다음 날 의사가 방문했다. 톰의 병이 재발했기 때문이다. 이번에 톰은 3주 동안 누워 있어야 했고, 그 시간이 한 시대처럼 길게 느껴졌다. 마침내 병이 다 낫자 하나도 기쁘지 않았다. 아프기 전에 친구들이 모두 종교에 빠져 너무 쓸쓸했기 때문이다. 톰은 힘없이 거리를 떠돌다가 소년 법정의 판사로서 새를 살해한 고양이를 재판하려는 짐 홀리스를 발견했다. 어느 골목길에서는 조 하퍼와 허클베리 핀이 멜론을 훔쳐 먹고 있었다. 불쌍한 녀석들! 그 녀석들도 톰처럼 다시 타락해져 있었다.

제 23장

　잠에 빠진 듯 조용하던 마을이 술렁였다. 법정에서 살인 사건 재판이 열렸기 때문이다. 그 사건은 마을 사람들의 입에 자주 오르내렸다. 톰도 그 사건이 계속 신경 쓰였다. 살인 사건에 관해 들을 때마다 가슴이 떨렸다. 양심의 가책과 두려움을 느끼고 있던 터라 사람들이 자신의 속마음을 알아보려고 자기 면전에서 그런 이야기를 한다는 생각까지 들었다. 톰은 자신을 의심할 사람이 없다는 걸 알았지만, 좀처럼 마음이 편하지 않았다. 언제나 온몸이 서늘하며 떨릴 뿐이었다. 톰은 허클베리와 이야기를 나누려고 그를 조용한 곳으로 데려갔다. 잠시 동안만이라도 그 사건을 입 밖으로 꺼낼 수 있다면 마음이 조금이라도 안정될 것 같았다. 그 사건으로 괴로워하

는 또 다른 사람과 고통의 짐을 나누고 싶었던 것이다. 게다가 허클 베리가 그 비밀을 잘 지키고 있는지도 확인하고 싶었다.

"허크, 그 얘기 다른 사람한테 했니?"

"무슨 얘기?"

"알잖아."

"아, 그거. 당연히 안 했지."

"한마디도?"

"한마디도 안 했어. 맹세해. 그건 왜 물어?"

"그게, 좀 걱정돼서."

"어이, 톰 소여, 그 일을 발설하면 우리 둘 다 이틀도 살지 못할 거야! 너도 알잖아."

톰은 한층 더 마음이 놓였다. 잠시 후 톰이 다시 입을 열었다.

"허크, 누가 말하라고 해도 절대 말하지 않을 거지?"

"물론이지. 그 혼혈 악마가 날 물에 빠뜨려 죽인다면 모를까, 누 가 뭐래도 난 말하지 않을 거야. 내 입을 열 방법은 없어."

"좋아, 그럼 됐어. 우리가 입을 다무는 한 안전할 거야. 그래도 다 시 한 번 맹세하자. 그럼 더 확실해지겠지."

"좋아."

두 아이는 엄숙하게 다시 맹세를 했다.

"근데 소문 들었니? 많은 얘기들이 돌던데."

"소문? 온통 머프 포터 이야기뿐이잖아. 날마다 머프 포터, 머프 포터하면서 그 사람 얘기만 한다니까. 그 이야기를 들을 때마다 식은땀이 난다고. 진짜 어딘가로 숨어 버리고 싶어."

"나도 마찬가지야. 머프 포터는 이제 죽은 목숨이나 다름없어. 그런데 가끔씩 그 사람이 가엾다는 생각은 들지 않니?"

"가끔이라니. 늘 그런 생각을 하지. 쓸모없는 사람이기는 하지만, 누군가를 해칠 사람은 아니잖아. 낚시를 해서 술 마실 돈만 벌면 그

만이지. 하지만 우리도 다 그렇잖아. 대다수 사람들이 그렇게 산다고. 목사인지 뭔지 하는 사람들도 마찬가지고. 하지만 착한 사람이기는 해. 한번은 자기 먹을 것도 부족한데 나한테 물고기 절반을 나눠 줬거든. 내가 곤경에 처하면 구해 주기도 했고."

"내 연도 고쳐 줬어. 낚싯바늘을 끼워준 적도 있고. 그 사람을 유치장에서 빼낼 수 있으면 좋겠다."

"안 돼! 그래 봤자 다시 붙잡힐 거라고."

"알아. 하지만 그 사람이 한 짓도 아닌데, 벌을 받는 거잖아. 그래서 찔려."

"나도 그래, 톰. 나는 심지어 머프 포터 같은 인간을 왜 빨리 교수형시키지 않는지 모르겠다는 이야기도 들었다고."

"그래. 사람들이 머프 포터가 무죄로 풀려나면 자기들이 직접 머프 포터를 목매달아 죽이겠다는 이야기도 했어."

"진짜로 그럴 사람들이야."

두 아이는 오랫동안 이야기를 나누었다. 하지만 마음은 조금도 편안해지지 않았다. 황혼이 질 무렵, 두 아이는 유치장 근처를 어슬렁거렸다. 기적이 일어날지도 모른다는 막연한 희망을 품고서. 하지만 아무 일도 일어나지 않았다. 불행한 죄수에게 관심을 보이는 천사나 요정은 없는 모양이었다.

두 아이는 예전처럼 유치장 창살로 다가가 포터에게 담배와 성냥

을 전해 주었다. 포터는 1층에 있었다. 지키는 간수는 없었다.

포터가 고맙다고 말하자 두 아이는 양심의 가책을 느꼈다. 이번에는 전보다 훨씬 가슴이 아팠다. 게다가 포터의 인사를 듣자 자신들이 지독한 겁쟁이에 배신자라는 생각까지 들었다.

"나한테 정말 잘해 주는구나. 이 마을에 사는 누구보다. 이 일을 잊지 않으마. 난 종종 이렇게 중얼거린단다. '온 동네 아이들의 연과 물건들을 고쳐 주고, 낚시하기 좋은 곳들도 알려 주면서 할 수 있는 한 아이들과 친하게 지내려고 애썼는데, 내가 곤경에 처하니까 다들 늙은 머프 따위는 잊어버리는구나. 하지만 톰과 허클베리는 그렇지 않아. 날 잊지 않았어. 그러니 나도 애들을 잊지 않겠어.' 라고 말이야. 얘들아, 내가 끔찍한 짓을 저질렀단다. 술에 취해 정신이 나가서 말이야. 그렇지 않다면 그런 일을 했을 리가 없어. 이제 교수형을 당하겠지. 나도 그렇게 되기를 바라고. 음, 그 얘기는 하지 말자. 너희들이 우울해지는 건 싫으니까. 너희들은 내 친구가되어 주었어. 이 얘기는 꼭 해주고 싶구나. 술은 마시지 말거라. 그럼 이런 곳에 갇히는 일은 없을 거야. 서쪽으로 좀 더 가서 서보렴. 그래, 거기야. 곤경에 처했을 때 다정한 이들의 얼굴을 보면 마음이 편해진단다. 너희 말고는 여기를 찾아오는 사람이 없으니. 좋은 친구들의 얼굴, 다정한 친구의 얼굴을 보는 게 좋아. 너희 둘 중 한 명이 친구의 등을 밟고 일어서서 내 손을 잡아 주렴. 그래, 그렇게. 악

수를 하게 손을 넣어 주렴. 내 손은 너무 커서 말이다. 작고 여린 손이구나. 하지만 이 손이 내게 큰 힘을 줬어. 앞으로도 나를 더 많이 도와주겠지?"

톰은 비참한 기분이 되어 집으로 돌아왔다. 그날 밤에도 지독한 악몽을 꾸었다. 다음 날, 그다음 날에도 톰은 재판소 근처를 어슬렁거렸다. 안으로 들어가고 싶은 충동에 사로잡혔지만 밖에서만 있었다. 허클베리도 마찬가지였다. 두 아이는 애써 서로를 피했다. 때로 각자 재판소에서 멀찍이 떨어져 있다가 똑같이 울적한 기운에 이끌려 제자리로 돌아오고는 했다. 사람들이 재판소에서 나올 때마다 톰은 귀를 활짝 열고 이야기에 귀를 기울였다. 하지만 괴로운 소식밖에 들리지 않았다. 불쌍한 포터를 옥죄려는 올가미가 점점 죄어들어오고 있었다. 두 번째 재판이 끝날 무렵, 인디언 조의 증언이 확실해서 배심원의 평결이 확고하다는 소문이 돌았다.

톰은 늦게까지 밖에 있다가 창문을 통해 방으로 들어가 잠자리에 들었다. 심장이 너무 두근거려 몇 시간 후에야 잠에 빠질 수 있었다. 다음 날, 마을 사람들 모두 재판소에 모였다. 대망의 날이었다. 남자들과 여자들이 절반씩 방청석을 채웠다. 한참 후에 배심원들이 들어와 자리에 앉았다. 이어서 창백하고 초췌한 몰골의 포터가 들어왔다. 포터는 두 손이 묶인 채로 자리에 앉아 모두의 시선을 받아냈다. 무표정한 인디언 조는 눈에 띄지 않는 곳에 앉아 있었다. 또

다시 침묵이 흘렀다. 판사가 들어오자, 보안관이 재판의 시작을 알렸다. 평소처럼 변호사들이 속삭이고 종이를 끌어모으는 소리가 들렸다. 세부적인 절차들을 따르느라 진행이 느렸지만 분위기는 매우 엄숙했다.

한 증인이 나와 시체를 발견한 날 새벽에 머프 포터가 개울에서 몸을 씻고는 즉시 달아나더라고 증언했다. 몇 가지 질문이 이어진 뒤 검사가 말했다.

"증인에게 반대 신문하십시오."

죄수가 변호사를 쳐다보고는 고개를 떨구었다.

변호사가 "질문 없습니다."라고 말했기 때문이다.

다음 증인은 시체 근처에서 칼을 찾았다고 말했다.

검사가 말했다.

"증인에게 반대 신문하십시오."

포터의 변호사가 답했다.

"질문 없습니다."

세 번째 증인은 포터가 그 칼을 갖고 있는 모습을 종종 보았다고 증언했다.

"증인에게 반대 신문하십시오."

이번에도 변호사는 증인에게 질문을 하지 않았다. 방청객들은 의아했다. 저 변호사는 아무런 노력도 하지 않고 의뢰인의 목숨을 포

기하는 것일까?

그 뒤에도 몇몇 증인들이 포터가 살인 현장에서 죄인처럼 행동했다고 증언했다. 그들도 반대 신문을 받지 않은 채 자리를 떠났다.

이어서 나온 증인들이 모두가 기억하는 그날 아침의 상황을 자세하게 이야기했다. 하지만 포터의 변호사는 누구에게도 반대 신문을 하지 않았다. 사람들이 웅성거리며 불평하자 판사가 정숙하라고 지시했다.

이윽고 검사가 나와서 말했다.

"여러 증인들의 증언에 따라 저는 여기 불행한 피고가 이 끔찍한 범죄를 저질렀다고 확신합니다. 이것으로 본 사건의 심리를 마치겠습니다."

가련한 포터의 입에서 신음 소리가 새어 나왔다. 포터는 얼굴을 두 손에 묻고 흐느꼈다. 그동안 고통스러운 침묵이 재판장에 내려앉았다. 많은 사람들이 동정했고, 연민의 눈물을 흘리는 여자도 있었다.

그때 변호사가 자리에서 일어나 말했다.

"존경하는 재판장님, 전 이 재판을 시작할 때 피고가 술에 취해 무분별해진 상태에서 이 끔찍한 짓을 저질렀다는 걸 증명해 보이겠다고 했습니다. 하지만 마음이 바뀌었습니다. 그 발언을 모두 취소하겠습니다. (그러고는 서기에게 말했다.) 토머스 소여를 증인으로 부

르겠습니다."

재판소에 있던 모든 사람들이 놀랐다. 포터도 예상하지 못한 상황인 것 같았다. 모두의 시선이 증인대로 올라가서 앉는 톰에게 쏠렸다. 톰은 무척 겁에 질려 불안해 보였다. 증인 선서가 이어졌다.

"토머스 소여, 6월 17일 자정에 어디에 있었습니까?"

톰은 인디언 조의 딱딱하게 굳은 얼굴을 힐끗거렸다. 그러자 혀가 굳는 것 같았다. 방청객이 숨죽인 채 기다렸지만 톰은 한마디도 할 수 없었다. 하지만 잠시 후에 기운을 내서 방청객의 일부만 들을 수 있을 정도로 작게 말했다.

"묘지에 있었어요."

"좀 더 크게 말씀해 주세요. 두려워하지 마세요. 당신은……."

"묘지에 있었어요!"

인디언 조의 얼굴에 조롱의 빛이 스쳐 지나갔다.

"호스 윌리엄스의 묘지 근처에 있었나요?"

"네."

"좀 더 크게 말씀해 주세요. 얼마나 가까이 있었나요?"

"지금 변호사 아저씨와의 거리만큼요."

"숨어 있었나요?"

"네, 숨어 있었어요."

"어디에 숨어 있었죠?"

"묘지 가장자리에 있는 느릅나무 뒤에요."

인디언 조가 놀란 표정을 지었다.

"누구와 함께 있었나요?"

"네. 저와 함께 있던 사람은……."

"잠깐…… 잠깐만요. 함께 있던 사람의 이름은 말하지 않아도 좋습니다. 그 사람은 따로 부를 테니까요. 그때 가지고 갔던 것이 있습니까?"

톰은 머뭇거렸다.

"증인은 질문에 답하세요. 겁먹을 필요는 없습니다. 진실은 언제나 존중받으니까요. 무엇을 가지고 갔습니까?"

"그게…… 죽은…… 고…… 고양이요."

그러자 깔깔거리는 웃음소리가 터져 나와 판사가 정숙하라고 외쳤다.

"그 고양이를 증거로 제출하겠습니다. 자, 이제 그날 일을 하나도 빠짐없이 이야기해 주세요. 두려워하지 말고요."

톰은 이야기를 시작했다. 처음에는 더듬거렸지만 점차 긴장이 풀리면서 술술 이야기를 풀어 나갔다. 재판장에서는 톰의 목소리 외에 다른 소리는 들리지 않았다. 모두의 시선이 톰에게 쏠려 있었다. 방청객들은 입을 벌린 채 그 무시무시하고도 엄청난 이야기에 빨려 들어갔다. 그리고 이야기는 절정에 이르렀다.

"…… 의사가 판때기를 집어 들어 내리치자 머프 포터가 쓰러졌고, 인디언 조가 칼을 들고 뛰어올라……."

쨍그랑! 순간 인디언 조가 번개처럼 빠르게 창문으로 달아나 방해자들을 밀치고 사라졌다!

제 24장

톰은 다시 한 번 빛나는 영웅이 되었다. 노인들의 사랑과 친구들의 시기를 한 몸에 받았다. 심지어는 마을 신문에도 실려 그 이름을 영원히 남길 수 있게 되었다. 톰이 자라나 대통령이 될 거라고 믿는 사람들도 있었다.

변덕스러운 세상 사람들은 예전에 그토록 비난하던 포터를 포용했다. 세상 사람들이란 원래 그러하니, 그들을 탓할 일은 아니었다.

톰은 낮에는 의기양양해하며 눈부신 나날을 보냈다. 하지만 밤이 되면 공포에 시달렸다. 인디언 조가 꿈속에 나타나 무시무시한 눈빛을 보냈기 때문이다. 그래서 밤이 되면 어떤 유혹에도 넘어가지 않고 집에 있었다. 불쌍한 허클베리도 두려움에 떨면서 비참한 나

날을 보냈다. 재판 전날에 톰이 변호사에게 모든 이야기를 했기 때문이다. 허클베리는 인디언 조가 달아난 덕분에 재판소에서 증언을 하지는 않았지만, 자기가 살인 현장에 있었다는 사실이 새어 나갈까 봐 무척이나 두려워했다. 변호사는 이 불쌍한 아이를 지켜 주겠다고 약속했지만 그게 무슨 소용이 있겠는가. 굳게 맹세한 톰도 양심의 가책을 견디다 못해 변호사에게 그 무시무시한 이야기를 털어 놓았는데, 어떻게 허클베리가 인간을 신뢰하겠는가.

머프 포터는 톰에게 매일 고맙다고 했다. 톰은 그때마다 기뻤다. 하지만 밤이 되면 괜히 실토한 것 같아 후회했다.

톰은 인디언 조가 붙잡히지 않을까 봐 두려웠다. 어떤 때는 그가 붙잡힐까 봐 두렵기도 했다. 인디언 조가 죽고 그 시체를 눈으로 확인해야 안심할 수 있을 것 같았다.

현상금을 걸고 마을 곳곳을 뒤졌지만, 인디언 조는 잡히지 않았다. 박식하고 사람들의 존경을 받는 탐정이 세인트루이스에서 왔다. 그는 뭔가를 알아낸 듯한 표정을 짓기도 하면서 고양이가 쥐를 찾듯 마을 곳곳을 뒤졌다. 그리고 단서를 찾아냈다. 하지만 단서를 교수형에 처할 수는 없었다. 그래서 탐정이 일을 마치고 돌아간 뒤에도 톰은 여전히 불안했다.

하루하루가 느리게 흘러갔다. 덕분에 차츰 불안의 무게도 가벼워졌다.

제 25장

보통의 아이라면 숨겨진 보물을 찾고 싶은 열망에 사로잡힐 때가 있다. 어느 날 톰은 그런 열망에 사로잡혔다. 그래서 조 하퍼를 찾아 나섰지만 찾을 수 없었다. 다음으로 벤 로저스를 찾아갔다. 하지만 벤 로저스는 낚시를 하러 가고 없었다. 그러다 피투성이 손 허클베리 핀을 우연히 만났다. 허클베리야말로 톰이 찾던 존재였다. 톰은 허클베리를 은밀한 곳으로 데려가 자신의 계획을 털어놓았다. 허클베리는 기꺼이 동참하겠다고 했다. 돈이 들지 않고 흥미진진한 일이라면 언제나 끼는 아이이니까. 시간은 돈이라지만 허클베리에게는 골치 아플 정도로 시간이 남아돌았다.

허클베리가 물었다.

"어디를 파려고?"

"아, 어디든지 파볼 거야."

"보물이 여기저기 묻혀 있어?"

"아니, 보물은 아주 특별한 곳에 묻혀 있지. 섬이나 한밤에 그림자가 드리워지는 죽은 나무의 가지 끝 아래에 묻힌 썩은 상자에 있기도 해. 대부분은 유령이 나오는 집 마룻바닥에 묻혀 있고."

"누가 숨기는데?"

"그거야, 도둑놈들이 숨기지. 그놈들이 아니면 대체 누구겠니? 주일 학교 교장 선생님?"

"잘 모르겠어. 하지만 나라면 보물을 숨기지 않을 거야. 당장 즐겁게 쓰면서 놀겠지."

"나도 그럴 거야. 하지만 도둑들은 안 그래. 그놈들은 항상 보물을 숨긴다고."

"보물을 찾으러 오지 않을까?"

"아니, 찾지 않아. 생각은 하지만 보통은 표시해둔 장소를 잊어버리거나 죽어버리거든. 그럼 보물은 오랫동안 묻혀서 썩어가지. 그러다 어느 날 누군가 보물이 있는 곳이 표시된 누런 종이를 찾아내. 하지만 그 종이를 해독하려면 일주일이 넘게 걸리지. 대부분 기호와 상형 문자로 되어 있거든."

"상……, 뭐라고?"

"상형 문자. 별 의미가 없어 보이는 그림처럼 된 글자야."

"그런 종이를 갖고 있니?"

"아니."

"뭐야? 그럼 어떻게 보물을 찾을 건데?"

"표시 같은 건 필요 없어. 보물은 언제나 유령이 나오는 집이나 섬, 혹은 죽은 나무가 뻗은 나뭇가지 밑에 묻혀 있을 테니까. 잭슨 섬에서 찾아본 적 있잖아. 언제 다시 가서 찾아보자. 그리고 스틸하우스 개천 위에 유령의 집 있잖아. 거기에는 죽은 나무가 엄청나게 많아."

"그런 곳에 모두 보물이 묻혀 있다고?"

"무슨 소리야! 그건 아니지!"

"그럼 그중 어디에 있는지 어떻게 알아?"

"그러니까 전부 찾아봐야지!"

"에휴, 여름 내내 땅을 파야 하겠구나."

"그게 어때서? 100달러가 든 녹슨 회색 청동 단지나 다이아몬드가 가득한 썩은 상자를 찾으면 어떡할래?"

허클베리의 눈빛이 반짝거렸다.

"그거 멋진데. 진짜 굉장할 것 같아. 그럼 상자를 찾거든 나한테 그냥 100달러만 줘. 그것만 있으면 다이아몬드 같은 건 필요 없어."

"좋아. 하지만 나라면 다이아몬드를 양보하지는 않을 거야. 어떤

다이아몬드는 하나에 20달러나 하거든. 적어도 75센트나 1달러는 한다고."

"그렇게 비싸?"

"물론. 누구라도 그렇다고 할걸. 혹시 다이아몬드 본 적 있니?"

"아니. 없어."

"왕들은 엄청 많이 갖고 있대."

"나는 왕들을 전혀 몰라."

"그렇겠지. 하지만 유럽에 가면 발로 차이는 게 왕이래."

"왕을 발로 차?"

"왕을 차다니? 무슨 소리야! 그게 아니라……."

"하지만 방금 발로 찬다고 말했잖아. 아냐?"

"아이고, 그냥 왕들을 많이 볼 수 있다는 뜻으로 그렇게 말한 거야. 진짜로 발로 차지는 않지. 왕들을 뭣 때문에 발로 차니? 여기저기서 왕들을 볼 수 있다는 말이야. 늙은 꼽추 리처드 같은 왕들 말이야."

"리처드? 성은 뭐야?"

"성은 없어. 왕한테는 성이 없거든."

"없다고?"

"그래."

"왕들이 상관없다면 할 수 없지 뭐. 하지만 나는 왕이 되고 싶지

않아. 검둥이처럼 성이 없이 이름만 있는 사람이 되고 싶지는 않다고. 그건 그렇고, 제일 먼저 어디를 파볼 거야?"

"음, 나도 잘 모르겠어. 스틸하우스 개천 맞은편 언덕에 있는 죽은 나무 밑부터 파볼까?"

"좋아."

두 아이는 구부러진 곡괭이와 삽을 들고 5킬로미터를 걸어갔다. 목적지에 도착했을 때에는 덥고 숨이 차서 헐떡거렸다. 두 아이는 근처 느릅나무 그늘에서 쉬면서 담배를 피웠다.

톰이 말했다.

"이거 재미있는데."

"나도 그래."

"어이, 허크. 여기서 보물을 찾으면 뭐 할 거야?"

"음, 매일 파이와 탄산수를 사 먹을 거야. 그러고는 매일 서커스 구경을 가야지. 진짜 재밌겠다."

"저금은 안 해?"

"저금? 뭐하러?"

"앞으로도 먹고 살아야 하니까."

"그건 쓸모없는 짓이야. 내가 빨리 쓰지 않으면 아빠가 언젠가 가져가 버릴걸. 아빠는 분명 순식간에 다 써서 빈털터리가 될 거야. 넌 뭘 할 건데?"

"난 새 북을 살 거야. 검도 사고, 붉은색 넥타이랑 새끼 불도그도 살 거야. 결혼도 하고."

"결혼한다고!"

"응."

"톰, 너, 너, 제정신이 아니구나."

"두고 보면 알겠지."

"그건 가장 어리석은 짓이야. 우리 아빠와 엄마를 봐. 하루도 빠짐없이 싸웠다고! 지금도 생생하게 기억나."

"그렇지 않아. 내가 결혼하려는 여자아이는 나와 싸우지 않을 거야."

"톰, 여자들은 다 똑같아. 다들 싸우려고만 든다고. 그러니 다시 잘 생각해봐. 난 분명히 충고했다. 그런데 그 계집애 이름이 뭐야?"

"계집애가 아냐. 여자아이라고."

"그게 그거지. 어떤 사람은 계집애라고 부르고, 어떤 사람은 여자아이라고 하잖아. 둘 다 똑같아. 그건 그렇고, 그 여자아이 이름이 뭐야?"

"나중에 말해 줄게. 지금은 말고."

"좋아, 말하기 싫으면 하지 마. 그런데 네가 결혼하면 난 쓸쓸할 거야."

"그렇지 않아. 너도 나와 같이 살 테니까. 이제 그만 말하고 땅을

파자."

두 아이는 30분 동안 땀을 흘리면서 부지런히 땅을 팠다. 하지만 아무것도 찾지 못했다. 또다시 30분 동안 파보았지만 여전히 아무것도 나오지 않았다.

허클베리가 물었다.

"도둑들이 항상 보물을 이렇게 깊이 묻어?"

"가끔씩……. 보통은 그렇지 않아. 아무래도 우리가 엉뚱한 곳을 팠나 봐."

두 아이는 새로운 장소를 팠다. 땅 파는 속도가 조금 느려졌지만 진척은 있었다. 두 아이는 한동안 말없이 계속 팠다. 그러다 허클베리가 삽에 몸을 기댄 채 이마에서 구슬처럼 흘러내리는 땀방울을 소매로 훔쳐 내며 말을 꺼냈다.

"이다음에는 어디를 팔 거야?"

"카디프 언덕 너머 더글러스 아주머니네 뒤편 고목 밑을 파보는 게 좋겠어."

"그거 좋겠는데. 하지만 아주머니가 보물을 가져가 버리지 않을까? 자기 땅에서 나온 거니까."

"아주머니가 가져간다고? 어쩌면 그럴지도 모르지. 그래도 보물은 찾는 사람이 임자야. 누구 땅에서 나와도 달라질 게 없어."

그렇다면 다행이었다. 두 아이는 땅을 계속 팠다.

얼마 지나지 않아 허클베리가 말했다.

"젠장. 여기도 아닌가 봐. 넌 어떻게 생각해?"

"진짜 이상한데. 나도 잘 모르겠어. 마녀가 방해를 해서 우리가 못 찾는 게 아닐까?"

"무슨 소리야! 마녀는 낮에 힘을 못 쓰잖아."

"아참, 그건 생각 못했네. 아하, 알겠어! 이렇게 어리석을 수가! 자정에 나뭇가지 그림자가 드리워지는 곳을 찾아 파야 했어."

"젠장! 그럼 지금까지 쓸데없는 짓만 한 거잖아. 빌어먹을, 밤에 또 와야겠다. 여기까지 먼 길인데, 너 빠져나올 수 있겠어?"

"물론이지. 반드시 오늘 밤에 와야 해. 누군가가 이 구멍을 발견하고 가져갈 수도 있으니까."

"좋아, 그럼 내가 오늘 밤에 너희 집 앞에서 고양이 소리를 낼게."

"알았어. 도구들은 덤불에 숨겨 두자."

그날 밤, 두 아이는 약속한 시간에 다시 그 장소에 갔다. 그리고 그늘 아래에 앉아 자정까지 기다렸다. 사람도 잘 오지 않는 곳이었고, 옛날부터 무섭다고 전해지는 시간대라 으스스했다. 영혼들이 나뭇잎을 스치며 속삭였고, 유령들이 어두컴컴한 구석에 숨어 있는 것 같았다. 저 멀리서 개 짖는 소리가 들리자, 올빼미 한 마리가 음산한 울음소리로 답했다. 두 아이는 음산한 분위기에 짓눌려 말을 거의 하지 않았다. 마침내 자정이 됐다고 아이들은 판단했다. 그

리고 나뭇가지의 그림자가 진 곳을 표시하고는 그곳을
파기 시작했다. 부풀어 오르는 기대감에 땅을 파는 아이들의
삽질도 부지런해졌다. 구멍이 점점 더 깊어졌고, 곡괭이에 뭔가가
닿는 소리가 날 때마다 아이들은 가슴이 두근거렸다. 하지만 매번
실망만 했다. 곡괭이에 부딪힌 것이 돌멩이나 나무토막이었기 때문
이다.

　마침내 톰이 말했다.

　"소용없어, 허크. 우리가 또 잘못 짚었나 봐."

　"그럴 리가 없는데. 그림자가 가리키는 지점을 팠잖아."

　"나도 알아. 하지만 한 가지 중요한 게 있어."

"뭔데?"

"음, 우리가 시간을 어림짐작했잖아. 너무 늦었거나 너무 일렀는지도 몰라."

허클베리가 삽을 떨어뜨렸다.

"그게 문제였어. 이제 그만하자. 시간은 정확히 맞출 수 없어. 그리고 마녀와 유령이 돌아다니는 이런 시간에 여기 있는 건 너무 무서워. 계속 뭔가가 내 뒤에 있는 것만 같다고. 뒤돌아보면 뭔가와 마주칠까 봐 두려워. 여기 올 때부터 줄곧 소름이 끼쳤어."

"나도 마찬가지야, 허크. 도둑들이 나무 아래에 보물을 묻을 때는 죽은 사람도 함께 묻는대. 보물을 지키게 하려고 말이지."

"맙소사!"

"진짜 그렇다니까. 늘 그 이야기를 들었잖아."

"톰, 난 죽은 사람들 근처에서 돌아다니기 싫어. 분명 무슨 문제가 생길 거야."

"나도 죽은 사람들을 깨우기는 싫어. 여기 있는 시체가 해골바가지를 치켜들고 말을 한다고 생각해봐!"

"그런 얘기는 하지도 마, 톰! 무서워."

"그렇지. 나도 기분이 좋지 않아."

"이봐, 톰, 여기는 그만 파고 다른 데로 가보자."

"좋아."

"어디로 가지?"

톰이 잠시 생각하다가 말했다.

"유령의 집, 어때?"

"뭐? 유령의 집은 싫어. 유령은 죽은 사람보다 무섭다고. 죽은 사람들은 말을 건네기만 하지만 유령은 흰 옷을 입고 슬쩍 다가와서 어깨 너머를 본다거나 이를 간단 말이야. 난 그런 건 참을 수 없어. 그런 걸 견딜 수 있는 사람은 아무도 없을걸."

"알아. 하지만 유령은 밤에만 나오잖아. 그러니까 낮에 가면 유령들이 우리를 방해하지 않을 거야."

"그렇기는 하지. 하지만 사람들은 밤이든 낮이든 유령의 집에 가지 않아."

"그거야 사람이 살해된 집에 가고 싶은 사람은 없으니까. 그리고 낮에 그 집에서 뭘 봤다는 사람은 없어. 그냥 창문으로 파란 불빛이 지나가는 것만 봤대. 보통 그런 건 유령이 아니야."

"음, 파란 불빛은 주위에 유령이 있다는 신호야. 유령이 아니면 누가 그런 불빛을 사용하겠어."

"그렇기는 하지. 하지만 낮에는 유령이 안 나오니까 겁먹을 필요가 없잖아?"

"음. 알았어. 유령의 집에 가보자. 하지만 위험할 거야."

두 아이는 언덕을 내려갔다. 달빛이 쏟아지는 계곡에 유령의 집

이 있었다. 울타리는 오래전에 사라졌고, 문간에는 잡초가 무성했으며, 굴뚝이 무너져 버렸고, 창문에는 유리 없이 창틀만 있었으며, 지붕 한쪽이 푹 꺼져 있었다. 두 아이는 파란 불빛을 볼까 봐 살짝 두려워하면서 잠시 동안 그 집을 바라보았다. 그리고 낮은 목소리로 이야기를 하면서 유령의 집에서 멀찍이 떨어져 오른쪽으로 빙 돌아 나왔다. 그리고 카디프 언덕 뒤쪽 숲을 지나 집으로 향했다.

제 26장

　다음 날 정오쯤, 두 남자아이는 고목 앞에 도착했다. 땅 파는 도구를 찾으러 온 것이었다. 톰은 한시라도 빨리 유령의 집에 가고 싶어 했다.

　허클베리도 같은 마음이었지만 이렇게 말했다.

　"이봐, 톰. 오늘이 무슨 요일인지 알아?"

　톰은 속으로 무슨 요일인지 따져 보고는 깜짝 놀라 눈썹을 치켜올렸다.

　"맙소사! 미처 생각 못 했어, 허크!"

　"나도 마찬가지야. 그런데 갑자기 오늘이 금요일이라는 게 생각나더라고."

"젠장! 조심하고 또 조심해야 하는데. 금요일에 이런 짓을 하다가는 끔찍한 일을 당할지 몰라."

"맞아! 그렇게 될 게 분명해! 다른 요일이면 운이 좋을 수도 있지만 금요일은 그렇지 않아."

"그건 바보도 알아. 네가 제일 먼저 알아낸 게 아니라고."

"하, 누가 처음 알아냈대? 단지 금요일이라서 이러는 거잖아. 어젯밤에 아주 나쁜 꿈을 꿨단 말이야. 꿈에 생쥐가 나왔어."

"설마? 그건 진짜 나쁜 징조잖아. 쥐들이 싸웠어?"

"아니."

"그럼 그건 괜찮아. 쥐들이 싸우지 않았으면 피할 수 있어. 조심하고 주위를 살펴보면 돼. 오늘은 그냥 놀자. 너 로빈 후드 알지?"

"아니. 로빈 후드가 누구야?"

"맙소사. 로빈 후드는 영국에서 가장 훌륭한 사람이야. 최고의 의적이지."

"우와! 나도 그런 사람이 되면 좋겠다. 로빈 후드는 누구 집을 터는데?"

"관리와 주교, 부자와 같은 사람들만 털었지. 가난한 사람들은 절대 괴롭히지 않았어. 오히려 가난한 사람들을 사랑했지. 항상 훔친 물건을 가난한 사람들에게 공평하게 나눠 주고 말이야."

"정말 대단하구나."

"당연하지. 로빈 후드는 정말 훌륭한 사람이야. 요즘은 그런 사람이 없다고. 로빈 후드는 한 손을 뒤로 묶은 채 나머지 한 손만으로도 영국에 있는 그 누구든 때려눕힐 수 있었다니까. 게다가 주목으로 만든 활로 2킬로미터 이상 떨어져 있는 10센트짜리 동전을 쏘아 맞히기도 했대. 그것도 매번 말이야."

"주목으로 만든 활이 뭐야?"

"나도 몰라. 뭐, 활의 한 종류겠지. 로빈 후드는 동전의 가장자리를 맞히면 주저앉아서 울고 욕설을 내뱉었대. 우리 로빈 후드 놀이 하자. 진짜 재미있어. 내가 어떻게 하는지 가르쳐 줄게."

"좋아."

두 아이는 오후 내내 로빈 후드 놀이를 했다. 하지만 가끔씩 아쉬운 눈빛으로 유령의 집을 보면서 내일의 계획을 이야기했다. 해가 서쪽으로 기울기 시작하자, 두 아이는 길게 늘어진 나무 그늘을 가로질러 집으로 향했다. 머지않아 두 아이의 모습이 카디프 언덕의 숲에 가려 보이지 않았다.

토요일 정오가 지날 무렵이었다. 두 아이는 또다시 고목 앞에 섰다. 그늘에 앉아 담배를 피우며 이야기를 나누다가 지난번에 판 구덩이를 좀 더 깊이 파보았다. 물론 큰 기대를 걸지는 않았다. 다만 어떤 사람들이 보물을 파다가 15센티미터 정도 남기고 포기했는데 다른 누군가가 삽질 한번에 그 보물을 차지했다고 톰이 이야기했기

때문에 판 것이었다. 하지만 이번에도 보물은 없었다. 두 아이는 도구들을 어깨에 둘러메고 유령의 집으로 향했다. 자신들은 행운을 가볍게 여기지 않고 보물을 찾기 위한 모든 것을 해봤다고 만족하면서.

마침내 두 아이는 유령의 집에 도착했다. 햇볕 아래 쥐 죽은 듯 고요한 분위기가 감돌아 기괴하고 으스스했다. 너무 음산해서 두 아이는 선뜻 안으로 들어가지 못했다. 그러다가 살금살금 다가가서 힐끗 안을 들여다보았다. 잡초가 무성했고, 마룻바닥이 뜯겨나가 있었으며, 벽에는 회반죽이 떨어져 있었다. 오래된 벽난로와 유리가 없는 창틀, 부서진 계단도 보였다. 사방에는 거미줄이 쳐져 있었다. 두 아이는 조심스럽게 안으로 들어갔다. 가슴이 두근거렸다. 두 아이는 소곤거리면서 무슨 소리라도 들릴까 봐 귀를 쫑긋 세우고 무슨 일이 생기면 언제라도 달아날 태세를 취했다.

잠시 후, 두 아이는 조금 익숙해져서 흥미롭게 주변을 살펴보았다. 대담하게 행동하는 자신들이 존경스럽고 신기하기도 했다. 두 아이는 위층도 보고 싶었다. 위층에 가면 도망치지는 못할 텐데도 서로 자극받아서인지 두 아이는 농기구를 한쪽 구석에 내려놓고 올라갔다. 위층도 아래층과 마찬가지로 황폐했다. 한쪽 구석에 신비로워 보이는 벽장이 있었다. 하지만 안에는 아무것도 없었다. 두 아이는 이제 용기도 생기고 정신도 맑아졌다. 그런데 두 아이가 일을

시작하고자 아래층으로 내려가려고 할 때였다.

톰이 말했다.

"쉿!"

허클베리가 하얗게 질린 얼굴로 속삭였다.

"왜 그래?"

"쉿! 저기! 들었어?"

"세상에! 도망치자!"

"가만히 있어! 움직이지 마! 문 쪽으로 오고 있다고."

두 아이는 마룻바닥에 납작 엎드려서 구멍에 눈을 댄 채 공포에 떨며 가만히 있었다.

"멈췄어. 아냐, 오고 있어. 왔다. 한마디도 하지 마. 세상에, 여기 오지 말았어야 했는데!"

두 남자가 들어왔다. 두 아이는 제각기 혼잣말을 했다.

"저 사람은 귀머거리에 벙어리인 스페인 사람이잖아. 최근에 한두 번 봤는데. 다른 사람은 누군지 모르겠어."

다른 사람은 헝클어진 머리에 누더기 차림으로 전혀 호감이 가지 않는 얼굴이었다. 초록색 안경을 쓴 스페인 사람은 세라피라는 모포를 어깨에 걸쳤고, 하얀 구레나룻이 덥수룩했으며, 솜브레로_{멕시코,} _{미국 남부 등에서 쓰는 중앙이 높고 챙이 넓은 모자} 모자 아래로 백발 머리를 길게 늘어트리고 있었다. 두 사람이 집 안으로 들어오면서 '다른 한 사람'이 낮

은 목소리로 이야기했다. 두 사람은 문을 마주 보고 벽을 등진 채 바닥에 앉았고, '다른 한 사람'이 계속 이야기를 했다. 시간이 지나면서 그 사람의 경계심이 느슨해지자, 말소리가 점점 또렷하게 들릴 정도로 커졌다.

"안 돼. 계속 생각해 봤는데 마음에 들지 않아. 너무 위험하다고."

벙어리에 귀머거리인 줄 알았던 스페인 사람이 불평을 했다.

"위험하다고?"

두 아이는 깜짝 놀랐다.

"나약해 빠져서는!"

두 소년은 숨을 몰아쉬며 몸을 떨었다. 인디언 조의 목소리였기 때문이다. 잠시 동안 침묵이 흘렀다.

이어서 조가 말했다.

"저 상류 쪽에서 한 일보다 더 위험한 일이 어디 있어. 그 일을 할 때도 아무 일 없었잖아."

"그거와는 달라. 강 위쪽에는 근처에 집이 한 채도 없었잖아. 그러니 우리가 성공해도 알아차린 사람이 없었던 것이지."

"대낮에 여기 오는 것보다 더 위험한 일이 어디 있겠어! 우리를 보면 바로 의심할 텐데."

"알아. 그 멍청한 짓을 하고 난 후로 달리 갈만한 곳도 없어. 나도 이 허름한 집을 떠나고 싶다고. 그런데 어제 그 망할 녀석들이 저

언덕에서 계속 놀고 있어서 뜰 수가 있어야지."

'그 망할 녀석들'은 다시 몸을 떨었다. 금요일이라는 사실을 떠올리고 하루 더 기다린 것이 얼마나 다행이었는지. 하루가 아니라 1년을 기다리지 않은 것이 안타까웠다.

두 남자는 음식을 꺼내서 먹었다. 인디언 조가 한참 생각에 잠겼다가 말을 꺼냈다.

"이봐, 자네는 강 위쪽으로 올라가. 거기서 내 연락을 기다려. 난 한 번 더 마을을 둘러볼게. 상황이 괜찮다 싶으면 '위험한' 일을 하자고. 그런 다음 텍사스로 뜨는 거야. 함께 도망치자고!"

만족스러운 제안이었다. 두 남자는 하품을 하기 시작했다.

인디언 조가 말했다.

"졸려 죽겠어! 자네가 망볼 차례야."

인디언 조는 잡초 사이에 웅크리고 눕자마자 바로 코를 골았다. 스페인 사람이 한두 차례 조를 흔들어 보았지만 인디언 조는 꼼짝도 하지 않았다. 이제는 망을 보던 동료도 졸기 시작했다. 머리가 점점 아래로 떨어지더니 두 사람 모두 코를 골았다.

두 아이는 한숨을 길게 내쉬었다. 톰이 속삭였다.

"지금이 기회야. 나가자!"

허클베리가 말했다.

"난 못해. 저 두 사람이 깨기라도 하면 우린 죽은 목숨이라고."

톰이 나가자고 재촉했지만 허클베리는 버텼다. 결국 톰 혼자 천천히 일어나 걸어 나갔다. 하지만 첫 발을 내딛자마자 마룻바닥이 삐걱대는 소리가 나서 겁에 질려 바로 주저앉았다. 다시 걸음을 내디딜 엄두가 나지 않았다. 두 아이는 그 자리에 엎드려서 시간이 흐르기만 기다렸다. 시간이 그대로 멈춘 것만 같았다. 마침내 해가 지기 시작하자 두 아이는 한결 마음이 놓였다.

한 사람의 코 고는 소리가 멈췄다. 인디언 조가 일어나 앉아 주위를 둘러보았다. 무릎에 머리를 박은 채 잠든 동료를 바라보며 음흉한 미소를 짓더니 동료를 발로 차서 깨웠다.

"어이! 넌 망을 봐야지! 뭐, 한 번 봐주지. 아무 일도 안 일어났으니까."

"내가 졸았나?"

"어, 잠깐. 이제 움직여야 해. 여기 훔친 물건들은 어떻게 할까?"

"글쎄. 그냥 여기 두지, 뭐. 남쪽으로 출발하기 전에는 쓸모없는 것들이니까. 은화 650달러는 상당히 무겁잖아."

"음, 좋아. 한 번 더 여기 오는 건 일도 아니니까."

"맞아. 하지만 전처럼 밤에 오는 게 훨씬 좋겠어."

"좋아. 그런데 말이야. 그 일을 할 기회가 그리 빨리 오지 않을지도 몰라. 무슨 일이 일어날지도 모르고. 게다가 여기는 그렇게 좋은 장소가 아니야. 그러니까 땅속에 묻어야겠어. 더 깊이."

"좋은 생각이야."

인디언 조의 동료가 방을 가로질러 벽난로 깊숙한 곳에 가서 찰랑찰랑 동전 소리가 나는 가방 하나를 꺼냈다. 그는 20달러인가 30달러쯤 꺼내 자기가 챙기고 가방을 인디언 조에게 넘겼다. 인디언 조는 한쪽 구석에 무릎을 꿇고 앉아 사냥칼로 땅을 파고 또 팠다.

그 순간, 두 아이는 무서운 것도, 비참한 기분도 모두 잊어버렸다. 눈빛을 빛내면서 두 남자의 일거수일투족을 지켜보았다. 이런 행운이 찾아오다니! 상상할 수도 없는 행운이었다! 650달러면 동네 아이들 여섯 명을 부자로 만들 수 있는 돈이었다. 이보다 최고의 보물찾기는 없었다. 어디를 파야 할지 찾아다닐 필요도 없었다. 두 아이는 서로를 쿡쿡 찔렀다. 몸짓만으로도 뜻이 전해졌다. '여기 오길 잘했지?'

조의 칼이 뭔가에 부딪혔다. 조가 외쳤다.

"이런!"

"왜 그래?"

조의 동료가 말했다.

"썩은 널빤지야. 아니, 상자인 것 같아. 좀 도와줘. 이게 뭐지? 아냐, 됐어. 내가 구멍을 뚫었어."

인디언 조가 구멍 속에 손을 넣어 뭔가를 꺼냈다.

"세상에, 돈이잖아!"

두 남자가 동전을 한 움큼 쥐고서 살펴보았다. 금화였다. 위층에 있던 두 아이도 흥분과 기쁨에 휩싸였다.

"빨리 파내자. 벽난로 구석에 녹슨 곡괭이가 있던데. 방금 전에 봤어."

인디언 조의 동료가 톰과 허클베리의 곡괭이를 가져왔다. 조가 곡괭이를 받아 들고서 유심히 살펴보더니 갸우뚱하고는 뭐라고 중얼거리다가 땅을 파기 시작했다. 곧이어 상자가 드러났다. 큰 상자는 아니었다. 철 테두리가 있는 걸로 보아 처음에는 튼튼한 상자였음이 분명했다. 두 남자는 너무 기뻐서 말 한마디 하지 않고 보물을 바라보기만 했다.

인디언 조가 말했다.

"어이, 이거 수천 달러는 되겠는데."

조의 동료가 말했다.

"뮤럴 패거리가 어느 여름에 이 근처로 왔다는 이야기를 들었어."

인디언 조가 말했다.

"나도. 그 패거리들 것인가 보군."

"그럼……. 그 일은 할 필요가 없겠는데?"

조가 인상을 찌푸렸다.

"날 잘 모르는군. 그 일에 관해서도 모르고. 그건 돈을 훔치려고 하는 게 아냐. 복수를 하려는 거라고!" 인디언 조의 눈에 사악한 빛

이 번뜩였다. "자네 도움이 필요해. 일이 끝나면 텍사스로 가. 아내와 자식들이 있는 고향으로 가서 내 연락을 기다려."

"음, 이건 어떻게 하지? 다시 묻어?"

"그래. (위층에 있던 아이들은 미치도록 기뻤다.) 아냐, 안 돼! 절대 안 돼! (위층 아이들은 매우 우울해졌다.) 잊어버릴 뻔했어. 곡괭이에 새 흙이 묻어 있었다고! (순간 위층 아이들은 공포에 사로잡혔다.) 여기에 왜 삽과 곡괭이가 있는 거지? 왜 새 흙이 묻어 있고? 누가 여기에 갖다 놓고, 어디로 사라졌을까? 무슨 소리를 듣거나 사람을 본 적 있나? 그러니 이 돈을 다시 여기에 묻어 놓으면? 하! 그랬다가는 놈들이 돌아와서 바로 채갈 텐데? 그렇게는 절대 안 돼. 절대. 내 은신처로 가져가야겠어."

"물론! 그래야지. 1호 은신처로 갈 건가?"

"아니, 십자가 아래에 있는 2호로 가도록 하지. 다른 곳은 너무 눈에 띄어."

"알았어. 거의 날이 저물었으니 출발하지."

인디언 조가 일어나 이 창문, 저 창문으로 옮겨다니며 바깥을 조심스럽게 살폈다. 그러고는 이렇게 말했다.

"누가 저 농기구들을 여기에 갖다 놨을까? 그놈들이 위층에 있는 건 아닐까?"

위층의 두 아이는 숨이 턱 막혔다. 인디언 조가 한 손에 칼을 든

채 잠시 머뭇거리다가 계단 쪽으로 돌아섰다. 두 소년은 벽장에 숨을까 생각했지만 움직일 힘이 없었다. 계단을 올라오는 발자국 소리가 들렸다. 절체절명의 상황에 이르자, 두 소년은 결정을 내리지 않을 수 없었다. 두 소년이 벽장으로 들어가려던 순간, 인디언 조가 밟은 썩은 나무 계단이 툭 부서졌다. 조는 계단의 잔해와 함께 아래로 떨어졌다. 인디언 조가 욕설을 퍼부으면서 몸을 일으키자 동료가 말했다.

"뭐 신경 쓸 필요 있겠어? 위층에 누가 있다 해도 그냥 놔두면 되잖아. 놈들이 지금 아래로 뛰어내려와 말썽을 일으킨다 해도 누가 겁난대? 15분 지나면 어두워질 거야. 따라오고 싶으면 따라오라지. 상관없어. 만약 우리를 봤다 해도 유령이나 악마, 뭐 그런 걸로 착각했을걸. 지금쯤이면 저 멀리 달아나고 있겠지."

조는 잠시 동안 툴툴거렸다. 그러다가 날이 완전히 어두워지기 전에 출발하는 게 낫다는 동료의 말을 받아들였다. 두 사람은 집 밖으로 나가 황혼 속으로 소중한 상자를 들고 이동했다.

톰과 허클베리는 힘이 없었지만 마음만큼은 편해져서 몸을 일으켰다. 그러고는 통나무 사이로 밖에 나간 두 남자를 지켜보았다. 따라갈까? 아니, 아이들은 그러지 않았다. 그저 다치지 않고 아래층으로 내려올 수 있는 것만으로도 만족했다. 언덕을 넘어 집으로 가는 내내 두 아이는 말을 거의 하지 않았다. 스스로에게 화가 났기

때문이다. 삽과 곡괭이를 집 안에 두다니. 그러지만 않았다면 인디언 조가 전혀 의심하지 않았을 테고, 그가 말하는 '복수'를 할 때까지 은화와 금화를 무사히 숨겨둘 수 있었을 것이다. 그러면 불행한 조가 돌아와서 돈이 사라진 걸 알게 되겠지. 그렇게 생각하니 농기구를 거기에 둔 것이 쓰디쓴 아픔으로 다가왔다!

두 아이는 그들이 복수하고자 마을로 들어올 때 미행해서 '2호'가 어디 있는지 알아내기로 했다. 그때 갑자기 톰은 무서운 생각에 사로잡혔다.

"복수한다고 했지? 우리한테 복수하는 거면 어떡해, 허크?"

"아, 안 돼!"

허클베리가 거의 기절할 것처럼 질겁했다.

두 아이는 계속 그 이야기를 했다. 마을에 도착할 때쯤엔 조가 다른 사람에게 복수하는 것으로 결론이 났다. 하지만 인디언 조가 다른 사람에게 복수를 할 리는 없었다. 법정에서 증언을 한 사람은 톰이었기 때문이다.

혼자서 위험에 처했다고 생각하니 톰은 슬퍼졌다. 위험을 함께 나눌 동료라도 있다면 더 나아질 것 같았다.

제 27장

그날의 엄청난 모험 때문에 톰은 꿈자리가 사나웠다. 꿈속에서 엄청난 보물을 네 번이나 손에 넣었지만 그때마다 보물이 사라져버렸다. 잠에서 깨어나자 불운한 현실이 뼈저리게 느껴졌다. 톰은 이른 아침에 침대에 누워 어제의 대단한 모험을 떠올려 보았다. 그 모든 일이 아주 아득하게 느껴졌다. 마치 다른 세상에서, 아니면 아주 오래전에 일어난 일처럼. 그 모험이 혹시 꿈은 아니었을까! 정말 꿈을 꾼 것 같았다. 그렇게 많은 돈이라니. 톰은 50달러 이상 되는 돈을 본 적이 없었다. 또래 아이들과 마찬가지로 '수백'과 '수천'이라는 말은 단지 이야기를 부풀리는 데 사용할 뿐이지 실제로 존재한다고는 상상하지도 못했다. 그렇게 많은 돈을 실제로 갖고 있는 사람이

있을 줄이야. 톰이 생각한 보물이란 10센트 동전 한 움큼과 손으로 쥐지 못할 정도로 두꺼운 지폐 묶음 정도였다.

생각하면 할수록 어제의 모험이 선명하게 떠올랐다. 그 모험은 절대 꿈이 아니었다. 톰은 이 문제를 확실히 해두고 싶었다. 그래서 서둘러 아침을 먹고 허클베리를 찾아갔다. 허클베리는 우울한 표정으로 평저선 가장자리에 앉아 발을 물에 담그고 첨벙거리고 있었다. 톰은 허클베리가 먼저 그 이야기를 꺼낼 때까지 기다렸다. 허클베리가 말하지 않는다면 어제의 모험은 꿈에 불과할 테니까.

"안녕, 허크!"

"안녕."

잠시 침묵이 흘렀다.

"톰, 어제 그 농기구들을 고목 앞에 놔뒀더라면 지금쯤 우리가 돈을 갖고 있겠지? 아, 진짜 속상해!"

"꿈이 아니었어. 꿈이 아니었다고! 차라리 꿈이기를 바랐는데. 정말 꿈이기를 바랐다고, 허크."

"꿈이 아니었다니?"

"어제 일 말이야. 그 일이 다 꿈이라고 반쯤 생각하고 있었거든."

"꿈이라고? 계단이 부서지지 않았다면 그런 말도 못할걸! 나도 밤새 지긋지긋하게 악몽을 꿨어. 애꾸눈을 한 스페인 악마가 밤새 날 쫓아다녔다고. 죽일 놈!"

"그럼 안 돼. 찾아내야지! 그래야 돈을 찾지!"

"톰, 그놈은 찾을 수 없어. 그런 돈을 얻을 수 있는 기회는 단 한 번뿐이라고. 우리는 그 기회를 이미 놓쳤고. 그리고 다시 그놈을 만난다면 온몸이 다 떨릴 것 같아."

"나도 그래. 하지만 그놈을 다시 만나서 2호가 어디인지는 알고 싶어."

"그래, 2호라고 했지. 나도 그 생각을 해봤는데 짐작 가는 게 전혀 없어. 2호가 뭘까?"

"나도 몰라. 너무 막연해. 혹시 번지가 아닐까?"

"아냐, 톰. 설령 번지가 맞다고 해도 우리 마을은 아냐. 우리 마을에는 그런 주소가 없으니까."

"그렇긴 해. 생각 좀 해보자. 그래, 방 번호야. 여관 방 번호!"

"대단한데! 여관은 두 개밖에 없어. 그러니까 금방 찾을 수 있을 거야."

"넌 내가 올 때까지 여기 있어, 허크."

톰은 즉각 자리를 떠났다. 사람들이 많이 있는 곳에 허클베리와

함께 가고 싶지 않았기 때문이다. 30분 후에 톰이 돌아왔다. 톰은 마을에 있는 두 여관 중 좋은 곳 2호에는 젊은 변호사가 오래전부터 머무르고 있다는 사실을 알아냈다. 다른 여관의 2호실은 이상한 점이 있었다. 여관 주인의 아들은 그 방이 항상 잠겨 있고, 밤을 제외하면 누가 드나드는 모습을 본 적이 없다고 말했다. 그 아이는 궁금하지만 호기심이 강하지 않아 그 이유를 모르고 있었다. 그저 '유령이 나오는' 방이라고 생각했다. 그러나 어젯밤에는 그 방에 불이 켜져 있었다고 했다.

"이게 내가 알아낸 전부야. 우리가 찾는 2호가 맞는 것 같아."

"내 생각도. 이제 어떡할 거야?"

"생각 좀 해보자."

톰은 한참 동안 생각에 잠겼다. 그러고는 입을 열었다.

"내 생각은 이래. 그 2호실 뒷문이 여관 뒷골목으로 이어져 있어. 넌 네가 찾을 수 있는 열쇠를 모두 찾아와. 나는 이모가 갖고 있는 열쇠를 모두 가져올게. 그러고는 해질 무렵에 가서 그 뒷문을 열어보는 거야. 넌 인디언 조가 오는지 망을 봐. 인디언 조가 복수하기 위해 한 번 더 마을에 올 거라고 했으니까. 만약 인디언 조를 보면 따라가고. 그가 우리가 찾은 2호실로 가지 않는다면 그곳이 2호가 아닌 거지."

"맙소사, 나 혼자서 그 사람을 어떻게 미행해!"

"왜? 밤이니까 괜찮을 거야. 그는 널 보지 못할 거라고. 설령 널 본다 해도 별일 아니라고 생각할 거야."

"음, 아주 어두우면 가능할 것 같아. 아, 나도 몰라, 모르겠다고. 어쨌든 해볼게."

제 28장

　그날 밤, 톰과 허클베리는 모험을 시작할 준비를 했다. 두 아이는 아홉 시가 넘어서까지 여관 주위를 어슬렁거렸다. 한 명은 골목길을, 다른 한 명은 여관 입구를 살폈다. 골목길을 드나드는 사람은 아무도 없었다. 닮은 사람도 없었다. 그날 밤은 날씨가 맑을 것 같아서 일단 톰은 집으로 돌아왔다. 상당히 어두워지면 허클베리가 톰의 집 앞에서 고양이 울음소리로 톰을 불러내 열쇠로 2호 뒷문을 열어 보기로 했다. 그런데 밤이 되어도 너무 밝아서 허클베리는 열두 시쯤에 망보기를 그만두고 설탕을 넣는 빈 나무통 속에 들어가 잠들었다.

　화요일에는 운이 나빴다. 수요일도 마찬가지였다. 하지만 목요일

밤에는 괜찮았다. 톰은 이모의 낡은 양철 등과 그걸 가릴 커다란 수건 한 장을 들고 집에서 빠져나왔다. 그리고 양철 등을 허클베리의 설탕 통에 숨겨 놓고 망을 보기 시작했다. 자정이 되기 한 시간 전, 여관 문이 닫히고 불이 꺼졌다. (이 주변에 다른 불빛은 없었다.) 스페인 사람은 보이지 않았다. 골목길을 드나드는 사람도 없었다. 모든 일이 순조로웠다. 깜깜한 어둠이 내려앉았고, 멀리서 들려오는 천둥소리만이 이따금씩 정적을 깨뜨렸다.

톰은 등을 꺼내 불을 밝히고 수건으로 꼼꼼하게 둘러쌌다. 두 모험가는 어둠 속에서 여관을 향해 살금살금 나아갔다. 허클베리가 보초를 섰고, 톰은 골목길로 들어갔다. 톰을 기다리는 동안 불안감이 허클베리를 태산처럼 짓눌렀다. 허클베리는 등의 불빛이라도 볼 수 있다면 좋겠다고 생각했다. 적어도 톰이 아직 살아 있다는 뜻일 테니까. 톰이 떠난 지 몇 시간이 흐른 것 같았다. 톰은 기절한 게 분명했다. 어쩌면 죽었을지도 모른다. 공포와 초조함을 못 이겨 심장이 터졌을지도 모른다. 허클베리는 불안해서 골목길로 다가갔다. 온갖 무시무시한 상상과 함께 자신도 죽을 수 있지 않을까 하는 생각을 했다. 이미 숨도 제대로 못 쉬고 있어서 폐에 남아 있는 숨이 사라질 것 같았다. 그런데 갑자기 불빛이 번쩍이더니 톰이 소리치면서 바람처럼 달려왔다.

"도망쳐! 살고 싶으면 달려!"

두 번 말할 필요도 없었다. 한마디면 충분했다. 허클베리는 톰의 두 번째 외침이 들리기도 전에 이미 시속 50킬로미터에서 60킬로미터 정도의 속도로 달려 나갔다. 두 소년은 마을 아래쪽에 있는 도살장 창고에 도착할 때까지 멈추지 않았다. 창고 안에 들어가자마자 폭풍이 몰아치고 비가 쏟아져 내렸다. 톰은 숨을 고르면서 이렇게 말했다.

"허크, 진짜 끔찍했어! 가능한 한 소리나지 않게 열쇠 두 개를 돌려 봤는데 어찌나 큰 소리가 나는지 무서워서 숨을 쉴 수가 없더라고. 열쇠도 맞지 않았어. 그러다가 나도 모르게 손잡이를 잡아 돌렸는데 문이 열리는 거야! 문이 잠겨 있지 않았어! 나는 조용히 들어가 등을 감싼 수건을 벗겨 냈지. 그런데 맙소사!"

"왜? 뭘 봤는데, 톰?"

"내가 인디언 조의 손을 밟을 뻔한 거야!"

"설마?"

"진짜라니까! 인디언 조가 바닥에 누워서 자고 있었어. 한쪽 눈에 낡은 안대를 하고, 양팔을 쫙 벌리고 말이야."

"맙소사, 그래서 어떻게 됐어? 조가 깼어?"

"아니, 꼼짝도 하지 않았어. 술에 취한 것 같더라고. 나는 그냥 수건을 집어 들고 달려 나왔지!"

"나라면 수건 생각은 못했을 거야!"

"음, 난 수건을 잃어버리면 이모한테 크게 혼나거든."

"톰, 돈 상자는 봤어?"

"허크, 난 그걸 볼 정신도 없었어. 상자도, 십자가도 못 봤는걸. 인디언 조 옆에는 술병이랑 양철 컵 말고는 아무것도 없었어. 아, 술통 두 개도 보았지. 그 유령 나오는 방이 어땠는지 알아?"

"어땠는데?"

"세상에, 위스키가 잔뜩 있더라니까. 모든 여관에는 그런 방이 있나 봐."

"누가 그런 방이 있을 줄 생각이나 하겠어? 그런데 톰, 인디언 조가 술에 취해 있다면 지금 가서 그 상자를 가져오는 게 좋을 거 같은데?"

"그래? 그럼 네가 가져와봐!"

허클베리가 덜덜 떨었다.

"싫어. 난 못해."

"나도 마찬가지야, 허크. 인디언 조 옆에 술병이 하나밖에 없었거든. 그러니 충분히 취하지 않았을 거야. 옆에 있던 술병이 세 개였다면 시도할 수는 있을 텐데."

톰이 한참 동안 생각을 하다가 말했다.

"저기, 허크. 인디언 조가 방에서 나올 때까지 아무것도 하지 말자. 너무 무서워. 언젠가 인디언 조도 밖으로 나오겠지. 밤마다 망

을 보다가 그때 번개처럼 빠르게 상자를 낚아채 오자."

"좋아. 나는 밤새도록 망을 볼 테니까 넌 낮에 망을 봐."

"그렇게. 넌 후퍼 거리에서 한 블록 올라와서 고양이 울음소리를 내줘. 내가 잠들어 있다면 내 방 창문에 돌멩이를 던져 주고."

"알았어."

"허크, 폭풍이 지나갔으니까 난 집에 갈게. 몇 시간 후면 날이 밝을 거야. 넌 돌아가서 망볼 거지?"

"한다고 했잖아, 톰. 1년 내내 볼 수도 있어! 낮에는 자고 밤에는 망을 볼 거야."

"좋았어. 이제 어디에서 잘 거야?"

"벤 로저스의 헛간에서 잘 거야. 벤이 그래도 좋다고 했거든. 그 검둥이 제이크 아저씨도 괜찮다고 했고. 난 아저씨가 원하면 물을 길어다 줘. 그리고 아저씨도 내가 먹을 걸 달라고 부탁하면 나눠 주고. 물론 나눠줄 게 있을 때 말이지만. 내가 백인이라고 잘난 체하지 않기 때문에 아저씨가 날 좋아하는 거 같아. 같이 식사를 할 때도 있어. 하지만 이 얘기는 다른 사람한테 하지 마. 배가 고플 때는 하기 싫은 일도 해야 하거든."

"음, 낮에 별일 없으면 잠자게 둘게. 찾아가서 방해도 하지 않을 거야. 대신 밤에 무슨 일이 생기면 곧장 와서 고양이 소리를 내줘."

제 29장

    금요일 아침에 톰은 반가운 소식을 들었다. 대처 판사의 가족들이 어젯밤에 마을로 돌아왔다는 소식이었다. 그 순간, 톰의 마음속에서 인디언 조와 보물은 2순위로 밀려나고 베키가 1순위를 차지했다. 톰은 베키를 만나 학교 친구들과 함께 '숨바꼭질'과 '골키퍼놀이'를 하면서 즐겁게 놀았다. 그날은 이상할 정도로 즐거운 날이었다. 베키가 엄마로부터 오랫동안 미뤄온 소풍을 다음 날 가도 좋다는 허락을 받아 냈기 때문이다. 베키는 더할 나위 없이 기뻤다. 톰도 마찬가지였다. 해가 지기 전에 초대장이 전달되었고, 마을 아이들은 열심히 소풍을 준비했다. 톰은 기대감에 들떠 늦은 시간까지 잠들지 못했다. 혹시나 허클베리가 고양이 울음소리를 낼까 봐 기

대한 것이었다. 그러면 보물을 찾아와 소풍 날 베키와 다른 친구들을 깜짝 놀라게 할 수 있을 텐데. 하지만 그날 밤에는 어떤 신호도 없어서 실망스러웠다.

마침내 아침이 밝았다. 열 시에서 열한 시 사이에 들뜬 아이들이 대처 판사의 집 앞에 모였다. 모든 준비는 완전히 끝났다. 어른들은 소풍에 참여하지 않았다. 열여덟 살쯤 된 젊은 아가씨와 스물세 살쯤 된 젊은 청년 몇 명만이 아이들의 안전을 책임지기 위해 동행했다. 낡은 증기선 한 척도 준비되어 있었다. 아이들이 흥에 겨운 채음식 바구니를 들고 마을의 중심가를 가로질렀다. 시드는 아파서이 즐거운 행사에 끼지 못했고, 메리도 시드를 돌보려고 집에 남았

다. 대처 부인이 베키에게 마지막으로 당부했다.

"늦게 도착하면 선착장 근처에 사는 친구 집에서 자고 오렴."

"그럼 수지 하퍼 집에서 잘게, 엄마."

"그래, 그 집에서 예의 바르게 행동하고 말썽 피우지 마라."

톰은 아이들을 따라가면서 베키에게 말했다.

"베키, 내 말 좀 들어봐. 조 하퍼네 집에 가지 말고 더글러스 아주머니 집에 가자. 거기에는 항상 아이스크림이 있거든! 엄청 많이. 우리가 찾아가면 아주머니도 기뻐할 거야."

"그거 진짜 좋겠다!"

그러다 베키가 잠시 생각하더니 이렇게 물었다.

"엄마한테는 뭐라고 하지?"

"너희 엄마가 어떻게 알겠어?"

베키는 곰곰이 생각해 보고 머뭇거리며 말했다.

"나쁜 짓인데……."

"에휴, 답답하긴! 너희 엄마는 모를 거라니까. 그리고 나쁠 게 뭐가 있어? 너희 엄마는 네가 안전하기를 바라잖아. 네 엄마도 더글러스 아주머니를 떠올렸다면 거기로 가라고 하셨을 거야. 분명해!"

베키는 더글러스 부인의 푸짐한 환대를 생각하니 가고 싶어졌다. 결국 톰의 설득에 넘어가 그 미끼를 덥석 물었다. 그리고 그 계획에 관해서는 아무한테도 이야기하지 않기로 했다. 이때 톰은 오늘 밤

에 허클베리가 찾아올지도 모른다는 생각이 들었다. 그러자 기분이 좋지 않았다. 하지만 더글러스 부인 댁에 가는 재미를 포기할 수는 없었다. 왜 포기해야 한단 말인가? 어젯밤에 없던 신호가 오늘 밤에는 올 수 있을까? 손에 넣을 수 없을지도 모르는 보물보다는 확실하게 즐거울 오늘 밤이 톰에게는 더 중요했다. 톰은 아이답게 마음이 가는 쪽을 선택했고, 돈 상자는 다음 날 생각하기로 했다.

증기선은 마을 아래쪽으로 5킬로미터쯤 가더니 숲이 우거진 곳에 정박했다. 곧이어 숲속 깊은 곳과 바위 절벽에서 아이들의 웃음소리와 외침이 울려 퍼졌다. 아이들은 지칠 때까지 온갖 놀이를 하며 재미있게 놀았다. 그러다가 배가 고파져 야영지로 모여들었고, 맛있는 음식들을 무섭게 해치우기 시작했다. 식사가 끝나자 아이들은 커다란 떡갈나무 그늘에 앉아 휴식을 취하며 수다를 떨었다. 그때 누군가가 소리쳤다.

"동굴에 들어가고 싶은 사람?"

모두 가고 싶어 했다. 아이들은 양초를 잔뜩 구해서 언덕을 올라갔다. 동굴 입구는 언덕 중턱에 A자 모양으로 입을 벌린 채 자리하고 있었다. 커다란 떡갈나무로 만든 입구 문은 잠겨 있지 않았다. 안은 얼음 창고처럼 서늘했고, 단단한 석회암 벽에는 차가운 물방울이 이슬처럼 맺혀 있었다. 어두컴컴한 그곳에 서서 햇살을 받는 푸른 계곡을 보고 서 있으니 낭만적이고 신비로웠다. 그런 감흥도

잠시, 아이들은 다시 떠들며 뛰어놀았다. 양초를 하나 켜자, 그를 차지하려는 쟁탈전이 벌어졌다. 뺏는 자와 지키는 자의 다툼 속에 양초가 바닥에 떨어져 불이 꺼지고 말았다. 그러자 활기찬 웃음소리가 터져 나오고, 다시 쫓고 쫓기는 추격적이 벌어졌다. 하지만 모든 것은 끝이 있게 마련이다. 잠시 후 아이들은 줄 서서 가파른 길을 내려갔다. 반짝이는 불빛들이 아이들 머리 위로 18미터 높이가 되는 바위벽을 밝혔다. 길의 폭은 2미터에서 3미터 정도였다. 앞으로 나아갈 때마다 길이 점점 좁아지고 가팔라졌다. 맥두걸 동굴은 꼬불꼬불한 길들이 얽히고설켜서 어디로 이어지는지 알 수 없는 거대한 미로와 같았다. 며칠 밤낮을 돌아다녀도 그 끝을 찾을 수 없다고 했다. 아래로, 아래로, 점점 더 깊숙이 들어가도 마찬가지였다. 미로 아래에 또 다른 미로가 있는 곳이 맥두걸 동굴이었다. 맥두걸 동굴을 '안다고' 말할 수 있는 사람은 없었다. 그건 불가능한 일이었다. 대부분의 젊은이들은 맥두걸 동굴의 일부만 알았고, 그래서 알려진 곳 너머로 들어가지 않는 것이 불문율이었다. 톰 소여도 남들만큼만 길을 알고 있었다. 아이들은 약 1킬로미터쯤 걸어가자 무리로 나뉘어 각각 다른 길로 걸어갔다. 어두운 길을 달리다가 통로가 합쳐지는 부분에서 다른 무리를 만나 깜짝 놀라기도 했다. '알려진' 길 안에서 30분 동안이나 다른 무리를 만나지 않은 채 돌아다닐 수도 있었다.

촛농과 진흙을 묻히며 성공적인 하루를 보내고 나서야 아이들은 숨을 몰아쉬며 동굴 입구로 나왔다. 나와 보니 벌써 밤이어서 아이들은 깜짝 놀랐다. 아이들을 부르는 증기선의 종소리가 벌써 30분째 울리고 있었다. 아이들은 그날의 모험을 매우 낭만적이고 만족스럽게 여겼다. 증기선 안에서 늦게 출발해서 시간을 낭비했다고 생각하는 사람은 선장뿐이었다.

증기선이 부두를 지나갈 때 허클베리는 망을 보고 있었다. 갑판에서는 입 밖으로 소리를 내는 사람이 거의 없었다. 다들 지친 나머지 축 늘어져 있었기 때문이다. 허클베리는 눈앞에서 지나가는 배가 어떤 배인지, 왜 부두에 멈추지 않는지 궁금했다. 그러나 곧 망을 보는 일에 다시 집중했다. 구름이 끼면서 점점 어두워졌다. 열 시가 되자 마차 소리도 들리지 않았고, 불빛들도 꺼지기 시작했으며, 지나다니는 사람들도 보이지 않았다. 마을 전체가 잠들었고, 작은 파수꾼만이 침묵과 유령들을 벗 삼아 깨어 있었다. 열한 시가 되자 여관의 불빛이 모두 꺼졌고, 사방이 어둠에 휩싸였다. 허클베리는 긴 시간 동안 기다렸지만 아무런 일도 일어나지 않았다. 마음이 흔들리기 시작했다. 이게 무슨 소용이 있을까? 다 쓸모없는 짓이 아닐까? 그만두고 잠이나 자러 갈까?

그때 무슨 소리가 들렸다. 허클베리는 신경을 곤두세웠다. 골목길 쪽으로 난 문이 조심스럽게 열리고 있었다. 허클베리는 구석으

로 숨었다. 바로 그다음, 두 남자가 허클베리를 스쳐 지나갔다. 한 사람은 옆구리에 뭔가를 끼고 있었다. 돈 상자가 분명했다! 보물을 옮기려는 것 같았다. 지금 톰을 부르러 가야 할까? 어리석은 짓이리라. 그 사이에 두 남자가 돈 상자를 들고 사라지면 다시는 찾지 못할 텐데. 그렇게 둘 수는 없었다. 허클베리는 두 남자의 뒤를 쫓기 시작했다. 어둠의 보호를 받아 들키지 않으리라고 믿으며 고양이처럼 조심조심 두 남자를 따라갔다. 두 사람의 모습을 어렴풋이 알아볼 정도로만 거리를 두고서 말이다.

두 남자는 강을 따라 세 블록 정도 위로 올라가다가 사거리에서 왼쪽으로 방향을 틀었다. 그리고 카디프 언덕으로 들어서고는 웨일스 출신 노인의 집을 지나쳐 계속 언덕을 올라갔다. 허클베리는 그들이 오래된 채석장에 상자를 묻을 거라고 생각했다. 하지만 두 남자는 채석장을 지나쳐 언덕 꼭대기까지 올라갔다. 그리고 큰 옻나무 덤불 사이로 들어가 어둠 속으로 사라졌다. 어둠이 짙어 들킬 염려가 없어지자 허클베리는 단숨에 거리를 좁혀 뒤를 바짝 쫓았다. 그러다가 너무 붙은 것 같아 속도를 늦추고 귀를 기울였다. 자신의 심장 박동 소리 외에는 아무 소리도 들리지 않았다. 갑자기 언덕 너머에서 올빼미 우는 소리가 들렸다. 불길한 징조였다! 아니나 다를까 발자국 소리가 들리지 않았다. 맙소사, 감쪽같이 사라진 것인가! 다급한 마음에 달려가려고 할 때 1미터도 떨어지지 않은 곳에서 헛

기침 소리가 들렸다. 허클베리는 심장이 밖으로 튀어나올 만큼 놀랐지만 간신히 마음을 가라앉혔다. 하지만 몸은 마치 지독한 학질에 걸린 것처럼 벌벌 떨렸다. 온몸에서 힘이란 힘은 모두 빠져나가 쓰러질 것만 같았다. 허클베리는 자신이 지금 어디에 있는지 알고 있었다. 더글러스 부인 댁 마당에서 다섯 걸음도 채 떨어지지 않은 곳이었다. 허클베리는 두 남자가 보물 상자를 여기에 파묻으려나 보다 생각했다. 찾기 어려운 곳은 아니라 좋았다. 그때 낮고 작은 목소리가 들렸다. 인디언 조의 목소리였다.

"젠장, 손님이 있어. 늦은 시간인데 불이 켜져 있잖아."

"아무것도 안 보이는데."

인디언 조의 동료 목소리였다. 유령이 나오는 집에서 본 그 사람이었다. 허클베리의 가슴이 서늘해졌다. 이건 '복수'하려는 거야! 허클베리는 도망치려고 했다. 그때 더글러스 부인이 친절하게 대해준 것이 떠올랐다. 저 두 남자가 그런 부인을 죽이려는 걸까? 허클베리는 더글러스 부인에게 경고를 해주고 싶었지만 용기가 나지 않았다. 중간에 두 남자에게 잡힐 수도 있었다. 허클베리가 이런저런 생각에 잠겨 있을 때 낯선 남자와 인디언 조의 이야기가 이어졌다.

"덤불 때문에 안 보이는 거야. 이쪽으로 와봐. 이제 보이나?"

"그렇군. 손님이 있는 것 같네. 그만두는 게 낫겠어."

"그냥 이 마을을 떠나라고? 지금 그만두면 다시는 기회가 없을

거야. 예전에도 말했지만 난 저 여자의 재산에는 관심이 없어. 그런 건 자네가 다 가져. 하지만 저 여자의 남편이 날 홀대했어. 날 괴롭혔다고. 치안 판사 노릇을 하면서 날 부랑자로 몰아 감옥에 넣었어. 그뿐만이 아니야. 날 채찍으로 때리기까지 했다고! 감옥 앞에서 검둥이를 때리듯 말이야! 그것도 마을 사람들이 모두 지켜보는 가운데서! 내 말 알겠어? 그러고는 죽어버렸지만, 그 죗값을 그놈 마누라한테서라도 받아 내고야 말겠어."

"죽이면 안 돼! 그러지 마!"

"죽인다고? 누가 죽인대? 그 판사가 살아 있다면 그놈을 죽이겠지. 하지만 그 마누라는 아냐. 여자한테 복수를 할 때는 죽이지 않아. 죽이는 건 바보 같은 짓이지. 여자의 얼굴을 망쳐 놓을 거야. 콧구멍을 찢어 놓고, 암퇘지처럼 귀에 표지를 새겨 넣는 거지."

"맙소사, 그건⋯⋯."

"잔말 말고 가만있어! 그게 자네 신상에 좋을 거야. 그 판사 놈 마누라를 침대에 묶어 놓아야지. 피를 흘리다 죽더라도 그게 어디 내 탓인가. 그 여자가 죽는다 해도 난 절대 울지 않을 거야. 어이, 친구. 자네가 이 일을 도와줘야겠어. 그래서 자넬 여기 데려온 거야. 나 혼자서는 할 수 없는 일이거든. 자네가 달아난다면 자넬 죽여 버리겠어. 내 말 알아들었어? 자넬 죽이고 당연히 그 여자도 죽일 거야. 누가 이런 짓을 벌였는지 아무도 알 수 없게 말이야."

"해야 할 일이라면 어서 하지. 빨리 할수록 좋으니까. 온몸이 떨려 죽겠어."

"지금 하자고? 손님이 있는데? 자네 생각이 있는 건가? 불이 꺼질 때까지 기다릴 거야. 서두를 필요 없어."

침묵이 이어졌다. 허클베리는 살인 모의보다 침묵이 더욱 끔찍했다. 허클베리는 숨을 죽이고 조심조심 뒤로 물러섰다. 신중하게 중심을 잡아가며 한 발 한 발 물러났다. 또다시 한 발을 내딛는데 발밑에서 나뭇가지 하나가 뚝 부러졌다! 허클베리는 숨을 멈추고 귀를 기울였다. 아무런 소리도 들리지 않았다. 쥐 죽은 듯 조용했다. 정말 다행이었다. 왔던 길을 되돌아 걸어갔다. 마치 배가 움직이듯 빠르고도 조심스럽게 앞으로 나아갔다. 그리고 채석장에 이르자 안전하다 싶어서 빠르게 달리기 시작했다. 아래로, 아래로, 내달렸다. 웨일스 출신 노인의 집에 다다를 때까지. 그러고는 노인의 집 대문을 쾅쾅 두드렸다. 그 소리에 노인과 건장한 두 아들이 창밖으로 고개를 내밀었다.

"누구냐? 왜 그래?"

"허클베리 핀이에요. 문 좀 열어 주세요, 빨리요! 말씀드릴 게 있어요!"

"허클베리 핀이라고? 뭐, 환영받을 녀석은 아니구나! 그래도 열어 주렴. 무슨 일인지 들어나 보게."

"저한테서 들었다는 말은 절대 하지 말아 주세요."

허클베리가 집 안으로 들어가자마자 내뱉었다.

"제발요. 그렇지 않으면 제가 죽어요. 하지만 더글러스 아주머니는 저한테 잘해 주셨어요. 그래서 이렇게 온 거예요. 제가 무슨 일인지 말씀드릴 테니까 제가 얘기했다는 말은 하지 않겠다고 약속해 주세요."

"맙소사, 큰일이 있나 보구나. 그렇지 않다면 얘가 이러지 않을 텐데!" 노인이 외쳤다. "비밀을 지킬 테니 무슨 일인지 말해 보렴."

3분쯤 지난 후, 노인과 아들들은 무장을 하고 언덕을 올라가 옻나무 덤불 사이로 살금살금 들어갔다. 허클베리는 그들을 따라가지

않았다. 커다란 바위 뒤에 숨어서 귀를 기울일 뿐이었다. 초조하게 침묵이 흘렀다. 그러다 갑자기 총소리와 고함이 터져 나왔다.

허클베리는 상황을 알 수 있을 때까지 기다릴 수 없었다. 최대한 빨리 두 다리를 놀려 언덕 아래로 빠르게 도망쳤다.

제 30장

일요일 아침, 동이 트기 무섭게 허클베리는 언덕을 올라가 웨일스 출신 노인의 집 대문을 두드렸다. 사람들은 모두 잠을 자고 있었지만 깊은 잠에 빠지지는 못한 모양이었다. 곧바로 창가에서 사람 소리가 들렸다.

"누구냐?"

허클베리가 겁먹은 목소리로 말했다.

"제발 문 좀 열어 주세요. 허클베리 핀이에요!"

"너라면 밤이든 낮이든 언제나 열어 줘야지. 어서 들어오렴!"

떠돌이 소년이 생전 들어 보지 못한 이상한 소리였다. 그렇게 다정한 말은 들어본 적이 없었다. 특히 '어서 들어오렴.'은 처음 듣는

말이었다. 재빨리 문이 열리고 허클베리가 안으로 들어가자, 노인과 장신의 아들들이 빠르게 옷을 챙겨 입었다.

"애야, 상당히 배가 고프겠구나. 동이 트면 아침 식사가 준비될 테니 같이 아침을 먹자구나. 맘껏 먹으렴! 우린 네가 어젯밤에 찾아올 줄 알았는데."

"너무 무서워서 달아났어요. 총소리를 듣고 5킬로미터나 내리 달렸어요. 그래도 일이 어떻게 됐는지 알고 싶어서 이렇게 찾아온 거예요. 그 악마들을 만나고 싶지 않아서 날이 밝기 전에 온 거고요. 그 악마들이 죽었다면 그 시체조차도 보고 싶지 않아요."

"아이고, 불쌍한 것. 아주 힘든 밤을 보냈구나. 네가 아침을 먹는 동안 잠잘 자리를 봐주마. 그리고 그놈들은 죽지 않았어. 안타까운 일이지. 네가 자세히 설명해준 덕분에 놈들이 어디에 있는지 알 수 있었단다. 옻나무 사이 어두운 길을 지나 5미터 떨어진 곳까지 갔지. 바로 그때 재채기가 나오려고 하더구나. 정말 운이 나빴지! 참으려고 했지만 소용이 없었어. 결국 재채기가 나오고 만 거야! 나는 권총을 들고 맨 앞에 있었는데, 그 불한당 녀석들이 재채기 소리를 듣자마자 달아나 버렸어. 그때 내가 '총을 쏴.'라고 소리치면서 바스락거리는 소리가 나는 곳에 총을 쏴댔단다. 하지만 악당들은 재빠르게 달아났어. 숲속까지 쫓아갔지만 놓쳐 버렸단다. 그 녀석들도 총을 한 발 쐈지만 빗나가는 바람에 다행히 우리는 다치지 않았지. 발자국 소리가 더는 안 들려서 추적을 그만두고 마을로 내려와 보안관을 깨웠어. 보안관이 수색대와 함께 강둑을 살폈지. 이제 날이 밝으면 보안관과 수색 대원들이 숲을 뒤질 거야. 우리 아이들도 같이 갈 거고. 그 녀석들 모습을 알고 있다면 좋을 텐데. 그럼 수색에 아주 큰 도움이 되거든. 하지만 너는 어두워서 볼 수 없었겠지?"

"아, 아니에요. 마을에서부터 그들을 따라갔거든요."

"잘됐구나! 어떻게 생긴 놈들이었니?"

"한 사람은 늙은 벙어리에 귀머거리인 스페인 사람인데, 마을에서 한두 번 봤어요. 다른 한 사람은 누더기 차림에……."

"누군지 알겠어! 더글러스 부인 댁 뒤쪽 숲에서 본 적 있던 놈이야. 우리를 보자마자 달아났지. 얘들아, 보안관한테 가서 이 얘기를 전하거라. 아침 식사는 나중에 하고!"

아들들이 벌떡 일어나 방 밖으로 나갈 때 허클베리가 벌떡 일어나 소리쳤다.

"제가 일렀다고 말하지는 말아 주세요! 제발요!"

"네가 그렇게 말하면 그러마. 하지만 너도 네가 한 일을 인정받는 게 좋지 않겠니?"

"싫어요. 그건 절대로 안 돼요!"

젊은이들이 나가고 노인이 말했다.

"저 애들은 말하지 않을 거야. 나도 그렇고. 그런데 왜 알리고 싶지 않니?"

허클베리는 두 사람 중 한 명에 관해 너무 많은 것을 알고 있는데 그 사실이 알려지고 싶지 않아서라고만 설명했다. 그 남자가 그 사실을 알면 자신을 죽일 게 분명하다고도 말했다.

노인은 한 번 더 비밀을 지키겠다고 다짐했다.

"그런데 어쩌다가 그 녀석들을 미행했니? 수상해 보였어?"

허클베리는 대답할 말을 조심스럽게 골랐다.

"아시겠지만 전 불운한 아이잖아요. 적어도 사람들은 그렇게 말하죠. 저도 아니라고 말 못하겠고요. 그래서 새로운 삶을 살아갈 방

법이 없을까 고민하다 보면 밤에 잠을 못 잘 때가 많아요. 어젯밤에도 잠이 오지 않아서 '자정쯤에' 거리를 돌아다녔어요. 그러다가 여관 옆의 낡은 벽돌 가게에 도착했죠. 거기서 벽에 몸을 기대고는 또 생각에 잠겨 있었어요. 바로 그때 두 사람이 제 곁으로 옆구리에 뭔가를 낀 채 왔죠. 전 그 사람들이 뭔가를 훔쳤다고 생각했어요. 한 명은 담배를 피우고 있었고, 다른 한 명은 불을 빌리고 있었어요. 바로 제 앞에서요. 그리고 담배 불빛 덕분에 스페인 사람의 얼굴이 보였죠. 하얀 구레나룻을 길렀고, 안대를 하고 있었어요. 다른 한 명은 거칠어 보이는 표정에 누더기 차림이었죠."

"담배 불빛이었는데, 누더기 차림까지 볼 수 있었니?"

허클베리는 머뭇거리다가 대답했다.

"음, 잘 모르겠어요. 하지만 그렇게 보였어요."

"그러고 나서 그 녀석들이 움직일 때 넌……."

"그 뒤를 따라갔죠. 네, 맞아요. 그 사람들이 무슨 짓을 하려는 건지 알고 싶었거든요. 살금살금 다니는 게 수상해 보여서요. 더글러스 아주머니 댁까지 그 사람들을 따라갔다가 얘기를 엿들었죠. 누더기 차림의 사람이 스페인 녀석에게 아주머니를 죽이지 말라고 애원하자, 스페인 녀석이 아주머니의 얼굴을 망쳐 놓겠다고 했어요."

"뭐! 벙어리에 귀머거리가 그런 말을 했다고!"

허클베리는 또다시 끔찍한 실수를 저질렀다는 걸 깨달았다! 스페

인 녀석이 누구인지를 숨기려고 애쓰다가 혀를 잘못 놀려서 곤경에 빠지고 만 것이다. 허클베리는 계속 둘러댔지만 노인의 따가운 눈총에 자꾸만 실수를 했다.

"얘야, 날 믿으렴. 아무도 네 머리카락 한 올 못 건드리게 보호해줄게. 그 스페인 녀석이 벙어리도, 귀머거리도 아니구나, 그렇지? 방금 전에 네가 말실수를 했잖니. 이제 와서 숨길 필요 없단다. 넌 그 스페인 녀석에 관해서 뭔가를 알고 있는데, 숨기려고 하는 거야. 이제 날 믿고 사실대로 말해 보렴. 난 널 배신하지 않아."

허클베리는 노인의 정직한 눈빛을 바라보다가 노인의 귀에 속삭였다.

"그 스페인 사람은 인디언 조예요."

노인은 깜짝 놀라 의자에서 떨어질 뻔했다.

잠시 후, 노인이 말했다.

"이제야 분명해지는구나. 네가 귀에 표지를 새기고 코를 찢는다고 얘기했을 때 난 그게 네가 지어낸 소리라고 생각했단다. 백인은 그런 식으로 복수를 하지 않으니까. 하지만 인디언 조라면, 문제가 달라지지."

아침 식사를 하는 동안 이야기가 계속 이어졌다. 노인은 어젯밤 아들들과 함께 한 번 더 핏자국을 찾기 위해 그 주변을 살펴봤다고 말했다. 하지만 보따리 외에는 아무것도 발견하지 못했다.

"보따리요?"

번개라 해도 허클베리의 새파랗게 질린 입술에서 갑자기 튀어나온 말만큼 빠르지는 않을 것이다. 허클베리의 두 눈이 크게 떠졌다. 허클베리는 대답을 기다리는 동안 숨을 멈추었다. 노인도 깜짝 놀랐다. 3초, 5초, 10초가 지나자 마침내 노인이 대답을 했다.

"도둑놈들 연장이었어. 그런데 넌 왜 그러니?"

허클베리는 천천히 숨을 내쉬면서 의자에 다시 기대어 앉았다. 마음이 놓였다. 노인이 호기심 어린 눈빛으로 허클베리를 쳐다보고 말했다.

"도둑놈들 연장이었지. 그런데 넌 그 소리에 무척 안심하는 것 같구나. 왜 그렇게 긴장한 거니? 우리가 무얼 발견할 거라 생각했는데?"

허클베리는 또다시 막다른 곳으로 내몰렸다. 노인의 눈빛이 꿰뚫어 보는 것 같아 무서웠다. 허클베리는 그럴 듯한 핑계를 댈 수만 있다면 무엇이라도 내주고 싶은 심정이었다. 하지만 떠오르는 대답이 없었다. 노인의 눈빛이 점점 더 날카로워졌다. 더 이상은 재면 안 될 것 같아 되는 대로 대답했다.

"주일 학교 책이요."

불쌍한 허클베리는 억지웃음조차 나오지 않았다. 하지만 노인은 온몸이 흔들릴 정도로 크게 웃음을 터뜨렸다. 그리고 이렇게 웃고

살면 의사를 찾을 필요가 없어 돈을 모을 수 있겠다고 농담도 했다.

"불쌍한 녀석, 안색이 창백한 게 지쳐 보이는구나. 몸이 안 좋은 거야. 그러니 횡설수설하는 거지. 하지만 곧 괜찮아질 게다. 푹 자고 나면 좋아질 거야."

허클베리는 바보 같은 짓을 한 자신에게 화가 났다. 사실 두 남자의 이야기를 엿들을 때 그들이 여관에서 가져온 것이 보물은 아닐 거라고 생각했다. 하지만 실제로 그 보따리가 보물인지 아닌지는 확실하지 않았다. 그래서 보따리를 찾았다는 말에 평정심을 잃었던 것이다. 하지만 한편으로는 이 작은 소동에 감사했다. 덕분에 보따리가 보물이 아니라는 사실을 확인해서 마음이 편안해졌기 때문이다. 모든 일이 순조롭게 흘러가는 것 같았다. 보물은 여전히 '2호'에 있었고, 그 남자들이 붙잡히면 오늘 밤에 톰과 함께 아무 문제없이, 그 어떤 방해도 받지 않고 보물을 훔쳐올 수 있을 테니까.

아침 식사가 끝나자마자 노크 소리가 들렸다. 허클베리는 벌떡 일어나서 숨을 곳을 찾았다. 어젯밤의 사건과 어떤 경우라도 얽히고 싶지 않기 때문이다. 노인이 몇몇 여자들과 남자들을 집 안으로 들였다. 그중에는 더글러스 부인도 있었다. 더글러스 부인의 집으로 들어가는 문을 살피기 위해 언덕을 올라가는 사람들도 보였다. 소문이 퍼진 모양이었다. 노인은 어젯밤 일을 방문객들에게 말해 줘야 했다. 더글러스 부인이 도와줘서 고맙다고 인사했다.

"그런 말씀 마세요, 부인. 저와 제 아들들보다 더 큰 감사를 받아야 마땅한 사람은 따로 있답니다. 하지만 그 사람이 이름을 밝히기 싫어해서요. 그 사람이 아니었다면 우리가 부인을 도와주러 가지 못했을 거예요."

그 말을 듣자 사람들은 사건보다 그 미지의 사람을 더 궁금해했다. 하지만 노인은 끝까지 알려 주지 않았고, 사람들은 그 소문을 온 마을에 퍼뜨렸다.

더글러스 부인이 말했다.

"전 그 소동이 일어날 때 침대에서 책을 읽다가 잠이 든 상태였어요. 왜 들어와서 절 깨우지 않으셨나요?"

"그럴 필요가 없다고 생각했습니다. 그 사람들이 다시 돌아올 것 같지 않았거든요. 연장도 놓고 가버렸으니까요. 그런 상황에서 부인을 놀라게 할 필요는 없었죠. 제가 부리는 검둥이 세 명에게 밤새도록 부인의 집을 지키라고도 지시했습니다. 방금까지 그들이 지키고 있었고요."

더 많은 방문객들이 찾아와서 노인은 두어 시간 동안 같은 이야기를 되풀이해야 했다.

방학에는 주일 학교도 문을 열지 않았다. 하지만 모두가 일찍 교회에 모였다. 어젯밤에 일어난 사건 때문이었다. 두 악당은 아직 찾지 못했다. 설교가 끝나자 대처 판사의 아내가 사람들과 함께 복도

를 걸어가는 하퍼 부인에게 다가갔다.

"베키가 하루 종일 자나 봐요? 하긴 무척 피곤하겠죠."

"베키요?"

"네." 대처 판사의 아내가 깜짝 놀란 표정을 지었다. "어젯밤에 베키가 부인 집에 머물지 않았나요?"

"아니요."

대처 부인이 창백한 표정으로 자리에 주저앉았다. 그때 폴리 이모가 다가와 대처 부인에게 말을 걸었다.

"안녕하세요, 대처 부인? 안녕하세요, 하퍼 부인? 우리 애가 아직 집에 오지 않았어요. 아무래도 톰이 어젯밤에 대처 부인이나 하퍼 부인 집에서 잔 것 같은데, 혼날까 봐 교회에도 안 나왔나 봐요. 혼 좀 내줘야겠어요."

힘없이 고개를 흔드는 대처 부인의 안색이 더 창백해졌다.

하퍼 부인이 불안한 목소리로 말했다.

"우리 집에서 자지 않았어요."

폴리 이모의 얼굴에 걱정하는 빛이 어리기 시작했다.

"조, 오늘 아침에 톰 못 봤니?"

"네, 못 봤어요."

"톰을 마지막으로 본 게 언제니?"

조는 기억을 떠올리려고 애썼다. 하지만 확실하게 기억나는 것이

없었다. 교회 밖으로 나가던 사람들이 멈춰 섰다. 교회 안이 술렁거리면서 모두의 얼굴에 불안감이 어렸다. 같이 소풍을 간 아이들과 젊은 선생들이 질문을 받았다. 하지만 다들 톰과 베키가 집으로 가는 증기선에 올라탔는지 모르겠다고 말했다. 사방이 어두워서 누가 탔고 누가 안 탔는지 확인할 생각을 하지 못했기 때문이다. 마침내 한 젊은이가 아이들이 아직 동굴에 있을지도 모른다고 걱정을 토로했! 대처 부인은 기절하고 말았다. 폴리 이모는 양손을 움켜쥐고 울음을 터뜨렸다.

이 놀라운 이야기가 입에서 입으로, 한 무리에서 다른 무리로, 이 거리에서 저 거리로 퍼져 나갔다. 그리고 5분도 되지 않아 비상사태를 알리는 교회 종이 시끄럽게 울리면서 마을이 발칵 뒤집어졌다! 카디프 언덕 사건은 즉각 사람들의 관심 밖으로 밀려났다. 사람들은 말에 안장을 얹었고, 소형 배와 증기선도 출항 준비를 했다. 끔찍한 실종 소식이 알려진 지 30분도 채 되지 않아 200명이나 되는 사람들이 강을 따라서 동굴로 향했다.

오후 내내 마을은 텅 비어 쥐 죽은 듯 조용했다. 동네 부인들이 폴리 이모와 대처 부인 집을 방문해서 두 사람을 위로했다. 그들은 함께 울어 주기도 했는데, 그것은 몇 마디 말보다 훨씬 나았다. 마을 사람들은 밤새도록 소식을 기다렸다. 하지만 아침이 밝고 들려온 소식이라고는 '양초와 음식을 더 많이 보내 주세요.'라는 것뿐이

었다. 대처 부인과 폴리 이모는 거의 미칠 지경에 이르렀다. 대처 판사가 동굴에서 희망과 격려의 말을 전해 왔지만 전혀 위로가 되지 않았다.

웨일스 출신의 노인은 해 뜰 무렵에야 집으로 돌아왔다. 촛농과 진흙을 뒤집어쓴 채 지친 기색이 역력했다. 허클베리는 열이 올라 침대에 누워 헛소리를 하고 있었다. 의사들이 모두 동굴에 갔기 때문에 더글러스 부인이 돌봐 주었다. 부인은 최선을 다해서 보살폈다. 착한 아이든 나쁜 아이든 하나님의 자녀이기 때문에 소홀히 대할 수 없기 때문이라는 것이었다. 노인은 허클베리에게도 장점이 있다고 말했다.

"네, 맞아요. 그게 바로 하나님의 자녀라는 징표죠. 하나님은 그런 징표를 모두에게 준답니다. 절대 빼먹는 법이 없죠. 그분의 손으로 빚으신 모든 생명체에 징표를 주시죠."

이른 아침, 지친 사람들이 마을로 돌아왔다. 기력이 남은 사람들은 수색을 계속했다. 그들은 동굴 깊숙이 모든 구석과 틈새를 수색했다고 했다. 미로 같은 통로 어디에서나 불빛이 환하게 켜지고, 고함 소리와 총소리가 통로 저 아래까지 울려 퍼질 정도로 말이다. 그러다 보통 사람들이 드나들지 않는 곳 바위벽에 '베키와 톰'이라는 이름이 쓰여 있고, 근처에 촛농이 묻은 리본이 떨어져 있었다는 소식이 들렸다. 대처 부인은 그 리본을 알아보고 울음을 터뜨렸다. 그

녀는 그것이 딸아이의 유품이라고 말했다. 딸아이가 끔찍한 죽음을 맞이하기 전까지 지니고 있던 것이니 매우 소중하다고도 했다. 사람들의 말에 따르면, 이따금씩 동굴 속 멀리서 반짝이는 불빛이 보여 달려갔다가 가슴 아픈 실망을 맛보기 일쑤였다고 했다. 실종된 아이들이 아니라 다른 수색 대원의 불빛이었기 때문이다.

끔찍한 낮과 밤이 사흘 동안 계속되었다. 마을 사람들은 이제 망연자실했다. 삶의 의욕도 잃었다. 여관 주인이 술을 숨긴 게 발각되는 엄청난 사건이 있었지만 관심을 거의 받지 못했다. 허클베리는 정신이 맑아지자 최악의 사태를 상상하면서 자신이 아픈 이후로 여관에서 발견된 게 없는지 물어보았다.

더글러스 부인이 말했다.

"있었지."

허클베리는 눈을 커다랗게 뜨고 침대에서 벌떡 일어나 앉았다.

"뭐가 나왔어요? 뭐가 발견됐나요?"

"술이란다! 그 바람에 그 여관은 문을 닫았어. 그만 누워라, 애야. 너 때문에 내가 깜짝 놀랐잖니!"

"한 가지만 더요. 제발요! 그걸 찾아낸 사람이 톰 소여인가요?"

더글러스 부인은 눈물을 흘렸다.

"쉬! 쉬! 애야, 그만 말하렴! 전에도 말했지만 넌 지금 말하면 안 돼. 넌 지금 아주 아픈 상태라고!"

술 외에는 발견된 것이 없는 모양이었다. 금이 나왔다면 온 마을이 떠들썩할 테니까. 그렇다면 보물은 영원히 사라져 버린 거구나! 그런데 더글러스 아주머니는 왜 저렇게 우는 거지? 참으로 이상한 일이었다.

허클베리가 어렴풋이 이런 생각을 하다가 다시 잠 속으로 빠져들었다. 더글러스 부인이 혼잣말을 중얼거렸다.

"잠들었구나, 불쌍한 것. 톰 소여가 그걸 발견했냐고 묻다니! 누군가가 톰 소여를 찾아낸다면 좋겠는데. 이제 희망도 사라지고 사람들도 많이 지쳤는걸."

제 31장

　이제 톰과 베키가 어떻게 됐는지 알아보자. 두 아이는 다른 친구들과 함께 어두컴컴한 동굴 속을 돌아다니면서 '응접실' '대성당' '알라딘 궁전' 등 다소 과장된 이름이 붙은 명소들을 구경했다. 숨바꼭질이 시작되자, 톰과 베키도 열정적으로 참여했지만 차츰 지루해졌다. 그래서 바위벽에 (촛불의 그을음으로) 쓰인 이름과 날짜, 주소, 좌우명 등을 읽으며 꾸불꾸불한 길을 따라 들어갔다. 그런데 계속 이야기를 하다 보니 벽에 낙서가 없는 곳까지 오게 되었다. 두 아이는 선반처럼 생긴 바위에 자신들의 이름을 적어 놓고 앞으로 계속 나아갔다. 이제는 작은 개울이 졸졸 흐르는 곳에 도착했다. 그 개울은 석회암 침전물을 날라 영원히 썩지 않는 바위와 레이스처럼 주름

잡힌 나이아가라 폭포를 만들고 있었다. 톰은 베키를 기쁘게 해주려고 폭포 뒤로 들어가 촛불로 폭포를 비추었다. 그때 좁은 벽 사이로 폭포에 가려져 있던 가파른 계단을 발견했다. 그것을 보는 순간, 톰은 모험심에 사로잡혔다.

톰과 베키는 촛불을 그을려 길을 표시해 두고 탐험을 계속했다. 아이들은 나중에 밖으로 나가 아이들에게 자랑할 신기한 것들을 찾아 이쪽저쪽 길에 표시를 하며 동굴 깊숙한 곳까지 들어갔다. 그러다가 넓은 빈터를 발견했다. 천장에는 길이와 너비가 사람 다리통만큼 굵은 종유석 수십 개가 반짝거리며 매달려 있었다. 두 아이는 감탄하며 바라보다가 갈림길 중 하나로 들어갔다. 곧이어 반짝이는 수정으로 된 서리꽃들로 뒤덮인 매혹적인 샘이 나타났다.

샘은 환상적인 석주들 한가운데 있었다. 그 석주들은 수백 년 동안 물이 떨어지면서 생긴 커다란 종유석과 석순이 합쳐진 것이었다. 동굴 천장에는 박쥐들이 수천 마리씩 웅크린 채 매달려 있었다. 불빛이 번쩍이자 박쥐들이 수백 마리씩 날아 내려와 맹렬하게 달려들었다. 박쥐의 습성을 알고 있던 톰은 위험을 바로 감지하고 베키의 손을 잡아 가장 먼저 눈에 띄는 통로로 뛰어들었다. 하지만 박쥐 한 마리가 그보

다 빠르게 베키의 촛불을 날개로 쳐서 떨어뜨렸다. 박쥐들이 멀리까지 아이들을 쫓아왔다. 하지만 도망자들은 눈에 보이는 대로 샛길에 접어들어 겨우 위험에서 벗어날 수 있었다.

얼마 후, 톰이 지하 호수를 발견했다. 호수는 어둠에 묻혀 길이 얼마나 되는지 잘 보이지 않았다. 톰은 호숫가를 탐험하고 싶었지만, 그 전에 앉아서 쉬는 게 좋겠다고 생각했다. 그제야 아이들은 깊은 적막감을 느끼며 불안해했다.

베키가 말했다.

"지금까지 몰랐는데 다른 아이들 소리가 안 들린 지 한참 된 것 같아."

"베키, 아무래도 우리가 너무 아래쪽으로 내려온 것 같아. 어느 방향으로, 얼마나 멀리 떨어졌는지 모르겠어. 아이들 목소리가 전혀 안 들려."

베키는 점점 불안해졌다.

"우리가 얼마나 여기에 있었지? 돌아가는 게 좋겠어."

"그래. 돌아가자."

"톰, 길을 찾을 수 있겠니? 길이 엄청 꼬불꼬불한 것 같던데."

"찾을 수 있을 거야. 하지만 박쥐들이 있어서 걱정이야. 촛불을 끄면 우리도 움직이지 못하고. 박쥐들이 없는 다른 길로 가보자."

"좋아. 그런데 길을 잃으면 어떡해. 그럼 더 큰일이잖아!"

베키가 끔찍한 상황을 떠올리며 몸을 떨었다.

두 아이는 한참 동안 말없이 통로를 걸었다. 새로운 길이 나오면 눈에 익은 것이 있는지 살펴보았지만 하나같이 낯설기만 했다. 톰이 길을 살필 때마다 베키는 희망을 찾으려고 톰의 얼굴을 살폈다.

톰은 쾌활하게 말했다.

"아, 괜찮아. 여긴 아니지만 곧 길을 찾을 수 있을 거야."

하지만 매번 찾는 길이 나오지 않자 톰은 급기야 닥치는 대로 보이는 길로 들어갔다. 그러면서 겉으로는 '괜찮다.'고 말했지만 마음속으로는 '다 글렀어!'라고 외치며 공포심에 사로잡혔다. 베키는 겁에 질려서 톰 옆에 바짝 붙어 있었고, 울지 않으려고 애썼지만 결국 울음을 터뜨리고 말았다.

마침내 베키가 말했다.

"톰, 박쥐는 신경 쓰지 말고 다시 그 길로 가자! 이러다가는 영영 나가는 길을 찾을 수 없을 것 같아."

톰이 말했다.

"들어봐!"

짙은 침묵만이 흘렀다. 두 아이의 숨소리가 또렷하게 들릴 정도로 고요했다. 톰이 소리를 질렀다. 톰의 외침이 텅 빈 동굴 저 멀리까지 메아리치다가 비웃듯이 사라졌다.

베키가 말했다.

"다시는 그러지 마, 톰. 너무 무서워."

"무섭겠지만 그래도 소리치는 게 나아. 사람들이 우리 목소리를 들을지도 모르니까."

톰이 다시 소리를 쳤다.

톰의 '모르니까'라는 말은 유령의 웃음소리보다 훨씬 더 무섭게 들렸다. 희망이 사라지고 있다는 뜻이었다. 두 아이는 가만히 귀를 기울였다. 하지만 아무런 응답도 들리지 않았다. 즉시 톰은 왔던 길로 되돌아가면서 걸음을 재촉했다. 그러나 얼마 가지 못해 머뭇거리자 베키는 알아차렸다. 톰이 돌아가는 길을 찾지 못한다는 것을!

"톰, 너 표시를 해두지 않았구나!"

"베키, 내가 어리석었어! 진짜 바보 같았다고! 돌아간다는 생각을 왜 안 했을까. 길을 찾을 수가 없어. 어디가 어딘지 모르겠다고."

"톰, 톰, 우린 길을 잃은 거야! 길을 잃었다고! 이 끔찍한 곳에서 벗어날 수 없을 거야. 아, 왜 다른 아이들 곁을 떠났을까!"

베키가 바닥에 주저앉아 미친 듯이 울기 시작하자 톰은 베키가 죽거나 까무러칠까 봐 겁이 났다. 톰은 베키 옆에 앉아 두 팔로 베키를 끌어안았다. 베키는 톰의 가슴에 얼굴을 묻고서 아무짝에도 쓸모없는 넋두리를 쏟아 냈다. 그 소리가 메아리치며 퍼져 나가 비웃음소리로 변했다. 톰은 베키에게 다시 희망을 가져 보라고 애원했지만, 베키는 그럴 수 없다고 말했다. 톰은 베키를 이런 끔찍한

상황에 몰아넣은 자신을 탓하고 비난했다. 그랬더니 조금 효과가 있었다. 베키가 다시 노력해 보겠다고 말했던 것이다. 그러고는 자신도 잘못한 것이 있으니 톰이 이끄는 대로 가겠다고 말하면서 톰에게 자책하지 말라고 일렀다. 두 사람은 다시 움직이기 시작했다. 목적 없이 발길이 닿는 대로 움직였다. 지금 상황에서 할 수 있는 일이란 움직이는 것뿐이었다. 잠시 동안 희망이 살아나는 것 같았다. 그럴 만한 이유가 있어서가 아니라 희망이란 용수철처럼 실패가 계속되어도 사라져 버리지 않고 되살아나는 본질을 지니고 있기 때문이었다.

톰은 베키의 양초를 건네받아 불을 껐다. 지금은 양초도 아껴야 했다! 굳이 설명할 필요가 없었다. 베키 역시 톰의 행동을 이해했다. 하지만 희망도 다시 꺼져버린 것 같았다. 물론 베키는 톰의 주머니에 새 양초 하나와 양초 조각 서너 개가 있다는 사실을 알고 있었다. 하지만 절약을 해야 했기 때문에 그런 행동을 이해했다.

점점 피로가 몰려왔다. 하지만 두 아이는 정신을 차리려고 애썼다. 소중한 시간을 앉아서 쉬는 것만으로 보낼 수 없었다. 계속 움직여야 조금이라도 앞으로 나아가고, 어쩌면 결실을 얻을 수 있을지도 몰랐다. 가만히 앉아 있는 것은 죽음을 부르고, 죽음을 재촉하는 것과 같았다.

마침내 베키의 연약한 다리가 주인의 명령을 따르는 걸 거부했

다. 베키가 바닥에 털썩 주저앉았다. 톰도 베키 옆에 앉아 집과 친구들, 편안한 침대, 무엇보다 빛이 그립다고 말했다! 베키는 그 이야기를 듣고 울음을 터트렸다. 톰은 베키를 위로하려고 애썼다. 하지만 톰이 내뱉는 모든 말은 새로울 게 없었고, 심지어 비꼬는 것처럼 들리기도 했다. 몹시 피곤했는지 베키는 잠들어 버렸다. 톰은 오히려 다행이라고 생각했다. 베키의 핼쑥한 얼굴이 즐거운 꿈이라도 꾸는지 부드러운 표정을 짓더니 미소를 지었다. 베키의 평화로운 얼굴을 보자 톰의 영혼도 치유되는 것 같았다. 톰은 꿈같던 지난 시절을 떠올렸다. 톰이 생각에 깊이 잠겨 있을 때 베키가 웃는 표정으로 잠에서 깨어났다. 하지만 곧바로 미소가 사라지고 신음 소리를 내뱉었다.

"맙소사, 잠들었나 봐! 깨지 않았으면 좋았을 텐데! 아니, 아니야, 톰! 그렇게 보지 마. 다시는 그런 말 하지 않을게."

"네가 잠을 자서 다행이야, 베키. 이제 휴식을 취했으니까 나가는 길을 찾아보자."

"그래. 하지만 꿈속에서 아름다운 세계를 봤어. 우리도 그곳으로 가고 있는지 몰라."

"그렇지 않아. 힘내, 베키. 계속 길을 찾아보자."

두 아이는 일어나서 손을 잡고 절망적인 기분으로 걷기 시작했다. 동굴에서 얼마나 있었는지 짐작조차 되지 않았다. 며칠, 몇 주

가 흐른 것만 같았다. 그러나 남은 양초로 보아 그렇게 오랜 시간이
지난 것 같지는 않았다.

시간이 얼마나 흘렀을까. 한참 뒤에 톰은 조심스럽게 물소리가
들리는 곳을 찾아야 한다고 말했다. 샘을 찾아야 했다. 머지않아 샘
을 찾았다. 톰은 잠시 쉬자고 했다. 둘 다 지칠 대로 지쳐 있었지만,
베키는 좀 더 갈 수 있다고 말했다. 하지만 톰이 반대하자 베키는
깜짝 놀랐다. 이해할 수 없었다. 두 사람은 바닥에 앉았고, 톰이 진
흙으로 양초를 앞쪽에 고정시켰다. 그리고 골똘히 생각하느라 한동
안 아무 말도 하지 않았다.

그때 베키가 침묵을 깨뜨렸다.

"톰, 배고파!"

톰이 주머니에서 뭔가를 꺼내며 물었다.

"이거 기억나?"

베키가 미소를 살짝 머금었다.

"우리 결혼 케이크잖아."

"맞아. 이게 통나무만큼 크면 좋을 텐데. 지금은 이것뿐이야."

"난 추억으로 삼으려고 소풍 올 때 안 가져왔는데. 어른들이 하는
것처럼 말이야. 하지만 이제는 우리……."

베키는 말을 끝맺지 못했다.

톰이 케이크를 잘랐다. 베키가 케이크를 허겁지겁 먹는 동안 톰

은 조금씩 뜯어먹었다. 마실 물은 많았다. 베키가 다시 움직이자고 했다. 하지만 톰은 대답하지 않았다.

그러다가 잠시 후 입을 열었다.

"베키, 내가 무슨 말을 해도 받아들일 수 있어?"

베키의 표정이 굳어졌다. 하지만 베키는 그렇게 하겠다고 했다.

"음, 베키. 우리는 마실 물이 있는 이곳에 머물러야 해. 이게 마지막 양초야!"

베키가 흐느끼기 시작했다. 톰은 베키를 위로하려고 최선을 다했지만 아무런 소용이 없었다.

마침내 베키가 말했다.

"톰!"

"응, 베키?"

"아이들이 우리를 찾을지 몰라."

"그래! 분명히 그럴 거야!"

"지금도 우리를 찾고 있을지 모르지."

"내 생각도 그래. 우리를 찾고 있으면 좋겠다."

"우리가 사라진 걸 언제 알았을까?"

"배로 돌아갈 때 알았을 거야."

"톰, 그때는 날이 어두워서 모르지 않았을까?"

"모르겠어. 하지만 아이들이 집에 도착할 때쯤에는 너희 엄마도

네가 없어진 걸 아셨을 거야."

베키의 겁먹은 표정을 보자 톰은 자기가 실수한 걸 깨달았다. 그 날 밤 베키는 집으로 가지 않을 예정이었기 때문이다. 두 아이는 말 없이 생각에 잠겼다. 잠시 후 베키가 다시 울음을 터뜨렸다. 베키도 톰과 같은 생각을 하고 있었던 것이다. 일요일이 절반 정도 지나고 나서야 대처 부인은 베키가 하퍼 부인의 집에 가지 않았다는 사실을 알게 되리라.

두 아이는 남은 양초에서 시선을 떼지 않았다. 양초는 천천히 녹아내렸다. 마침내 양초 심지가 1센티미터밖에 남지 않았다. 마지막 불꽃이 깜빡이더니, 가는 연기가 피어오르고 마침내 무시무시한 어둠이 내려앉았다!

얼마나 오랜 시간 베키가 톰의 팔에 매달려 울었을까? 그런데도 베키가 잠자다가 깨어나서 마주한 것은 자신들의 비참한 상황이었다. 톰이 오늘은 일요일, 어쩌면 월요일일지도 모른다고 말했다. 그리고 베키가 어떤 말이라도 하길 바랐지만, 베키는 깊은 슬픔에 잠겨 있을 뿐이었다. 톰이 자신들은 실종된 지 한참이 흘렀으니 분명히 수색이 진행되고 있을 거라고 덧붙였다. 그러니 소리를 지르면 대답해줄 누군가가 있을 거라고 말하면서 톰은 소리를 질렀다. 하지만 어둠 속에서 메아리가 무시무시하게 울려 퍼지는 바람에 더 이상 소리를 지르지 않았다.

몇 시간이 흐르고 또다시 아이들은 허기에 시달렸다. 아까 먹다 만 케이크가 톰에게 남아 있었다. 두 아이는 그 케이크를 둘로 나눠 먹었다. 하지만 배는 더욱 고파졌다. 조금 먹어서 오히려 식욕만 자극했던 것이다.

"쉿! 무슨 소리 들었어?"

두 아이가 숨을 죽인 채 귀를 쫑긋 세웠다. 저 멀리서 희미한 소리가 들려왔다. 즉시 톰이 그에 응답하면서 베키의 손을 잡고 소리가 나는 쪽으로 벽을 더듬으며 갔다. 귀를 기울이자 또다시 외침 소리가 들렸다. 아까보다 거리가 가까워진 것이 분명했다.

톰이 말했다.

"사람들이야! 사람들이 오고 있어! 베키, 이제 우린 살았어!"

두 아이의 기쁨은 이루 말할 수 없었다. 두 아이의 걸음걸이가 느려졌다. 구덩이가 많이 있어서 조심해야 했기 때문이다. 그런데 두 아이는 한 구덩이 앞에서 걸음을 멈출 수밖에 없었다. 구덩이 깊이가 1미터는 되는 것 같았다. 아니, 30미터도 더 될 것 같아 도저히 건널 수가 없었다. 톰이 엎드려서 아래로 손을 뻗었지만 바닥에 손이 닿지 않았다. 두 아이는 수색자들이 올 때까지 기다리는 수밖에 없었다. 그런데 귀를 기울여 보니 소리가 점점 멀어지고 있었다! 그리고 얼마 지나지 않아 아무 소리도 들리지 않았다. 참담한 심정에 가슴이 무너져 내렸다! 톰은 목이 쉴 때까지 고함을 질렀지만 소용

이 없었다. 베키에게 희망적인 이야기를 하면서 기다려도 소리는 다시 들리지 않았다.

두 아이는 샘으로 돌아갔다. 지루한 시간은 천천히 흘렀고, 아이들은 다시 잠이 들었다. 잠에서 깨면 허기와 함께 슬픔에 빠졌다. 톰은 지금 화요일쯤 된다고 생각했다.

그때 톰에게 좋은 생각이 떠올랐다. 이렇게 무기력하게 시간의 무게에 짓눌려 지내기보다는 가까이에 있는 샛길들을 탐험해 보는 것이 좋을 것 같았다. 톰이 주머니에서 줄을 꺼내 바위에 묶었다. 그리고 베키를 데리고 줄을 풀면서 앞으로 나아갔다. 스무 걸음쯤 걷자 길이 끊어지고 절벽이 나타났다. 톰은 무릎을 꿇고 앉아 아래쪽을 만져 보고, 가장자리로도 손을 뻗어 닿는 데까지 더듬어 보았다. 오른쪽으로도 팔을 뻗어 보려고 했다. 바로 그때, 20미터도 채 떨어지지 않은 곳에서 촛불을 든 남자의 손이 바위 뒤에서 불쑥 튀어나오는 것 아닌가! 톰은 너무나 반가운 마음에 소리를 질렀다. 그런데 그 사람은 바로 인디언 조였다! 톰은 꼼짝도 할 수 없었다. 그 '스페인 사람'이 사라지는 것을 보고 나서야 안도의 한숨을 쉴 수 있었다. 톰은 조가 법정에서 증언한 자신을 죽이러 온 것이 아닐까 하는 생각까지 들었다. 하지만 메아리 때문에 자기 목소리가 다르게 들렸을 것이라고 판단했다. 톰은 어찌나 놀랐는지 온몸의 힘이 빠지는 것 같았다. 다시 힘을 내서 샘으로 돌아갈 수만 있다면 절대

그곳에서 움직이지 않으리라. 어떤 일이 있어도 인디언 조를 마주 치는 것만은 피하고 싶었다. 톰은 인디언 조를 본 사실을 베키에게 들키지 않으려고 조심했다. 그래서 베키에게는 '행운을 부르기 위 해' 소리를 질렀을 뿐이라고 둘러댔다.

시간이 흐르면서 배고픔과 비참함이 공포를 이겨 냈다. 샘에서 지루하게 기다리다가 한차례 잠을 자고 일어나자 마음이 바뀌었다. 괴로울 정도로 배가 고팠기 때문이다. 톰은 오늘이 수요일이나 목 요일, 어쩌면 금요일이나 토요일쯤 됐을 거라고 짐작했다. 그렇다 면 수색은 끝났으리라. 톰이 베키에게 다른 통로를 탐험해 보자고 제안했다. 인디언 조를 마주칠 위험과 다른 공포도 이겨 내겠다고 도 마음먹었다. 하지만 베키는 기운이 하나도 없어 일어서려고도 하지 않았다. 차라리 지금 이곳에서 기다리다 죽는 게 나을 거라고 도 말했다. 그렇게 오랜 시간이 걸리지 않을 거라고 말하면서 톰에 게 줄을 들고 혼자 탐험을 하라고 일렀다. 그러면서도 가끔씩 돌아 와서 자기와 이야기를 나눠 주고, 끔찍한 죽음의 시간이 다가오면 자기 옆에서 손을 잡아 달라고 부탁했다.

톰은 목이 메었지만 태연하게 베키에게 입을 맞춘 뒤 수색대를 데려오든지 아니면 출구를 찾아내겠다고 다짐했다. 그러고는 줄을 꺼내 한 손에 쥐고 더듬으면서 앞으로 나아갔다. 톰은 허기와 미래 에 대한 불안감으로 뒤숭숭한 마음을 안고 더듬더듬 걸어갔다.

제 32장

　화요일 오후, 어느덧 황혼이 내려앉기 시작했다. 세인트피터즈버그 마을 사람들은 슬픔에 젖어 있었다. 실종된 아이들을 찾지 못했기 때문이다. 아이들을 위해 합동 기도회가 열렸고, 각자 정성을 다해 무수히 기도했건만 좋은 소식은 들려오지 않았다. 수색자들은 아이들을 찾을 수 없을 거라고 말하며 일상으로 돌아갔다. 대처 부인은 몸져누워 간간이 헛소리를 했다. 사람들은 대처 부인이 딸아이를 부르다가 대답이 들려오지 않으니 신음 소리를 내며 다시 눕는 모습을 보고 마음이 찢어지는 것 같다고 말했다. 폴리 이모는 심각한 우울증에 걸려서 회색 머리가 거의 하얗게 새어 버렸다. 화요일 밤에 마을 사람들은 슬픔과 비탄에 잠겨 잠자리에 들었다.

한밤중에 마을의 종이 귀가 찢어질 정도로 시끄럽게 울렸다. 옷을 대충 걸친 사람들이 정신 나간 사람들처럼 거리로 뛰쳐나왔다. 사람들이 소리쳤다.

"모두들 나와요! 모두들 나와! 아이들을 찾았어요! 아이들을 찾았다고요!"

심지어 사람들이 양철 냄비를 두드리고 뿔피리를 불면서 한층 더 시끌벅적해졌다. 사람들은 강 쪽으로 몰려갔다. 아이들이 지붕 없는 마차를 타고 오고 있었다. 사람들은 마차를 둘러싸고 만세를 외치면서 환호성을 질렀다.

마을이 환하게 밝혀졌다. 다시 자러 가는 사람은 없었다. 이렇게 성대한 밤은 이 작은 마을에서 처음 있는 일이었다. 마을 사람들은 30분 동안 대처 판사의 집에서 아이들을 끌어안고 입을 맞추었다. 그리고 대처 부인의 손을 꽉 잡아 주며 뭔가 축하의 말을 전하고 싶어 했지만 아무 말도 못한 채 눈물만 흘렸다.

폴리 이모는 더없이 행복했다. 대처 부인도 마찬가지였다. 동굴에 있는 남편도 이 소식을 들으면 행복해하리라. 톰은 귀를 기울이는 청중들에게 둘러싸인 채 소파에 누워 모험담을 부풀려서 늘어놓았다. 베키를 혼자 두고 동굴을 둘러본 이야기, 두 개의 샛길로 줄이 닿는 곳까지 들어간 이야기를 했다. 그리고 세 번째 샛길에서 줄이 닿는 지점까지 갔다가 돌아가려던 차에 빛을 발견하고는 길을

더듬어 작은 구멍을 찾은 이야기, 그리고 그 구멍으로 머리와 어깨를 내밀어 미시시피강을 발견한 이야기도 풀어놓았다!

그때가 만약 밤이었다면 빛이 새어 들어오는 작은 지점을 발견하지 못했고, 더욱 깊숙이 탐험하지도 못했을 것이라고 덧붙였다. 톰은 베키에게 돌아가 이 기쁜 소식을 전했지만, 처음에 베키는 피곤한데다 자신이 곧 죽을 목숨이며 실제로도 죽고 싶은 심정이니 그런 소리로 마음을 어지럽히지 말라고 믿지 않았다는 말도 전했다. 그리고 얼마나 힘들게 베키를 설득했는지, 베키가 길을 더듬어 나아가 푸른 빛이 보이는 곳에 이르자 얼마나 기뻐했는지, 어떻게 먼저 구멍으로 나가서 베키를 밖으로 끌어냈는지, 둘이서 얼마나 많은 기쁨의 눈물을 흘렸는지, 작은 배를 타고 지나가는 사람들에 의해 어떻게 구출되었는지에 대해 이야기했다. 배를 탄 사람들은 처음에 자신들의 황당한 이야기를 믿지 않았다고 했다. '동굴이 있는 계곡은 상류 쪽으로 8킬로미터나 떨어져 있다.'는 것이 그 이유였다. 그들은 아이들을 데려가 밥을 먹이고는 해가 진 뒤 두세 시간 동안 쉬게 한 후에 집으로 데려다 주었다고 했다.

동이 트기 전에 대처 판사와 몇몇 수색 대원들은 허리에 맨 밧줄에 이끌려 나오자마자 기쁜 소식을 전해 들었다.

톰과 베키는 허기에 시달리며 힘들게 보낸 사흘 밤낮의 여파를 쉽게 떨쳐 버릴 수 없었다. 수요일과 목요일 내내 누워서 지냈는데

도 기운이 계속 빠지는 것 같았다. 톰은 목요일이 거의 다 지나고 나서야 기운을 좀 차렸고, 금요일에는 마을에 나가 보았으며, 토요일에는 거의 회복되었다. 하지만 베키는 일요일까지도 방에서 나오지 못했다. 마치 몹쓸 병을 앓는 사람 같았다.

톰은 허클베리가 아프다는 이야기를 듣고 금요일에 만나러 갔지만 침실에는 들어갈 수 없었다. 토요일과 일요일에도 마찬가지였다. 그 후로는 찾아와도 좋다고 허락을 받았지만 모험담이나 흥미진진한 이야기를 하지 말라는 주의를 받았다. 더글러스 부인은 톰이 자신이 시킨 대로 하는지 확인하기 위해 곁을 떠나지 않았다. 집에 돌아온 톰은 카디프 언덕 사건을 전해 들었다. 그러던 차에 '누더기를 입은 사람'의 시체가 증기선 근처의 강에서 발견됐다는 소식을 들었다. 도망치려다가 물에 빠져 죽은 것 같았다고 했다.

톰은 동굴에서 빠져나온 지 거의 2주가 지난 뒤에 허클베리를 찾아갔다. 그동안 허클베리는 기력을 많이 회복해서 모험담을 들을 수 있게 되었다. 톰은 자기 이야기에 허클베리가 관심을 가질 것이라고 생각했다. 일단 그 전에 베키부터 만나려고 대처 판사의 집에 들렀다. 판사와 판사의 친구들 몇 명이 톰에게 이것저것 물어보자, 누군가가 장난치듯 톰에게 동굴에 다시 가고 싶은지 물었다. 톰은 동굴에 다시 못 갈 것도 없다고 대답했다.

그러자 판사가 말했다.

"너 같은 애들이 또 있겠지. 당연해. 그래서 우리가 조치를 취했단다. 이제 어느 누구도 동굴에서 길을 잃는 사람은 없을 거야."

"어떻게요?"

"2주 전에 동굴 입구를 커다란 철판으로 막아 버렸거든. 삼중으로 자물쇠도 달아 놓고. 열쇠는 내가 갖고 있지."

톰의 얼굴이 백지장처럼 하얘졌다.

"왜 그러니, 얘야? 이봐, 누가 가서 물 좀 가져와!"

누군가 톰에게 찬물을 끼얹었다.

"이제 괜찮아 보이는구나. 대체 무슨 일이니, 톰?"

"판사님, 동굴 속에 인디언 조가 있어요!"

제 33장

그 소식은 몇 분도 되지 않아 퍼져 나갔다. 남자 대여섯 명을 태운 10여 척의 작은 배가 맥두걸 동굴로 향했다. 승객들을 가득 실은 증기선도 그 뒤를 따랐다. 톰 소여는 대처 판사와 함께 작은 배에 올라탔다.

동굴 문을 열자 희미한 불빛 사이로 비참한 광경이 보였다. 인디언 조가 문틈에 얼굴을 바짝 갖다댄 채 바닥에 누워 있었던 것이다. 마지막 순간까지도 바깥세상의 빛과 자유의 기운을 느껴 보려고 한 것 같았다. 비슷한 경험이 있는 톰은 그 불쌍한 사람이 얼마나 고통을 받았을까 싶어 마음이 아리고 동정심이 일었다. 동시에 안도감과 안전하다는 느낌이 들었다. 자신이 그 냉혈한 무법자에게 불리

한 증언을 한 이후로 얼마나 극심한 공포심에 짓눌려 지냈는가.

인디언 조의 칼이 두 동강 난 채 시체 옆에 있었다. 오랫동안 탈출하려고 애쓴 듯 커다란 문의 아랫부분이 난도질되어 있었다. 하지만 소용없는 짓이었다. 문 바깥에 칼로 어떻게 할 수 없는 큰 바위 하나가 문턱 노릇을 하고 있었던 것이다. 바위에 흠집을 내려다가는 칼만 상할 뿐이었다. 하지만 그 바위가 없었다 해도 인디언 조의 노력은 쓸데없는 짓이었으리라. 아무리 문짝 아래를 잘라 낸다고 해도 빠져나올 수는 없었을 테니까. 인디언 조도 알고 있었을 것이다. 다만 아무것도 안 할 수가 없어 이처럼 문짝에 흠집을 냈을 터이다. 보통은 동굴 입구에 관광객들이 버리고 간 양초 대여섯 개가 있게 마련이었다. 하지만 하나도 보이지 않았다. 죄수 인디언 조가 다 먹어 치운 것 같았다. 게다가 박쥐를 잡아먹었는지 주변에는 박쥐 발톱도 있었다. 이 불쌍하고 불운한 악당은 굶어 죽은 것이었다. 인디언 조의 시체 근처에 석순 하나가 오랜 세월에 걸쳐 천장에서 떨어지는 물방울을 받아 천천히 자라나고 있었다. 인디언 조는 그 석순을 부러뜨리고 움푹 파인 돌멩이 하나를 갖다 놓았다. 규칙적으로 3분에 한 방울씩 떨어져 스물네 시간이 지나면 디저트용 숟가락 하나 분량만큼 고이는 물을 받기 위해서인 것 같았다. 그 물방울은 피라미드가 새롭게 건설되고, 트로이가 함락되고, 고대 로마의 기반이 놓여지고, 예수가 십자가에 못 박히고, '정복왕'(윌리엄 1

세)이 대영제국을 건국하고, 콜럼버스가 항해를 떠나고, 렉싱턴 대학살 사건이 '화제'가 될 때도 떨어지고, 지금도 떨어지고 있었다. 이 모든 일이 역사 속 전통의 그늘로 사라지고, 망각의 밤으로 집어삼켜질 때도 떨어지리라. 모든 일에는 목적과 사명이 있는 걸까? 5000년 동안 끈기 있게 떨어지는 이 물방울은 벌레 같은 인간의 욕구를 충족시켜 주려고 존재한단 말인가? 그리고 다가올 1만 년 후를 위해 이렇게 버텨 내고 있는 걸까? 아무래도 상관없었다. 불운한 혼혈아가 소중한 물을 받으려고 돌을 파내고 많은 세월이 흐른 오늘날까지도 관광객들은 맥두걸 동굴의 그 애처로운 돌과 천천히 떨어지는 물방울을 뚫어지게 응시하면서 경이로움을 느끼니까. 이처럼 인디언 조의 돌 컵은 맥두걸 동굴에서 가장 인기 있는 명소가 되었다. 심지어 '알라딘 궁전'도 인디언 조의 돌 컵에는 상대가 되지 않을 정도다.

인디언 조는 동굴 입구 근처에 묻혔다. 마을 사람들뿐만 아니라 10킬로미터 내에 있는 모든 농장과 마을 사람들이 배와 마차를 타고 모여들었다. 이들은 아이들과 함께 먹을 것을 잔뜩 챙겨서 장례식에 참석하고는 교수형을 구경한 것처럼 만족스러워했다.

이 장례식으로 한 가지 일이 진행되지 못하고 있었다. 주지사에게 인디언 조를 사면시켜 달라고 탄원서를 내는 일이었다. 많은 사람들이 그 탄원서에 서명을 했다. 눈물을 흘리며 열변을 토하는 모

임도 수차례 열렸다. 심지어 여자들은 위원회를 만들어 주지사를 찾아가 눈물을 쏟으며 부디 한번만이라도 자비를 베풀어 달라고 탄원했다. 이는 주지사에게 자비로운 바보 멍청이가 되어 의무를 저버리라는 말과 같았다. 인디언 조는 마을 사람 다섯 명을 죽였다고 한다. 하지만 그게 어떻단 말인가? 그가 악마였다고 해도 그의 석방 탄원서에 서명해 주고, 고장난 수도관처럼 눈물을 흘려줄 마음 약한 사람들이 많은데.

장례식 다음 날 아침, 톰은 중요한 이야기를 나누려고 허클베리를 조용한 장소로 데려갔다. 허클베리는 웨일스 출신 노인과 더글러스 부인한테서 톰의 모험담을 들어서 알고 있었다. 하지만 그들이 허클베리에게 말해 주지 않은 것이 한 가지 있었다. 그리고 톰이 바로 지금 그 이야기를 하려는 것이었다. 허클베리가 슬픈 표정을 지었다.

"무슨 말인지 알아. 네가 '2호'에 가보니 위스키밖에 없었다는 거지? 금지된 위스키를 발견한 사람이 너라고 아무도 말해 주지 않았지만 난 듣자마자 네 짓이라는 걸 알았지. 네가 돈을 찾지 못했다는 것도 알아. 찾으면 나한테 말했을 테니까. 다른 사람들한테는 말 안 하고 말이야. 어쩐지 그 돈을 손에 넣지 못할 것 같더라고."

"허크, 난 여관 주인을 고발하지 않았어. 내가 소풍을 가던 토요일에는 그 여관에서 아무 일도 없었잖아. 그리고 그날 밤에 네가 망

354

을 보기로 한 거 기억나?"

"그랬지! 와아, 1년은 지난 일 같다. 바로 그날 밤에 내가 인디언 조를 미행해서 더글러스 아주머니네로 갔거든."

"네가 인디언 조를 미행했어?"

"응. 하지만 이건 비밀로 해줘. 인디언 조의 친구들이 아직 남아 있을 테니까. 그 녀석들한테 보복당하는 건 싫거든. 내가 방해하지 않았다면 인디언 조는 지금쯤 텍사스로 무사히 도망쳤을걸."

허클베리가 자신의 모험담을 신나게 풀었다. 톰은 노인한테서 들은 내용만 알고 있었다.

"그러니까." 이제 허클베리는 본론으로 들어갔다. "누군지는 몰라도 2호에서 술을 훔친 사람이 돈도 훔쳤을 거야. 어쨌든 우리가 돈을 차지할 기회는 날아가 버린 거지."

"허클베리, 그 돈은 2호에 없었어!"

"뭐라고!" 허클베리가 친구의 얼굴을 유심히 살펴보았다. "톰, 네가 그 돈을 찾았어?"

"그 돈은 동굴 속에 있어!"

허클베리의 눈빛이 빛났다.

"다시 말해봐, 톰."

"돈이 동굴 안에 있다고!"

"톰, 솔직히 말해. 진짜야, 농담이야?"

"진짜야. 난 지금 어느 때보다 진지하다고. 나와 같이 동굴에 들어가서 돈을 가지고 나올래?"

"물론이지! 동굴에서 길을 잃지만 않는다면 말이야."

"무사히 들어갔다 나올 수 있어."

"좋아! 근데 왜 돈이 거기에 있지?"

"일단 들어가 보면 알 거야. 우리가 돈을 못 찾으면 내 북이랑 내가 가진 전부를 줄게. 정말이야."

"좋아. 언제 갈 건데?"

"네가 좋다면 지금 당장. 너 몸은 이제 괜찮은 거지?"

"동굴 깊숙한 곳에 있어? 사나흘 동안 조금 걸어보기는 했지만, 1킬로미터 이상은 못 걸을 것 같거든."

"다른 사람이라면 8킬로미터는 걸어가야겠지. 하지만 난 지름길을 알아. 허크, 배를 타고 가자. 내가 배를 띄우고 노도 저을게. 넌 손 하나 움직이지 않아도 돼."

"그럼 지금 출발하자, 톰."

"좋아. 빵과 고기, 파이프, 작은 자루 한두 개, 줄 두세 개, 새로 나온 성냥이 필요해. 지난번에 동굴에 있을 때 필요했던 물건들이거든."

정오가 조금 지나서 두 아이는 주인이 없는 작은 배 한 척을 빌려 타고 출발했다. '케이브할로'에서 몇 킬로미터 떨어진 곳에 배가 다

다랐다.

이윽고 톰이 말했다.

"케이브할로에서 여기까지 이어진 절벽을 봐봐. 다 똑같아 보이지? 집도 없고, 헛간도 없고, 덤불도 모두 똑같아 보이고. 하지만 저 위에 산사태가 나서 하얗게 보이는 부분이 있지? 바로 저기야. 이제 배에서 내리자."

두 아이가 배를 대고 뭍으로 올라갔다.

"허크, 내가 빠져나온 구멍은 지금 우리가 서있는 곳에서 낚싯대 하나 길이만큼 떨어져 있어. 얼른 가서 찾아보자."

그런데 허클베리가 샅샅이 살펴봤지만 아무것도 찾아내지 못했다. 톰이 무성한 옻나무 덤불 사이로 으스대며 걸어 들어갔다.

"여기야, 허크! 이 세상에서 가장 은밀한 구멍이야. 이 장소는 비밀이야. 줄곧 의적이 되면 이런 장소가 필요하다고 생각했거든. 그런데 어디에 이런 곳이 있나 고민했지. 이제 그런 장소가 생긴 거야. 대신 비밀로 해야 해. 조 하퍼와 벤 로저스한테만 알려 주자. 의적단이어야 그럴 듯해 보이니까 말이야. '톰 소여 의적단', 어때? 멋지지 않아?"

"좋은데! 그런데 누굴 털 거야?"

"아무나 털지 뭐. 길 가는 사람을 덮치는 거야. 대체로 그렇게 하잖아."

"그러고 나서 죽이고?"

"아니, 항상 그렇지는 않아. 몸값을 받을 때까지 동굴에 가둬 두는 거지."

"몸값이 뭐야?"

"그거야 돈이지. 우리가 납치한 사람의 친구들에게 가능한 한 돈을 많이 가져오라고 하는 거야. 돈을 받지 못하면 1년 동안 잡아 두다가 죽이고 말이지. 보통 그렇게들 해. 다만 여자들은 죽이지 않아. 가둬 놓기만 하고 죽이지는 않지. 여자들은 아름답고 겁이 많은 데다 부자거든. 여자들한테서 시계와 물건들을 빼앗을 수는 있지만 그래도 여자들한테는 항상 모자를 벗고 정중하게 인사해야 해. 의적만큼 예의 바른 사람은 또 없으니까. 책에도 그렇게 나와. 그럼 여자들이 너를 사랑하게 될 거야. 동굴에 1주나 2주 정도 갇혀 지내면 우는 것도 멈추고, 떠나라고 해도 떠나지 않을걸. 그때는 여자들을 억지로 쫓아내면 다시 돌아온다니까. 모든 책에 그렇게 적혀 있어."

"이야, 그거 진짜 멋지다, 톰. 해적이 되는 것보다 훨씬 나은 것 같아."

"응, 진짜 그렇다니까. 집에서도 가깝고, 서커스도 볼 수 있고, 그 밖에 좋은 점이 많아."

모든 준비가 끝난 후 톰이 앞장서고, 허클베리가 그 뒤를 따라 구

멍 안으로 들어갔다. 두 아이는 바위에 줄을 단단하게 묶어 놓고 동굴 깊숙한 곳까지 걸어갔다. 곧이어 샘이 나타났다. 톰은 온몸을 훑고 지나가는 전율을 느꼈다. 허클베리에게 벽 쪽에 진흙으로 붙여 놓은 양초 심지 조각을 보여 주며 자신과 베키가 마지막 촛불을 어떤 심정으로 지켜보았는지 설명해 주었다.

두 아이는 속삭였다. 동굴 속의 적막함과 어둠에 짓눌렸기 때문이다. 두 아이는 계속 앞으로 나아가 '절벽'에 다다랐다. 양초로 주위를 밝히자 그곳은 벼랑이 아니라 높이가 6미터에서 9미터쯤 되는 가파른 진흙 언덕이었다.

"허크, 너한테 보여줄 게 있어." 톰이 양초를 높이 들면서 말했다. "저 구석을 봐. 보여? 저 위에 있는 커다란 바위 말이야. 촛불을 그을려서 그려 놓은 거 있지?"

"톰, 저건 십자가인걸!"

"'2호'가 어디였는지 기억해? '십자가 아래'였잖아, 기억나지? 바로 저기서 인디언 조가 양초를 쑥 내밀었다고!"

허클베리는 그 신비로운 표지를 한동안 바라보다가 떨리는 목소리로 말했다.

"톰, 여기서 나가자!"

"뭐? 보물을 놔두고?"

"응, 놔두고 가자. 인디언 조의 유령이 근처에 있을 거야."

"아냐, 그럴 리 없어. 허크, 그건 말도 안 돼. 유령은 조가 죽은 자리를 떠돌 거야. 동굴 입구 쪽에서 말이야. 여기는 그곳에서 8킬로미터나 떨어져 있다고."

"아냐, 톰. 유령은 돈 근처에 있을 거야. 유령들은 원래 그렇다고. 너도 잘 알잖아."

톰은 허클베리의 말이 맞을까 봐 두려웠다. 마음이 점점 불안해지는 가운데 한 가지 생각이 떠올랐다.

"허크, 우리는 진짜 바보 같아! 인디언 조의 유령은 십자가 근처에 오지 못해!"

정곡을 찌르는 말이었고, 그 효과도 아주 뛰어났다.

"그 생각은 못했네. 네 말이 맞아. 십자가가 있다니, 운이 좋았어. 어서 상자를 찾아보자."

톰은 진흙 언덕을 쿡쿡 밟으며 내려갔다. 허클베리가 그 뒤를 따라갔다. 커다란 바위가 있는 곳부터 통로가 네 개 있었다. 두 아이는 통로 세 개를 뒤져 보았지만 아무것도 찾아내지 못했다. 그러다가 바위 밑바닥에서 가장 가까운 통로에 움푹 들어간 곳을 찾아냈다. 그곳에는 이불이 펼쳐져 있었고, 낡은 멜빵 하나와 베이컨 껍질 약간, 잘 발라먹은 새 뼈다귀 두어 개가 있었다. 하지만 돈 상자는 없었다. 두 아이는 그 장소를 뒤지고 또 뒤졌지만 헛수고였다.

톰이 말했다.

"십자가 아래에 있다고 했어. 음, 십자가 아래에서 가장 가까운 곳은 여기가 맞는데. 바위 바로 밑은 아니야. 바위가 땅속에 단단히 박혀 있으니까."

아이들은 다시 한 번 샅샅이 뒤져 보았지만 아무것도 발견할 수 없었다. 두 아이는 실망해서 주저앉았다. 허클베리는 아무 말도 하지 않았다.

잠시 후 톰이 입을 열었다.

"허크, 저거 봐. 바위 한쪽에만 발자국이랑 촛농이 있어. 다른 쪽은 깨끗한데. 이게 무슨 뜻이지? 돈이 이 바위 아래에 있다는 거야. 진흙 아래를 파봐야겠어."

허클베리가 생기 넘치는 목소리로 말했다.

"좋은 생각이야, 톰!"

톰이 곧장 '발로칼'을 꺼냈다. 10센티미터도 파지 않았는데 나무에 부딪히는 소리가 났다.

"이봐, 허크! 이 소리 들었어?"

허클베리도 땅을 파기 시작했다. 널빤지가 드러났다. 널빤지를 들어 올리자 바위 아래에 자연적으로 생긴 구멍이 드러났다. 톰이 최대한 멀리까지 팔을 집어넣어 촛불로 비추었다. 하지만 끝이 보이지 않았다. 결국 안에 들어가 보기로 했다. 그래서 몸을 숙이고 아래로 기어들어갔다. 내려갈수록 점점 구멍이 좁아졌다. 톰이 꼬

불꼬불한 길을 따라 오른쪽, 왼쪽으로 왔다 갔다 하면 허클베리도 똑같이 오른쪽, 왼쪽으로 왔다 갔다 했다. 마침내 톰이 모퉁이를 돌고는 소리를 질렀다.

"맙소사, 허크. 여기 좀 봐!"

보물 상자였다. 그밖에도 빈 화약통과 가죽 상자에 든 총 두 자루, 낡은 가죽신 두세 켤레, 가죽 벨트 하나, 물에 젖은 잡동사니들이 있었다.

"마침내 찾았어!" 허클베리가 금화들을 만지면서 소리쳤다. "와아, 이제 우린 부자야!"

"허크, 난 언젠가 우리가 반드시 보물을 찾을 거라고 생각했어. 그리고 이렇게 진짜로 손에 넣다니! 여기서 노닥거릴 때가 아냐. 어서 보물을 가지고 나가자. 상자를 들 수 있는지 한 번 들어 보자."

상자는 무게가 20킬로그램쯤 나가는 것 같았다. 톰은 어정쩡하게 상자를 들어 올릴 수는 있었지만 들고 나가기는 어려웠다.

"이럴 줄 알았어. 유령의 집에서 두 사람이 이걸 들고 나갈 때 상당히 무거워 보이더라. 작은 자루에 옮기는 게 좋겠어."

아이들은 자루에 돈을 옮겨 담아 십자가 표지가 있는 곳까지 들고 갔다.

허클베리가 말했다.

"총과 다른 것들도 가져가자."

"그것들은 여기 놔둬. 의적놀이를 재미있게 하려면 필요한 것들이니까 여기에 두자. 그리고 여기서 술 파티를 여는 거야. 술 파티를 벌이기에 아주 좋은 장소잖아."

"술 파티?"

"나도 잘 모르지만 의적들은 항상 술 파티를 즐긴대. 그러니까 우리도 파티를 즐겨야지. 어서 가자, 허크. 여기 너무 오래 있었어. 배도 고프고. 배로 가서 뭘 좀 먹고 담배를 피우자."

두 아이는 옻나무 덤불 사이로 나와 조심스럽게 주위를 살피고는 강변으로 갔다. 그러고는 곧이어 배에 올라타서 배를 채우고 담배를 피웠다. 태양이 지평선 아래로 떨어질 때 두 아이는 마을을 향해 출발했다. 톰은 허클베리와 신나게 수다를 떨면서 황혼에 물든 강을 따라 노를 저었고, 날이 깜깜해지고 나서야 뭍에 도착했다.

"자, 이제 더글러스 아주머니네 헛간 다락에 돈을 숨겨 놓자. 내일 아침에 돈을 세어 보고 서로 나눠 갖는 거야. 그러고 나서 숲속에 안전하게 숨겨 놓을 장소를 찾아보자고. 내가 달려가서 베니 테일러네 작은 손수레를 가져올 테니까 여기서 기다리면서 망을 좀 봐. 금방 갔다 올게."

톰은 금세 손수레를 갖고 돌아왔다. 그리고 작은 자루 두 개를 손수레에 싣고 낡은 누더기로 덮어서 손수레를 끌기 시작했다. 웨일스 출신 노인의 집 앞에서 잠시 쉬기 위해 걸음을 멈추었다. 다시

손수레를 끌려고 할 때 노인이 밖으로 나와서 말했다.

"거기 누구요?"

"허클베리와 톰 소여예요."

"어이쿠, 잘됐다! 날 따라오렴. 다들 너희를 기다리고 있단다. 어서. 손수레는 내가 끌어 주마. 어, 이거 상당히 무거운데, 벽돌이라도 들었니? 아니면 고철?"

톰이 말했다.

"고철이요."

"그럴 줄 알았다. 마을 아이들은 75센트밖에 하지 않는 고철을 모아다가 주조 공장에 파느라 고생하더구나. 평범한 일을 하면 두 배는 더 벌 수 있을 텐데. 하지만 그게 인간의 본성이지. 서둘러라. 서둘러!"

두 아이는 왜 서두르는지 궁금했다.

"궁금해할 필요 없다. 더글러스 부인 댁에 가보면 절로 알게 될 테니."

허클베리는 한두 번 누명을 쓴 게 아니어서 불안한 목소리로 말했다.

"할아버지, 우린 아무 짓도 안 했는데요."

노인이 웃음을 터뜨렸다.

"그건 잘 모르겠는데, 얘야. 넌 더글러스 부인이랑 친하지 않니?"

"네, 더글러스 아주머니가 저한테 잘해 주시지요."

"그럼 뭘 걱정하는 거니?"

허클베리는 뭐라고 대답하기도 전에 톰과 함께 떠밀려서 더글러스 부인의 집 거실로 들어갔다. 노인은 손수레를 문 옆에 두고 따라 들어왔다.

불이 환하게 켜진 집에 마을 주요 인사들이 모두 모여 있었다. 대처 부부, 하퍼 부부, 로저스 부부, 폴리 이모, 시드, 메리, 목사, 편집장 등 권위 있는 사람들이 모두 말끔하게 옷을 차려 입고 있었다. 더글러스 부인은 진흙과 촛농을 뒤집어써서 흉한 몰골인 두 아이를 누구보다 진심으로 맞이했다. 폴리 이모가 톰이 부끄러운 나머지 인상을 찌푸리고 고개를 가로저었다. 하지만 현재 두 아이만큼 당황한 사람도 없었다.

노인이 말했다.

"톰이 집에 없길래 포기하고 오는데 마침 우리 집 앞에서 톰과 허클베리를 만났답니다. 그래서 이렇게 서둘러 데리고 들어왔지요."

더글러스 부인이 말했다.

"정말 잘하셨어요. 얘들아, 이리 오렴."

부인이 아이들을 침실로 데려갔다.

"이제 씻고 옷을 갈아입으렴. 셔츠와 양말 등 모두 준비해 놨단다. 저건 허클베리의 옷이야. 사양하지 말고 입으렴. 존스 할아버지

와 내가 한 벌씩 샀단다. 너희한테 잘 맞을 거야. 어서 입어봐. 기다리고 있을 테니, 다 입거든 내려오렴."

그러고는 더글러스 부인은 자리를 떴다.

제 34장

허클베리가 말했다.

"톰, 밧줄만 있으면 난 타고 내려갈 수 있어. 창문이 그렇게 높지 않거든."

"왜? 도망치려고?"

"음, 난 사람이 많은 데는 익숙하지 않아. 그런 자리는 견딜 수가 없어. 난 아래층으로 내려가지 않을 거야."

"쓸데없는 소리! 이건 별일 아냐. 난 아무렇지도 않으니까 내가 널 돌봐 줄게."

그때 시드가 나타났다.

"형, 폴리 이모가 오후 내내 형을 기다렸어. 메리 누나가 형의 주

일 학교용 옷을 준비해 뒀고. 다들 형 때문에 걱정했어. 근데 형 옷에 묻은 게 진흙이랑 촛농 아냐?"

"시드, 넌 네 일이나 신경 써. 그런데 도대체 왜들 이러는 거야?"

"더글러스 아주머니가 여는 파티래. 존스 할아버지와 두 아들을 위해서 파티를 열었대. 그들이 지난번에 더글러스 아주머니를 구해 줬잖아. 그리고 알려줄 게 있는데, 말해 줄까?"

"뭔데?"

"존스 할아버지가 오늘 밤에 사람들에게 깜짝 놀랄 만한 이야기를 말할 거래. 오늘 할아버지가 폴리 이모한테 말하는 걸 엿들었어. 이제는 비밀도 아닌 것 같지만. 모두 다 알더라고. 더글러스 아주머니도 알면서 모르는 척하는 것 같았어. 그런데 할아버지 말이 허클베리가 반드시 이 자리에 있어야 한대. 허클베리가 없으면 그 대단한 비밀이 중요하지 않다는 거야."

"그 비밀이 뭔데?"

"더글러스 아주머니의 집까지 도둑들을 뒤쫓아간 허클베리에 대한 이야기겠지 뭐. 할아버지가 모두를 깜짝 놀라게 하고 싶은 모양인데, 아마 실망할 거야."

시드가 매우 만족스러운 듯 킬킬거렸다.

"시드, 네가 그 비밀을 폭로한 거지?"

"누가 그랬건 무슨 상관이야. 다들 알고 있다는 게 중요하지."

"시드, 이 마을에서 그런 짓을 할 사람은 너밖에 없어. 네가 그 자리에 있었다면 아마 허크처럼 더글러스 아주머니를 구하지 못했을 거야. 넌 비열한 짓밖에 못하니까. 누군가가 착한 일을 하고 칭찬받는 꼴을 못 보잖아. 더글러스 아주머니 말을 흉내 내자면 나도 너 같은 건 사양하겠어." 톰은 시드의 뺨을 찰싹 친 다음 발로 차서 문밖으로 쫓아냈다. "자, 가서 이모한테 다 일러. 그랬다가는 내일 혼쭐이 나겠지만!"

얼마 후, 손님들이 식탁에 자리를 잡고 앉았고, 열두 명 정도 되는 아이들이 관습에 따라 옆에 있는 작은 탁자를 차지했다. 존스 노인이 먼저 짤막하게 인사말을 했다. 자신과 아들들을 위해 이런 자리를 마련해준 부인에게 감사의 뜻을 전했다. 그러고는 이런 호의를 받아야 할 또 한 사람이 있는데, 너무 겸손하다면서 장황하게 이야기를 늘어놓았다. 그러다가 가장 극적인 순간에 그 사람이 허클베리라고 폭로했다. 사람들은 진심으로 놀라거나 떠들썩하고 야단스러운 반응을 보이지 않았다. 하지만 더글러스 부인만은 상당히 놀란 척하며 허클베리에게 칭찬과 감사의 말을 쏟아 냈다. 허클베리는 모든 사람의 시선과 칭찬을 한 몸에 받는 이 상황이 얼마나 불편한지 새 옷을 입어 불편한 것은 거의 잊고 말았다.

더글러스 부인은 자신이 허클베리를 거두어 교육을 시키겠다고 말했다. 그리고 경제적 여유가 생기면 허클베리가 장사를 할 수 있

도록 도와주겠다고 했다.

톰은 이때다 싶어서 말을 꺼냈다.

"허클베리한테 돈은 필요 없어요. 이미 부자거든요."

사람들은 이 유쾌한 농담에 웃음이 나왔지만 점잖은 나머지 웃음을 꾹 눌러 참았다. 침묵이 다소 어색하게 흘렀다.

톰이 그 침묵을 깨뜨렸다.

"허클베리한테는 돈이 있다니까요. 믿지 못하시겠지만 돈이 엄청 많아요. 정말이에요. 웃지 마세요. 증거를 보여 드릴 수 있으니까요. 잠깐만 기다리세요."

톰이 문밖으로 달려 나갔다. 나머지 사람들은 당혹스러운 표정으로 서로를 쳐다보더니 말문이 막힌 허클베리에게 호기심 어린 시선을 보냈다.

폴리 이모가 말했다.

"시드, 톰이 왜 저러니? 도대체 쟤는 어떻게 된 애인지. 저런 모습은……."

톰이 안으로 묵직한 자루를 끌고 들어오는 바람에 폴리 이모는 말을 끝맺지 못했다.

톰이 식탁 위에 금화를 와르르 쏟아놓으면서 말했다.

"보세요. 제 말이 맞죠? 여기 있는 돈의 절반이 허클베리 거고, 나머지 절반은 제 거예요!"

사람들은 숨을 헉 들이켰다. 모두 눈만 둥그렇게 뜬 채 아무 말도 하지 못했다.

잠시 후, 사람들이 어떻게 된 일인지 설명해 달라고 채근했다. 톰이 사실대로 말했다. 길지만 흥미진진한 이야기가 이어졌다. 그 매력적인 이야기의 흐름을 끊는 사람은 아무도 없었다. 마침내 톰이 이야기를 끝냈을 때 노인이 말했다.

"오늘 밤, 내가 깜짝 놀랄 만한 소식을 전한다고 생각했는데, 톰의 이야기에 비하면 아무것도 아니었군요. 톰의 이야기를 듣고 보니 내 이야기는 참으로 시시하네요. 인정합니다."

헤아려 보니 돈은 총 1만 2,000달러가 조금 넘었다. 지금 이 자리에 모인 몇몇 사람들은 그렇게 많은 돈을 본 적이 없었다. 물론 그보다 많은 재산을 갖고 있는 사람이 몇몇 있긴 했지만 말이다.

제 35장

독자 여러분은 톰과 허클베리가 횡재를 해서 작고 보잘것없는 세인트피터즈버그 마을에 큰 파란을 일으켰다고 하면 만족할지도 모르겠다. 그처럼 엄청난 액수의 돈이 모두 현금이라니, 믿을 수 없는 일이었다. 마을 사람들은 어딜 가나 그 이야기를 자랑스럽게 떠벌렸다. 급기야 이성을 잃고 도가 지나치게 흥분하는 사람도 있었다. 그리고 사람들은 세인트피터즈버그와 인근 마을에 있는 '유령의 집'이란 집은 전부 샅샅이 뒤졌다. 널빤지를 걷어 내고 땅바닥을 파서 숨겨진 보물을 찾으려고 애썼다. 남자아이들뿐만 아니라 성인 남자들도 나섰는데, 그중에는 낭만과는 거리가 멀기로 유명한 사람들도 끼어 있었다.

톰과 허클베리는 가는 곳마다 사람들의 주목을 끌었다. 사람들은 두 아이들의 말을 믿어준 적이 없었다. 그런데 이제 그들의 말이 존중받고, 모든 행동이 특별한 것으로 간주되었다. 심지어 평소처럼 아무 말이나 행동을 할 수 없는 지경에 이르렀다. 게다가 두 아이들의 과거는 남다른 것으로 소개되었다. 마을 신문은 두 아이의 이야기를 기사로 싣기도 했다.

더글러스 부인이 허클베리의 돈을 6%의 이자로 투자했고, 대처 판사도 폴리 이모의 요청에 따라 톰의 돈을 똑같이 투자했다. 이제 두 아이는 진짜로 재산이 생겼다. 1년 동안 매주 1달러씩, 일요일에는 50센트씩 이자를 받게 된 것이었다. 이 액수는 목사의 수입과 맞먹었다. 사실 목사의 실제 수입은 거기에 못 미칠 때가 많았다. 당시 물가로 일주일에 1달러 25센트면 아이 하나를 먹이고 재우고 교육시키고, 입히고 씻길 수도 있는 금액이었다.

대처 판사는 톰을 아주 좋게 생각했다. 보통 아이라면 자기 딸을 동굴에서 구해낼 수 없었을 것이라고 말했다. 베키가 비밀로 해달라면서 톰이 학교에서 어떻게 자신을 대신해 매를 맞았는지 이야기했을 때, 판사는 깊은 감동을 받았다. 게다가 베키가 자기 대신 매를 맞으려고 거짓말을 한 톰을 용서해 달라고 말하자, 그러한 거짓말은 매우 고귀하고 용서받아도 마땅하다고 강하게 말했다. 그리고 그것은 손도끼에 관한 진실을 스스로 밝힌 조지 워싱턴의 일화

와 맞먹을 정도로 역사에 길이 남을 만한 거짓말이라고도 했다. 베키는 이러한 말을 하며 성큼성큼 걷는 아빠의 모습이 매우 늠름하고 장대하게 보였다. 이것에 대해 톰에게 말해 주기 위해 베키는 후다닥 달려 나갔다.

대처 판사는 언젠가 톰이 훌륭한 변호사나 위대한 군인이 되기를 바랐다. 그래서 둘 중 하나나 둘 다 될 수 있도록 먼저 육군사관학교를 졸업하고 나중에 제일가는 법대에 입학하라고 조언했다.

허클베리 핀은 부자가 되었고, 더글러스 부인의 보호를 받아 사교계에 들어갔다. 아니, 그곳에 내팽개쳐졌다고 해야 맞을 것이다. 허클베리는 그러한 상황을 견딜 수 없었다. 하인들은 언제나 허클베리를 깨끗하게 단장해 주었고 머리를 빗겨 주었다. 게다가 밤마다 시트를 갈아 주어서 항상 얼룩 같은 것이 묻어 있는 침구에서 자던 허클베리는 한시도 편하게 잠을 잘 수가 없었다. 식사를 할 때는 포크와 칼을 사용해야 했고, 냅킨과 컵, 접시를 사용하는 법을 배워야 했다. 책 읽는 법도 배우고, 교회에도 나가야 했다. 말도 점잖게 해야 해서 허클베리는 하루하루가 고역이었다. 문명이라는 창살과 족쇄에 갇혀 꼼짝도 하지 못하는 신세가 된 것이었다.

그래도 허클베리는 3주 동안 그 비참한 생활을 견뎌 냈다. 그러던 어느 날, 결국 사라지고 말았다. 더글러스 부인은 크나큰 시름에 잠겨 이틀 동안 사방으로 찾아다녔다. 사람들도 걱정이 되어 마을

곳곳을 수색했다. 물에 빠져 죽었으면 시체라도 건질 수 있을까 하여 강바닥을 수색하기도 했다.

사흘째 되던 날, 현명한 톰 소여는 도살장 뒤쪽 낡은 빈 통들 중 하나에서 도망자를 찾아냈다. 허클베리가 그동안 그곳에서 지냈던 것이다. 소년은 그곳에서 훔친 음식으로 허기를 채우고 담배 파이프를 입에 문 채 편안하게 누워 있었다. 머리는 빗지 않아 헝클어졌고, 자유롭고 행복한 시절에 입던 낡은 누더기를 걸치고 있었다. 톰이 허클베리를 끌어내며 모두들 걱정하고 있으니 집으로 가라고 재촉했다. 그러자 허클베리의 평온했던 표정이 우울해졌다.

"그 얘기는 하지 마, 톰. 나도 노력했는데 잘 안 됐어. 그런 생활은 나한테 맞지 않아. 난 그런 생활이 불편하다고. 더글러스 아주

머니는 다정하지만 난 그런 생활을 견딜 수 없어. 아침마다 똑같은 시간에 일어나서 씻고 머리를 빗어야 한다고. 헛간에서 잘 수도 없어. 숨도 못 쉴 것 같은 그 빌어먹을 옷들도 입어야 해. 무엇으로 만들었는지 공기도 안 통하는 것 같아. 그런 옷을 입고는 주저앉지도, 눕지도, 뒹굴지도 못해. 지하실 문 위에서 미끄럼을 탄 지 수십 년은 된 것 같아. 교회에 가면 땀도 뻘뻘 나고, 그놈의 고약한 설교는 얼마나 지긋지긋한지! 파리도 못 잡고, 뭘 씹는 것도 안 되고, 일요일마다 구두를 신어야 해. 더글러스 아주머니 집에서는 종소리에 맞춰서 밥 먹고, 자고, 일어나야 한다고. 모든 게 아주 규칙적이라서 견딜 수가 없어."

"다들 그렇게 살아, 허크."

"톰, 그래도 난 싫어. 난 그런 애들과 달라. 나는 그렇게 살 수는 없어. 그렇게 틀에 박혀 사는 건 끔찍해. 먹을 게 너무 손쉽게 손에 들어오니까 식욕도 없어. 낚시하러 갈 때도 물어봐야 하고, 수영하러 갈 때도 허락을 받아야 해. 허락받지 않으면 어떤 일도 못한다고! 말도 너무 점잖게 해야 하니까 얼마나 불편한지 몰라. 날마다 다락방에 올라가서 욕설을 퍼붓고 나야 숨을 쉴 수 있다니까. 안 그러면 죽을 것 같아. 더글러스 아주머니는 담배도 못 피우게 하지, 소리도 못 지르게 하지, 하품도 못하게 하지, 기지개도 못 펴게 하고, 몸을 긁지도 못하게 해. (유독 짜증스럽고 상처받은 듯한 말투로) 젠

장, 게다가 더글러스 아주머니는 나더러 항상 기도를 하라고 해! 그런 사람은 처음이야! 톰, 그러니 도망칠 수밖에. 게다가 개학하면 학교도 가래. 난 그것도 참을 수 없다고. 어이, 톰, 부자가 된다는 건 듣던 것과는 완전히 다른 것 같아. 하루도 빠짐없이 걱정을 해야 하고 잘못할까 봐 진땀을 빼야 하니 정말 죽고 싶더라니까. 나한테는 이런 옷이 어울려. 이 나무통이 편안하다고. 다시는 이런 생활을 버리지 않을 거야. 그 돈만 없다면 내가 그 고생을 하지 않아도 될 텐데. 톰, 내 몫을 가져가고 가끔씩 10센트만 줘. 자주는 말고. 나는 손에 넣기 힘든 게 아니면 관심 없거든. 네가 더글러스 아주머니한테 가서 말 좀 잘해 주고."

"허크, 그렇게는 못해. 공평하지 않으니까. 게다가 좀 참고 견디면 그런 생활을 좋아하게 될 거야."

"좋아하게 된다고? 뜨거운 난로 위에 앉아 있는데 어지간히도 좋아지겠다. 톰, 난 부자가 되지 않을래. 그런 숨 막히는 집에서는 살지 않을 거야. 난 숲과 강, 나무통이 좋아. 이런 생활에서 벗어나지 않을 거야. 젠장! 우리한테 총과 동굴, 의적질할 준비가 모두 갖춰져 있는데, 이런 바보 같은 일이 생겨서 모든 게 엉망이 됐어!"

톰은 이 기회를 놓치지 않았다.

"야, 허크. 부자가 된다고, 의적이 못 되는 건 아냐."

"진짜, 톰?"

"당연하지. 하지만 네가 훌륭하게
행동하지 않으면 의적단에 끼워줄 수 없어."

한껏 들떴던 허클베리의 마음이 차갑게 가라앉았다.

"나도 끼워줘, 톰. 해적놀이에는 끼워 줬잖아?"

"그랬지. 하지만 이건 달라. 보통 의적단은 해적보다 훨씬 수준
이 높거든. 대부분의 나라에서 가장 높은 위치를 차지하고 있지. 공
작 같은 사람들처럼 말이야."

"야, 넌 항상 나랑 친하게 지냈잖아, 안 그래? 날 빼놓지는 않을
거지? 그렇지?"

"허크, 나도 그러고 싶지 않아. 하지만 사람들이 뭐라고 하겠니?
'윽! 톰 소여 의적단에는 저렇게 수준 낮은 녀석들이 있다니!'라고
할 거 아냐. 바로 널 두고 말이야. 너도 그런 소리는 듣기 싫지 않
아? 나도 그렇고."

허클베리는 잠시 침묵했다. 머릿속이 어지러웠다. 마침내 입을

열었다.

"좋아, 더글러스 아주머니 집으로 돌아가서 한 달만 견뎌 볼게. 네가 날 의적단에 끼워 준다면 말이야."

"좋아. 허크, 잘 생각했어. 자, 이제 가자. 내가 더글러스 아주머 니한테 널 좀 자유롭게 풀어 달라고 부탁해 볼게."

"진짜? 그거 아주 좋은 생각이야. 더글러스 아주머니가 조금만 날 자유롭게 풀어 준다면 몰래 담배도 피우고 욕도 할 수 있을 거 야. 죽기 살기로 견뎌 볼게. 의적단은 언제부터 모을 거야?"

"당장 모아야지. 오늘 밤에 아이들을 모아서 입단식을 하자."

"뭘 한다고?"

"입단식."

"그게 뭔데?"

"서로에게 맹세를 하는 거야. 몸이 산산조각 나는 일이 있어도 의적단의 비밀을 지키겠다고 맹세하는 거지. 그리고 우리를 해치는 자는 누구든지, 그 자의 가족들까지도 죽이겠다고 맹세하는 거야."

"그거 재미있겠는데!"

"물론이지. 그런 맹세는 자정에 가장 황량하고 으스스한 곳에서 해야 해. 유령의 집이 제일 좋은데, 모두 파헤쳐졌으니."

"어쨌든 자정에 하는 거니까 좋아, 톰."

"그리고 넌 관 위에서 맹세하고 피로 서명을 해야 해."

"와아, 그거 대단하다! 해적놀이보다 몇 백만 배 더 근사하겠어. 이제 난 죽을 때까지 아주머니네에 있을 거야. 내가 최고의 의적이 돼서 모두가 내 이야기를 한다면 더글러스 아주머니도 날 거둬준 걸 자랑스럽게 생각하겠지."

맺음말

이 이야기는 이렇게 끝이 난다. 한 소년의 이야기이므로 여기서 끝낼 수밖에 없다. 만일 이 이야기를 계속하면 소년이 어른이 되는 시점까지 해야 할 것이기 때문이다. 작가들은 성인에 관한 소설을 쓸 때 어디에서 이야기를 멈춰야 하는지 잘 알고 있다. 결혼으로 이야기를 끝맺는 것이다. 하지만 소년에 대한 이야기를 쓸 때는 적절하다 싶은 선에서 끝내야 한다.

이 책에 나오는 대부분의 인물들은 아직도 번영을 누리며 행복하게 살고 있다. 언젠가 그들이 어떤 사람으로 성장했는지 보여 주는 것도 가치 있는 일일 것이다. 하지만 지금은 그들의 현재 삶을 일부분이라도 밝히지 않는 것이 현명한 일인 것 같다.